ソーシャルワークの神様

＊ソーシャルワーカーとは、人が社会の中で、その人らしい幸せな人生を歩んでいくための、お手伝いをする仕事です。現場で奮闘するすべてのソーシャルワーカーたちと、日々懸命に生きるすべての人たちへ。

プロローグ

二〇二二年一月四日　仕事初め

朝八時過ぎに自宅を出る。キンと冷たい空気の中で、黙々と自転車を漕ぐ。

自宅からひたすら漕ぎ続けて十分。いつもよりぐんと車数の少ない大通りの急坂にさしかかり、私はあっと息をのんだ。


――目の前に大きな富士山が見えた。


通勤時にはいつも通る道だが、こんなに美しい富士山が見えたのは初めてである。

幼い頃は、この辺りの高台を通ると、空気が澄んでいる時には小さく富士山が見えた。しかしあれから二十数年、畑はどんどん整地され、新しいおもちゃのような家が建ち並び、見通しのきくような広い場所はすでになくなっていた。そして富士山が見えるという事実すら、すっかり忘れていた。

この道からまっすぐ、富士山までの視界がこんなに開けているなんて、今まで知らなかった。見晴らしが良いだけではない。今日は特別に空気が澄んでいるのだろう。

何か良いことがありそう。

さっきまでの敵陣に乗り込むような緊張感も、胸を常に何かにキュッとつかまれているような息苦しさも、雲一つない青空にキリッと立つ富士山に向き合った途端、すっと消えてなくなっていくような気がした。

大丈夫。きっと全部うまくいく。

昨年からの怒濤《どとう》の日々を思い、これからはきっと少しずつ良い方向へ向かってゆくに違いないと自分に言い聞かせながら、私は職場へと続く長い下り坂を、勢いよく自転車を走らせた。

第一章　出会い

二〇〇九年六月

私は野原美咲《のはらみさき》。三十二歳。

六月のある日、私は来月から通うことになる海乃辺《うみのべ》診療所へ向かい、少し緊張して歩いていた。来月には育児休業が明ける。

空は真っ青に晴れ渡り、真夏のように暑い。汗かきの体質ではないはずなのに、じっとりと汗ばんでくるのを感じる。真っ白なパンツに七分袖の黄色い木綿のシャツを着てきたが、汗で下着が透けて見えるのではないかと心配になってくる。


この医療法人への入職は二〇〇七年。ちょうど三十歳の時だった。

若い頃は別の病院で精神科ソーシャルワーカーとして働いていた。結婚と出産を経て、子供が一歳になった時に職場復帰したが、子供があまりにもたびたび熱を出し、欠勤が続いたことで、気まずくなって退職した。だが退職した途端、あれほど続いていた子供の熱がすっかりおさまった。あれは子供なりの必死の抵抗だったのだろうかと思うと、可哀そうでそれ以来働くことができなくなった。

二番目の子供が生まれ、熱ばかり出していた上の子供も三歳になった年、そろそろ仕事を始めても良いだろうと思い、就職活動を始めた。三十歳過ぎの子持ち女の就職活動だ。そんなに条件の良い職場は見つからないだろうと覚悟していたから、公共職業安定所へ通うだけでなく、近隣の病院にも片っ端から電話をかけ、ソーシャルワーカーの採用はないかと問い合わせた。その時に、ちょうど四月からの新規採用があると言ってくれたのが今の法人で、新卒者に交じって入社試験を受けてみたら、なぜか合格した。こんな私を拾ってくれた法人だから、どんな仕事でも精一杯やろうと意気込んで入職した。

しかし入職して半年で妊娠した。望んでいた三人目の子供であったたし、自分の年齢を考えると早く授かってうれしいという正直な喜びはあったが、一方で、やっと仕事を覚えたところでの長期休業は、拾ってくれた法人に対して申し訳ないという気持ちで一杯だった。それでも嫌な顔一つせずに休みを取らせてくれるこの法人の姿勢に私は深く感謝して、復帰後はさらに仕事に打ち込んで恩返しをせねばと思っていた。

この法人は大きな病院、小さな診療所、福祉施設などを複数持っている。復帰後に新しく勤めることになるのは、海乃辺診療所であった。海辺に近いその診療所は、内科を中心に、ちょっとしたケガの手当てから健康診断、往診まで、なんでも診るかかりつけ医として、古くから地域に根付いている。育休明けに、以前の職場から海乃辺診療所に異動することになっていた私は、今日は子供たちを実家の母親に預けて、新しい上司となる田村《たむら》さんとの面談にやってきたのであった。

田村さんはこの法人のソーシャルワーカーの中でも一番の古株で、会議等で顔を合わせたことはあるが、ほとんど話したこともない。こんな私が田村さんと一緒に仕事などしていけるのだろうか。駅から歩いてきたからではなく、緊張で鼓動が速くなるのを感じながら、私は遠くに見えてきた「海乃辺診療所」の看板を目指して、さらに歩みを速めた。

診療所の「応接室」で、私は田村さんと向かい合って座っていた。「応接室」というにはあまりにも小さく、貧相な部屋である。広さは三畳ほどしかなく、茶色い合成皮革張りの二人掛け用のソファがテーブルを挟んで向かい合って置いてある。窓は小さな曇りガラスの片開き窓、その下に小さな本棚が置かれ、医学書や辞書、福祉関係の本などが乱雑に収納されている。ソファはところどころ破れており、あまりにも狭いスペースにそれだけの家具が詰め込まれているため、ソファに座ると膝とテーブルがくっつきそうなほど窮屈である。

約束の十四時に会ってから一時間、田村さんはほとんど一人でしゃべり続けていた。自分の就職した頃の思い出話から、この診療所でのソーシャルワーカーの役割、自分の子育て時代の苦労話……。何か質問をされても、こちらが答えようとする前に、また田村さんが話し出す。私と会話をする気があるのだろうかと疑問を持ちたくなる。そんな調子だから、途中から考えることをやめ、田村さんのよく動く口をぽかんと眺めていると、突然、

「それであんたは、何をやりたいの？」

と勢いよく聞かれた。思考力を奪われ、ぼーっと田村さんの口を眺めていた私は、はっと我に返り、私の意識から消え去ろうとしている田村さんの言葉を懸命に手繰り寄せた。

何をやりたいか、と今私は聞かれたのか？　仕事って、何をやりたいかよりも、何を求められるか、ではないのか？　やりたいことを前面に打ち出して、許されるものなのだろうか……？

田村さんは珍しく私の回答を待っているようで、しばし沈黙が続く。

「だから、あなたはここで何をやりたいの？　ここはね、やる気のある人は何でも挑戦できるところなの。私はここで……」

とまたひとしきり、この診療所で自分がどんな仕事をなし遂げてきたかの演説が続き、再度同じ質問が繰り返された。どうやら今度は本気で私の答えを引き出したいようである。

私は言葉に窮した。正直、今まで何か大きな仕事を成し遂げたいと思ったことなどない。ソーシャルワーカーとして、日々相談に訪れる人の話を聞き、一緒に悩み、解決策を考え、共に行動していくこと。目立たないけれど、「この人に相談して良かった」と思ってもらえるような存在になること。そんなささやかな仕事の積み重ねこそが、ソーシャルワーカーとして誇れるものだと思っていた。だが今は、そんな答えを求められているようでは、どうやらなさそうである。

私はさっきまで休眠していた頭をフル回転させ、かろうじて答えをひねり出した。

「社会資源マップなどを、作りたいと思います。以前勤めていた部署では、構想がありながら、着手する前に産休に入ってしまいました。ここでは、この地域の社会資源マップを、作りたいと思います……」

しばらく沈黙が続く。その答えがはたして田村さんの気に入ったのかどうか、反応を確かめようと田村さんの表情を観察するが、薄く笑ったまま私をじっと見つめるその表情は動かない。

しばらくして田村さんはニカッと笑い、快活に言った。

「じゃあ、その社会資源マップを作ればいい。ここでは、新しい人とか古い人とか、そういうの、関係ない。ここではなんでもやってみていいの。あなたみたいに若い人は、失敗を恐れちゃいけない。ぜひ、その仕事をやってみなさい」

そしてさらに大きくニーッと笑い、

「頑張ろうねー！」

と親しみを込めた明るい声で言った。大丈夫だ、田村さんの目は笑っている。良かった、今日の面接はひとまず合格のようだ。私はほっと胸をなでおろした。

＊　＊　＊

二〇〇九年八月　中旬

診療所での一週間は、あっという間に過ぎていく。

朝は八時四十五分に出勤し、月・水・金は診療所で九時までミーティング、火・木・土は隣に併設されているケアマネージャー事務所でのミーティングに参加する。週に二回、昼のドクターやナースとのカンファレンスにも参加する。その他、週に何度か往診への同行、地域の社会福祉協議会との会議、介護予防教室への参加など、予定が目一杯である。その合間に、患者さんや家族、地域住民からの相談が入ってくる。そしてそれらの相談や会議の記録も、遅れずにつけなければならない。保育園への迎えもあるため、十七時を回るとよほどの緊急事態でもない限り残業せずに退勤する。時間をうまく使い仕事を片付けていくだけでなく、いかに心と身体をリセットするかも問われる。それでも家事と育児だけに追われている日々よりは、社会に必要とされている実感が持てる気がして、快い疲労を感じはしても、苦痛に感じることはなかった。仕事に復帰する前は田村さんの存在が脅威であったが、田村さんは会議だ訪問だと外出ばかりで、朝のミーティング以外顔を合わせる機会はほとんどなく、取り越し苦労だったようだ。

診療所のソーシャルワーカーには、私と田村さんの他にもう一人、先輩の小石川《こいしかわ》さんがいた。三十八歳の小石川さんも、小さな女の子のいる働くママである。いつも冷静沈着、ポーカーフェイスで感情が見えにくいため、お母さんをしている姿はどうも想像しにくい。だが仕事に関しては私情を挟まず常に的確なアドバイスをしてくれるので、多少のとっつきにくさは感じるものの、私にとっては信頼できる先輩であった。田村さんはまずつかまらないから、私が仕事上の指示を仰ぐのはほとんどが小石川さんであった。その小石川さんも、実際にはケアマネージャーとしての仕事が大半を占め、普段は隣のケアマネージャー事務所に居るため、顔を合わせることはめったにない。私はよほど困った事態がある時は、隣のケアマネージャー事務所へアドバイスを求めて駆け込むが、あとは上司と先輩の目もなく、案外羽を伸ばしていた。

働き始めて一か月、今日は法人全体のソーシャルワーカー会議の日である。この法人では、日頃各職場に散って、それぞれに仕事をしているソーシャルワーカーたちの連携と情報交換のため、月に一度集まる機会を設けている。就職したての頃は、大御所や大先輩たちの集まるこの会議が苦痛であったが、今日は久々に仲間に会えると思うと、いつもは憂鬱なその会議も、なんだか楽しみだった。昼食後、田村さんと小石川さんは、患者さんとの面談の約束があり少し遅れるというので、私は電車を乗り継いで、本部ビルまで一人でやって来た。昼間の空いた電車に一人で乗るのは、サボっているみたいでウキウキする。

会議開始の十四時少し前に会議室にたどり着き、そっと中を覗き込むと、ぱらぱらと集まり始めているメンバーの中に、懐かしい顔が見えた。久しぶりの参加で気恥ずかしさもあり、目立たないようにそっと中に入ったが、気配に気付き数人が振り返った。

「あ〜、野原さん!!」

その中の一人、二十代後半のかわいらしい顔立ちをした男性が私を指さし、大声を出した。

「洋《よう》ちゃん!!」

私もなつかしさと照れ隠しとで大声を出しながら、両腕を広げて彼に駆け寄った。

「野原さん、全然変わんないね〜。若返ったんじゃない？」

鎌田洋平《かまたようへい》は、産休に入る前の職場で一緒に働いていた五歳年下の男の子で、私は彼を洋ちゃんと呼んでいた。今年二十八歳になるから、もう「男の子」という年齢でもないのだが、童顔の人懐こい顔立ちから、どうも「男の子」と表現したくなってしまう。以前一緒に働いていた時には、お互い姉と弟のように愚痴をこぼし合い、支え合ってきた間柄だった。

懐かしそうに話す私たち二人につられるように、顔見知りのメンバーが寄ってきては、復帰を歓迎してくれる。たくさんの仲間に囲まれると、これから先の仕事に怖いことなど何一つないように思えた。

ソーシャルワーカー会議が終わり、私は井上《いのうえ》さんと一緒に帰りの電車に揺られていた。井上さんも三人の男の子がいる働くママ仲間で、私の前に海乃辺診療所で働いていた前任ソーシャルワーカーである。今は別の部署に異動し、ケアマネージャーとして働いていた。私より二歳年下で、新卒で採用されたためこの法人では私よりも先輩であったが、私と接する時には、年上である私をいつも立ててくれていた。

井上さんは良く言えばおっとり、悪く言えば要領が悪い、といったタイプの人である。きれいな顔立ちをしており、とても人は良いのだが、メイクや髪形がいつもどこか崩れてバタバタあわただしいイメージがある。しかしそれが良い意味で人の緊張を解くのか、親しみを感じさせる独特の雰囲気を彼女は持っていた。こんな人だから、患者さんや利用者さんは安心して相談できるのだろうと、私は彼女に会うたびに思う。それは私にはない種類の温かさで、私はいつもほのかな嫉妬心を抱く。それでも私は、そんな飾らない彼女のことが好きだった。

乗り換え駅に着くまでの十五分ほど、私たちはお互いの家庭や仕事の悩みなど、ママ仲間特有の話題で盛り上がっていた。井上さんはそんな性格だから、仕事も家事もどこかまとまりきらず中途半端なようである。私は逆に几帳面で、本来すべてきちんとしていなければ気が済まないタイプであったが、働き続ける限り、仕事も家庭も自分の思う通りに整然と、というわけには決していかず、どうしたら井上さんのようにおっとりと過ごせるのだろうかと、彼女を見るたびいつも思うのだった。

井上さんと話しながら、私は田村さんの口癖を思い出した。

「井上さんはね、こうだったのよ」

田村さんは私の仕事を評する時、必ず前任の井上さんと比べた。それは「井上さんはこうだったから良かった。あなたはこうだからダメなのよ」というメッセージのように私には聞こえた。私はどうやら他人から見ると、テキパキと仕事をこなしているように見えるらしい。本人は決してそのようなことはなく、必死でドタバタとこなしているのだが、他人から見ると常に冷静に手際よくこなしているように見えるらしいのだ。そしてそれが、どうやら田村さんは気に入らないようなのだった。

以前に働いていた病院でも、先輩ソーシャルワーカーから言われたことがある。

「あんたそんなにテキパキ働いて、かっこいいと思っているんでしょう。でもね、ソーシャルワーカーにとって大事なのはそんなことじゃないのよ」

そういえば、小さい頃に習っていたピアノもそうだった。発表会が近くなると、私は毎日必死で練習した。本番の舞台の上で一か所でも間違えてしまったら、頭が真っ白になってその先が弾けなくなりそうで、不安で仕方がなかったから。それでも本番、震える指で演奏する私を、皆はいつもこう評するのだ。

「美咲ちゃんはえらいわねぇ。いつもあんなに落ち着いて、難しい曲をすらすらと弾いて」

違うのに……。

あの頃と同じように、どうやら仕事でも自己評価と周りの評価は食い違うようだ。

日頃感じているそんなささやかな痛みを、井上さんにふと漏らしてみた。

「田村さんは、井上さんのことをすごく評価しているんです。井上さんはこうだったって、いつも比べられて、私のすることはいつも批判されるんです。きっと井上さんは優しいから、どんな患者さんの気持ちもわかってあげられたんでしょうね……」

井上さんは少し考えてから、ゆっくりとこう答えた。

「それは違うと思います。私も田村さんにはいつも怒られていました。野原さんは打てば響くから、それで田村さんはきつい言い方をするんじゃないかな」

打てば響く……。田村さんがそんな気持ちで言っているとは、私にはどうしても思えなかったが、井上さんは気休めではなく、心からそう言ってくれているように見えた。その言葉によって心が晴れたわけではなかったが、他にすがるもののなかった私は、今は素直にその言葉を受け取ってみることにした。


井上さんと別れて電車を降りると、もわっとした熱気に包まれた。十八時を過ぎたというのに、まだ昼間のように暑い。真夏に屋外を歩く時の息苦しさは、思い切り泳いだ後にプールから上がった時と似ている。たいていの人が嫌がるであろうこの息苦しい蒸し暑さを、私は愛していた。夏生まれだからだと、自分では思っている。

これから子供たちを保育園に迎えに行かなければならない。自宅までの十分足らずの道を、私は小走りに駆け出した。

自宅に着くと、荷物を玄関に投げ込み、すぐに車のエンジンをかけた。一日中熱気をため込んだ車中は、具合が悪くなりそうなほど暑い。生ぬるい風の出るカーエアコンを全開にし、ハンドルが握れるくらいに冷めたのを確認すると急いで乗り込み、窓を開け放ったまま車を発進させた。どんなに急いで迎えに行っても、家に帰り着くのは十八時四十五分。炊飯器のタイマーは十九時に炊き上がるようにセットしてある。夕飯の味噌汁とサラダは作ってあるから、帰宅してすぐに肉を焼けばちょうど良いか……。頭の中で夕食の準備をシミュレーションしながら、保育園へと車を走らせる。

子供たちを連れて家に帰り着くと、十八時四十分であった。予定よりも五分早い。今日は優秀である。

自分だけ素早く手を洗い、フライパンを火にかけて、味噌味で漬け込んであった肉を並べると、子供たちに声をかけた。

「ほら～、手を洗いなさいよ」

「は～い！」

かわいい声が返ってくる。

火にかけたフライパンの様子を気にしながら、洗面所で子供たちが手を洗うのを手伝った。年長組の芽衣《めい》は、保育園で手の洗い方を教わっているらしく、上手に石鹸《せっけん》を泡立てて、指の間から手首まで丁寧に洗っている。これなら一人で洗わせても大丈夫だろうと、今度は颯太《そうた》の様子を見た。年少組の颯太は、石鹸をもこもこに泡立ててい る。芽衣の見よう見まねで、何とか洗えているようである。仕上げに泡だらけの両手をつかんでこすり合わせてやると、キャッキャッとはしゃいで笑った。最後に一歳の紀花《のりか》を抱っこして、ずり落ちそうになるのを何度も抱え上げながら、小さな手を丹念に洗ってやった。

急いでキッチンに戻ると、フライパンはジュージューと音を立てている。フライパンのふたを開けると、香ばしい味噌の香りが漂った。まだ焦げてはいない、ぎりぎりセーフだ。

キッチンに立つ私の足元に子供たちが集まって来た。

「今日のごはんな～に？」

子供たちはお決まりのセリフを言う。

「今日はねぇ、お肉と、お味噌汁と、サラダ！」

私が答えると、

「やった～～～!!」

子供たちは躍り上がって喜ぶ。私が一日のうちで一番好きな瞬間である。

このやり取りは、ほぼ毎日、約束のように行われる。子供たちが夕食のメニューを聞き、私が答える。すると子供たちは、その日のメニューが納豆ご飯だろうが、焼き魚だろうが、お茶漬けだろうが、必ず「やった〜！」と躍り上がって喜ぶのだ。文字通り、踊り出さんばかりの喜びようなのである。何が何だかよくわからないはずの一歳の紀花までもが、一緒になってうれしそうにぴょんぴょん飛び跳ねる。毎日毎日、判で押したような同じやり取りの繰り返し。でもこれが、私たちの幸せのしるしなのだと思う。

二十一時半。子供たちを寝かしつけて階下へ降りてくる。

これから食器を洗い洗濯機を回さなければならない。少しでも早く眠るためには、すぐにでも取り掛からねばならなかったが、少し腰を下ろして休みたかった。電気ポットに一人分の水を入れ沸かしながら、取っ手の付いた茶こしに紅茶の茶葉を入れ、マグカップの上に直接乗せた。一人で紅茶を飲む時はいつもこの方法である。暑い夏のさなかでも、ホッとしたい時には、熱い紅茶が飲みたくなる。エアコンの効いた診療所で、一日中薄着で過ごしていたから、身体が芯から冷えているのかもしれない。

お湯が沸くと茶こしの上からジャバジャバと注ぎ、茶こしの取っ手を持ち少し揺らしてから、すぐに引き上げた。主婦のティータイムなんてこんなものだ。私はアッアッの紅茶が入ったマグカップを持ち、ダイニングの椅子に座った。テーブルの上には夕食の食べかすが散乱している。ほっと息をついて紅茶を一口飲み、私はここ数年の子供たちの様子を思い返していた。

長女の芽衣は、生まれた時から感受性が強いのか、よく泣いた。おっぱいを飲ませてもおむつを替えても、よく泣いた。当然夜泣きもひどかった。泣き疲れて朝方になってようやく寝付くので、私も一緒にお昼頃まで寝ていたものだ。一歳になり職場復帰すると、今度はよく熱を出した。一週間続けて保育園に行けたためしがない。私と夫はもちろん、両家の祖父母も交代で休みを取った。

そんな状態が四か月ほど続いたところで、私の方が根負けした。これは芽衣の必死の抵抗なのだ。ママ、お仕事に行かないで。そう言っているのだ。結婚して子供がいてもバリバリ働き続けるキャリアウーマンに憧れていたが、この時にそんな夢は諦めた。諦めることは辛くも何ともなかった。むしろそんな目標に縛られて仕事にしがみつくより、ずっとラクになった。復帰して四か月、休みばかりでほとんどまともに働けないまま、職場には平謝りしての退職だった。私が家にいるようになったら、芽衣の発熱はぴたりと止まった。

二年前、私が再就職してまた保育園に行くようになると、今度は吃音《きつおん》が出始めた。気にしなければ治るから、とにかく普段通りに接するようにと保育園の先生からアドバイスを受け、ゆったりゆったり、せかさないようにと努めて接した。どうか普通に言葉が出るようになりますようにと、祈るような気持ちだった。それが気付いたら、吃音はきれいに消えていた。いつから治ったのかもよく思い出せない。あんなに傷つきやすい子だったのに、今は保育園が楽しくて仕方がないようである。さっきの手の洗い方もそうだが、自分でできることがたくさん増えて、誇らしげに弟に教えている姿もよく目にするようになった。寂しい思いをさせたり、我慢を強いることも多いが、芽衣がたくましく成長しているのは、保育園のお陰だとも思う。

長男の颯太は、芽衣のような神経の細さは感じられない。熱もあまり出さない。一歳で保育園に通い始めた時も、姉が一緒に登園している心強さもあったのか、多少泣きはしたがすぐに慣れた。お姉ちゃんが大好きでどこへでもついて回り、言葉も早く、なんでも芽衣の真似をする。その反面ライバル意識も強く、なんでも張り合おうとするためすぐに喧嘩になった。

次女の紀花は喘息持ちで、少し体調を崩すとすぐに咳が出て、喘鳴《ぜんめい》が聞こえるようになってしまう。今は夏だからまだ良いが、これから迎える保育園での初めての冬が心配であった。

昔から「一姫二太郎」というのは、女の子の方が丈夫で育てやすく、男の子の方が弱く育てにくいからだと言われるが、我が家は完全に逆だよなと、冷めかかった紅茶を飲みながら思う。

ガチャガチャと玄関でカギを開ける音がした。はっと我に返って時計を見ると、もう二十二時になる。ついうっかり考え事に耽ってしまった。夫が帰宅するまでに、もう少し片付けておこうと思ったのに。私はマグカップを持って急いで立ち上がった。

「ただいま。どうしたの、電気もつけないで」

夫の豪《ごう》がドアを開けてリビングに入ってきた。

私は一人暮らしの時から、使わない部屋の電気を消して回る癖があった。最初は節電が目的だったが、そのうちに自分のいるスペースだけが明るく照らされている方が落ち着くようになった。だから結婚した今も、自分一人だけの時はキッチンの電気だけつけて、そこから続くダイニングやリビングの電気は消したままでいることが多い。最初はそんな私を怪訝そうに見ていた豪も、今ではすっかり慣れてしまったらしい。それでも薄暗いダイニングでマグカップを片手に立ち上がった私を見て、少しぎょっとしたようである。

「あぁ、お帰り。ちょっと考え事してて」

私は言い訳をするように少し笑い、食器を洗い始めた。

「今日どうだった？　会議」

対面式キッチンのカウンターに片肘をつき、豪は私と向かい合って話し出した。

私たち夫婦は、夫の方がおしゃべりである。仕事が終わって互いに家に帰り時間を共有する時、たいてい先に話し出すのは夫であり、三分の二以上しゃべっているのも夫であった。職場復帰したばかりの私の様子が気になるのだろう。豪はこのところよく、仕事がどうだったかと聞いてくる。今日は久々のソーシャルワーカー会議だと知っていたため、帰ってすぐにそのことを話題にした。

「うん、みんな歓迎してくれた。なんか心強かったよ。診療所だと自分一人で解決しなきゃいけないことが多いから。ありがたいよねぇ、このご時世に復帰する職場があって、たくさん仲間がいるっていうのはさぁ」

「そうだよなぁ、一般企業じゃ、なかなか難しいだろうなぁ」

豪はこの手の話題になると、一昔前風の発言をする。女性が社会で働いていくことは、なかなか理解が得られない難しいことだと思っているらしい。そして男は仕事が第一で、家庭のことをかいがいしくやるのはカッコ悪いと思っているようなのである。どうも私は夫の発言を聞くたびに、この人古いなぁと密かに思う。彼のそういった「男としてのプライド」みたいなものは、育ってきた家庭や周囲の人たちの影響なのかもしれないが、私にはそれがカッコ悪く思えて仕方がないのだ。それでも私と結婚してからは、だいぶ私寄りの考え方にも洗脳されてきつつあると思う。

「そういえばねぇ、洋ちゃん、元気だった。なんかまだまだ男の子って感じ。なつかしくてさぁ」

「洋ちゃんかぁ。あの子もなぁ、結婚とかしないの？　彼女できたって言ってた？　頼りなさそうだもんなぁ」

　豪はさも自分も洋ちゃんの知り合いであるかのような言い方をする。本当は会ったこともないくせに。それに自分だって結婚したのは三十歳の時だったじゃない。洋ちゃんはまだ二十八歳だよ。まったく古いなぁ、もう。夫の発言を聞いて、私はまたも心の中で思う。

「井上さんも頑張っているんだよ。男の子が三人いる人。私より若いのに、よくやってるよなぁと思う。田村さんのこと、ちょっと聞いたんだけど、井上さんも前はたくさん怒られてたって言ってた。野原さんは打てば響くから、なんて言ってくれたけど」

　豪には、上司の田村さんの当たりが私に対してはきついと感じることを、何度か話していた。

「そうか。だからさぁ、そういう人なんだよ、田村さんて人は。美咲はさぁ、職場ではあまり自分の意見を言わないだろ。そういうのもダメなんじゃないか。甘くみられるっていうかさぁ。まぁでも良かったんじゃない？　井上さんの意見も聞けてさ。あ、今日洗濯まだだろ、いいよ、俺やっとくから」

「本当？　ありがとう。じゃあ、これ洗ったら先に寝てもいいかな？」

「いいよ、いいよ。俺ちょっとタバコ吸ってくる」

そう言って豪は、ダイニングの掃き出し窓から、猫の額ほどの庭へと出て行った。洗脳の成果。最近洗い物と洗濯だけは嫌がらずにやってくれるようになった。細かい気配りができず無神経だったりもするけれど、ああやって結構私のことを心配してくれている。不満を挙げたらきりがないけれど、まぁ良い夫なのよね、多分。

末っ子の紀花は、まだ夜中に何度かぐずることがあった。夜中にゆっくり休めない分、私は豪よりも早く休ませてもらい、朝に弱い豪はその分私よりも遅くまで寝ている。これが共働きの私たち夫婦のルールなのだ。

朝五時に携帯の目覚ましが鳴る。もう朝か……と思い、音のする方へ手を伸ばす。なるべくソフトな音を選択しているつもりなのに、電子音が寝起きの耳に不快に響く。エアコンがタイマーで止まった後の部屋は、気温と湿度が上がり、じっとりと汗ばんで身体が重い。

ぼーっとしながら階下へ降りてゆくと、豪が夜遅くまでエアコンをつけて起きていたのだろう、シャッターを閉めて薄暗い部屋は、まだひんやりと冷たい。キッチンだけは窓から陽が差し込み、そこだけが明るく彩られている。

「やっぱりお日様っていいよね」

私は自分自身に向かってつぶやく。

私の体調と精神状態は、浴びる日光の量によって左右されると自覚している。曇りや雨の日はともかく、陽の光の届かない空間にいることがとても苦手なのである。異動する前の職場は建物の奥まった場所にあり、北向きの上に窓も曇りガラスで、どうもいつもイライラしたり、気持ちが鬱々としていた。仕事のストレスだろうと思っていたが、産休に入ってから、「あぁ、お日様の光が足りなかったのだ」と気付いた。一緒に働いていた洋ちゃんといつも愚痴をこぼし合っていたのは、職場の雰囲気が良くなかっただけでなく、そういう要因もあったのかもしれないと今は思う。

今働いている診療所の事務所は二階で、南側が全面窓ガラスになっている。真夏は確かに暑いが、エアコンの普及した現代では、そんなことは問題にならないと私は思っている。暑がりの男性陣は、暑い暑いと文句を言っているが、私にとって今の職場環境は、そういった意味では最適と言って良かった。そういう好条件も手伝ってか、以前のように「あぁ、仕事に行きたくない」という朝の憂鬱な気分を、最近はほとんど感じることがなくなっていた。田村さんに厳しいことを言われた次の日でも、田村さんはいつもの調子でカラッと豪快に笑っているので、そんなに気にすることもないのだと、自分に言い聞かせることができるようになってきていた。

子供たちを起こす六時半までが、私にとって勝負の時間である。その一時間半の間に、簡単な朝食作りと夕食の下ごしらえをしなければならない。私はまず湯を沸かして、インスタントコーヒーを入れ、牛乳を加えてコーヒー牛乳を作った。それから温かいマグカップを手にして、献立を考え始めた。今朝のメニューは納豆ご飯と漬物と味噌汁。夕食は焼き魚とお浸しと簡単な煮物。朝の味噌汁は多めに作っておいて、夜にも食べよう。冷蔵庫をのぞき、さつま揚げと油揚げがあることを確認した。よし、これで決まり。

育休が明けてからは、いつもこんな質素な食事だ。育児書などに影響され、なるべく和食で一汁三菜、だしは天然のもの、添加物や農薬は極力少なく……とこだわりが増えるほど、地味なメニューが多くなってしまった。それでも子供たちにとっては、不思議とおいしいご飯のようである。本当に親孝行な子供たちだなんて考えながら、まずは煮物にする大根を、早く火が通るように小さめの乱切りにし、ひたひたの水と昆布と一緒に火にかけた。次に煮干しを数匹、頭とお腹を取って細かく裂き、味噌汁用の鍋に水と一緒に入れて火にかけた。大根の葉を細かく刻み、煮立ってきたところで放り込む。大根の葉に火が通ってきたら、油揚げも細かく切ってさらに放り込む。あとは味噌を溶き入れれば、味噌汁の完成である。お浸しにするほうれん草をゆでている間に、そろそろ煮物の大根の方も軟らかくなってきたようである。さつま揚げを四等分に切り、煮物の鍋に入れ、少しぐつぐついったところで酒、みりん、醤油で味付けし、さらにしばらく煮込む。あとは火を止めて放っておけば、勝手に味が染み、おいしい煮物になるはずである。これで二品目完成。水にさらしておいたほうれん草を一口大に切り、かつおぶしと醤油で味付けして三品目完成。

夕食までに解凍できるよう、冷凍してあった干物を冷蔵室に移す。夕食用のお米を研ぎ、炊飯器のタイマーをセットする。炊き上がりは十九時。朝食のご飯は、昨夜の夕食の残りご飯をチンして食べよう。納豆と漬物は、子供たちが起きてから準備すれば良い。

夕食用に出来上がったおかずを容器に移し、やり残した仕事がないかをチェックした。ここまでやって、六時十五分。子供たちを起こすまでに、もう少し時間がある。あと十五分、ゆっくりテレビでも見ていようかな。私は冷めてしまったコーヒー牛乳を電子レンジで温め直して、ダイニングの椅子に座った。ホッとしたい時は温かい飲みものに限る。

六時半になると子供たちを起こす。一週間目一杯保育園に通い、家でも朝夕バタバタと時間に追われ、疲れているのだろう。声をかけてもなかなか起きられないでいるのを見ると、小さいのに可哀そうだと思う。けれどもそんなことを言ってもいられない。

泣いてぐずる子供たちを無理やり着替えさせる。紀花は着替えが済んでもまだ床に突っ伏して泣いているが、相手にせず食卓に朝食を準備する。上の二人はだんだん目が覚めてきたようで、食卓に集まってくる。準備が整うと三人を座らせ朝食をとらせるが、そんな風なので、朝の食事はいつもなかなか進まない。七時を回り、だんだんと気が急いてくる。

朝食の合間を見て、夫の豪を起こしに行く。豪はカバみたいな大口を開けて、間抜けな顔をしてゴーゴーいびきをかいている。

「ちょっと、もう七時過ぎたよ。目覚ましかけたの？　ねぇ！」

私は乱暴に揺さぶって起こす。

「うん、うん……」と返事をするので目覚めたのかと思うと、またすぐいびきをかき始める。私はそんな豪に、いつもイライラする。社会人になってもう十数年経つというのに、豪は未だに一人で起きられない。本人は「どんなに努力しても起きられないのだから仕方がない」と開き直っているが、私にはただの甘えとしか思えない。新婚当初から「起こさないと起きられない」というこの習性に、母性本能をくすぐられたことなどただの一度もなかった。夫の嫌いなところを挙げよと言われたら、確実にワースト3に入ってくる習性だ。

ぼんやりと降りてきた豪は、まず庭に出て煙草を吸う。ワースト3に入る嫌いなところ、その2。ヘビースモーカー。朝の忙しい時間に、ワースト3のうち二つも出してこられるのだからたまらない。

ゆっくり煙草を吸い終わると、豪はやっと行動を開始する。夜のうちに干してあった洗濯物を、外の物干し竿にかけ直す。そして子供たちに話しかけながら出勤の準備をする。のんびりとしたその動作も、私をイライラさせる。

「ねぇ、早くしないと七時半になるよ」

イライラした口調で私が言うと、豪は面倒臭そうにこちらを見る。朝が苦手な豪も、忙しい私も、朝はお互いに機嫌が悪い。

七時半に豪と子供たちは家を出る。朝の保育園への送りは豪の役目だ。一人残った私は、それから朝食の後片付けと、自分の着替えや化粧をする。何度も何度も戸締りを確認し、最後に家を出る。ちょうど八時。

駅へ向かって歩く間、私の中のスイッチが、徐々に母親からソーシャルワーカーへと切り替わってゆく。今日は診療所の患者さん、谷口《たにぐち》さんとの面談の約束がある日だ。

八時四十分。職場である海乃辺診療所に着いた。二階の事務所へ駆け上がり、まずはタイムカードを押す。印字は8：41。始業は八時四十五分だからぎりぎりの出勤だが、ここではこれが普通だ。着替えが必要なナースでさえ、私より遅くに駆け込んでくる強者もいる。

事務所の向かいの女子ロッカールームに荷物を置きに行くと、先に来たパート事務員が二人、おしゃべりをしていた。五十歳前後の石山《いしやま》さんは、私を見ると「おはよう」と声をかけてくれるが、私と同年代の太田《おおた》さんは、こちらをちらっと見ただけで話し続けている。

「おはようございま～す」

私は石山さんに笑いかけて二人の前を通り過ぎ、自分のロッカーに荷物を入れた。ソーシャルワーカーは着替えの必要がないからラクだ。

「うちの息子がさ～、昨日超夜遅く帰ってきて、もう心配しちゃって～」

太田さんはキャンキャンとした声で話し続けている。その間にも出勤した職員がバタバタと入ってきては、慌ただしく身支度を整えて出ていく。私はとっくに身支度ができているのに会話の内容が気になり、耳をそばだてながら荷物の整理をするふりをした。

　太田さんは私の二つ年上であるが、若くして結婚したそうで、高校生の息子がいる。どうやらその息子ちゃんを溺愛しているらしいことが、日頃の会話の様子からうかがえる。昨夜は彼女とのデートで遅くなり、気が気ではなかったようだ。太田さんは独特の甲高いかわいらしい声で、人懐こく話しかけてくることがあるかと思えば、さきほどのように、むすっとして敵対するようなまなざしを向けてくることもある。その落差が激しく一貫性がないので、私は彼女が非常に苦手であった。同年代の私のことをどうやらよく思っていないようである。私は波風を立てないように、彼女の気に障らないように気を付けて行動していた。

　石山さんは五十歳前後のようだが、実年齢よりも大分若く見え、美人である。この診療所では、異動の多い正規職員よりも長く勤めていて、パートさんたちの中では一、二を争う古株である。男性職員の中には、「お局様」などと言い、やりにくいと愚痴をこぼす者もいるが、それはデキる女に対する男性特有のやっかみであると私は思っている。明るくテキパキと仕事をこなす石山さんのことが、私は好きであった。

「ほら、もうすぐミーティングはじまっちゃうよ」

　石山さんが明るく言い、上手に太田さんの話を切り上げさせる。それを合図に、更衣室に残っていた職員は一斉に向かいの事務所へと出て行った。

「おはようございま〜す」

私は小さな事務所の奥にある自分の机へと、人の間をすり抜けて行った。隣の席の猿田《さるた》さんが、「おはようございます〜」と独特の関西弁のアクセントで挨拶を返してきた。

猿田さんはお笑い芸人のようにくだらない話ばかりする人で、関東出身なのになぜか関西弁を話す。仕事中でも隣の席で延々と続くそのくだらない話を、最初はにこにこと笑っていちいち受け答えしていたが、最近では適当に相槌を打って受け流すことを覚えてきた。猿田さんもそういった扱いには慣れているようで、まったく気にせず、彼の話を右から左に聞き流す私に自分のペースで話しかけてくる。

「はーい、朝礼始めます。おはようございます」

事務長がミーティング開始の号令をかけた。

海乃辺診療所では、毎朝八時四十五分から九時まで、診療所の職員全体が集まりミーティングが行われる。昨日の出来事から今日の予定、連絡事項、気になる患者さんの様子まで、診療所全体で把握しておきたいことが共有される。「この患者さんのこんなところに注意して」などという話まで出てくることに最初は驚いたが、この町に密着した小さな診療所ならではの特徴だと、今では誇らしく思うようになった。そしてこの時間は、訪問や会議などで診療所を空けることの多い私が、ソーシャルワーカーとして必要な情報を得るための重要な時間であった。このミーティングで支援の必要性を感じ、自分から患者さんにアプローチすることもあるし、ナースやドクター、事務員から、「この人の支援をお願い」と頼まれることもあるのだ。今日は特に大きな連絡や討議事項などもなく、五分ほどでミーティングは終わり、間もなく職員は各持場へと散って行った。

私は猿田さんの隣の自分の席に戻った。今日は十時に谷口さんがやってくる。それまでに昨日の面談の記録二件と、ソーシャルワーカー会議の資料をまとめてしまいたかった。私は昨日の面談のメモと記録用紙を机の上に広げ、猿田さんに話しかけられる前に、「忙しいから話しかけないで」という無言のオーラを発しながら、ペンを動かし始めた。

午前十時ちょうど、内線電話が鳴った。私はちらりと時計に目をやり、近くの電話に手を伸ばして受話器をとった。

「はい、事務室、野原です」

「あ、野原さん？　受付石山です。今ね、谷口さんが見えてるんですけど」

受話器から、石山さんの明るい声が聞こえてきた。やはり谷口さんだった。いつも約束の時間ピッタリにやってくる。

「はい、すぐに伺います」

私は書きかけのケース記録のファイルを閉じ、席を立った。

一階の受付に降りていくと、谷口さんはほかの患者さんたちに交じって、待合室のソファに座っていた。浅黒いやせこけた顔に、大きな目をぎょろつかせ、落ち着きなく周囲を見回している。私の姿を見つけると、前のめりの姿勢で一目散に駆け寄ってきた。

「おはようございます」

私はあまり表情を崩さずに挨拶をした。

「おはようございます」

谷口さんは落ち着きなく小さな会釈を何度も繰り返しながら言った。

二人で階段を上がり、事務所の前を通り過ぎて、応接室に入った。私はドアノブにかかっている「応接室」という札を裏返し、「面談中」と書かれた面が見えるようにかけ直した。ここは私が上司である田村さんと最初に面談をした場所だ。あの時はあまりの狭さに落ち着かず、居心地の悪さを感じたが、今ではすっかり慣れてしまった。患者さんが相談に来る時は、いつもこの応接室を使っている。ただ、今でも破れかけのソファや壁の汚れを見るたびに、もう少し綺麗なら良いのに、とはたびたび思う。

「今週はどうでしたか？　お小遣い」

私が尋ねると、谷口さんはポケットから財布を取り出し、中を開けてみせた。百三十二円。

「あ、お金残ってますね。誰かにお金借りたりとか、してませんか？」

私が聞くと、谷口さんは
「まぁなんとか。ちゃんともらったお金でやりくりして……」

と照れ臭そうにひきつった笑いをした。虫歯で上の前歯が二本、ほとんどなくなっている。

「じゃあ次に来るのは月曜日だから、今日はいくらお渡ししたらいいんでしたっけ？」

私はわざとわからないふりをする。

「え〜と、一日千二百円だから、土・日・月の三日分で……、三千六百円ですね。あと、ちょっと買いたいものあるんで、四千円出してもらってもいいですか？　電球切れちゃって」

彼はこれくらいの簡単な計算ならすぐにできる。そして必要なお金よりも少し水増しして引き出すことも忘れない。

「四千円ね。わかった。じゃあ、今準備してきますね」

私は谷口さんを応接室に残し、事務所の金庫から谷口さんのお金の入った封筒と出納帳を取り出すと、すぐに応接室に戻った。谷口さんと一緒に、封筒の中の金額と出納帳の金額を確認する。

「十万六千二百五十八円。金額、合ってますよね。大分たまりましたねー。いつ引っ越しできるかな」

私がお金を封筒にしまいながら言うと、

「また昨日、隣のやつがガタガタうるさくするんですよ。本当、怒鳴り込んでやろうかと思ったんですけどね」

と谷口さんは威勢よく言う。

「それはやめてね。余計に谷口さんの立場を悪くするだけだから」

「わかってますよ。やりませんけど」

「大分暑さはやわらいできたけど、今の時期は窓開けないと熱中症になっちゃうでしょ。だからお隣さんの音が余計に気になるんじゃない？　私は昔、窓閉めてても、エアコンの音がうるさいって苦情言われたことがあるけど。前に住んでたアパートで」

私が笑いながら話すと、谷口さんも、

「それはひどいですね。俺はもう、昼間はスーパーとかデパートとか、涼しいところ行って、夜は八時くらいに寝ちゃいます。それでも、夜うるさいこともあるけど」

と、だんだんと口数が多くなる。今日は精神的に大分落ち着いているようだと、彼の話し方を見ていて思う。

「じゃあ、今日はこれで大丈夫かしら？」

ひとしきり彼の話を聞いた後で、そろそろ面談を切り上げたいことをさりげなく伝える。こちらで促さないと、彼は自分から話を切り上げて帰ることはしないからだ。

「あぁ、はい」

「じゃあ、また月曜日にね」

谷口さんの方は名残惜しそうだが、私は明るくなるべくあっさりとした態度で、彼を応接室から送り出した。

時計を見ると、十時半。これだけでも三十分。今日はもう、谷口さんは来ないだろうか。そんなことを考えながら、谷口さんのお金と出納帳を大事に胸に抱えて、私は事務所に戻った。


面談を終えて事務所に戻ると、猿田さんが声をかけてきた。

「谷口さんでしょ。いつまでそういうことするんですかね……」

　私は谷口さんのお金の入った封筒と出納帳を金庫に戻しながら答えた。

「こんなこと、私もいいとは思わないけど。でも、前任の井上さんの時からこうだったんでしょう？　それに、田村さんもこれでいいって言ってます。私が以前働いていた病院では、精神科病棟の患者さんのお小遣いを、確かに事務所で預かってました。一か月二百円程度でしたけど、患者さんたちから管理費をいただいて、毎月きちんと出入金の記録もつけてました。だからもし盗難とか紛失があれば、病院で責任を取らなければならなかったし、別の方法を考えようって、病院内ではいつも議論されてたんです。

　今はその頃と違って、成年後見制度もできたでしょう？　本当は一診療所で抱え込んでいい問題だなんて、私は思わないけど。

　だいたいもしこの金庫のお金が盗まれちゃったとしたら、どうやって責任取るんですかね？　これ、谷口さんの全財産ですよ。しかも生活保護で支給されている。もしそんなことになったら、診療所としてどうやって責任取るつもりなんだろう？」

　私はここまで一気にしゃべってしまってから、はっとして猿田さんの方を向いた。診療所に対する非難めいたことを口にしてしまった。ここまで踏み込んでしゃべってしまって、大丈夫だろうか。

猿田さんは、ふぅん、ふん、と相槌を打ちながら、パソコンの画面に向かったままだ。その表情から、深い思惑は読み取れない。私は少しほっとして、金庫を用心深く元の棚に収めてから、猿田さんの隣の自分の席に戻った。猿田さんはどうやら私の「敵」ではないように思うけれど、あまり本音は話さないようにしておこう、用心のため。私は「はっ」と小さなため息を一つつき、心を引き締め直してから、書きかけのケース記録を開き、続きに取り掛かった。

谷口さんへの対応については、実際に頭を悩ませていた。谷口さんと海乃辺診療所との関わりは長い。前任の井上さんの、そのまた前のソーシャルワーカーの時から関わりが始まっている。最初はホームレスだったが、当診療所のソーシャルワーカーの働きかけが実を結び、生活保護の申請を経て、現在のアパートへの入居につながった、というのはここへ異動してきた最初の時に田村さんの演説で聞かされた。当然のことながら、その経過は谷口さんのケース記録に記されている。谷口さんのケース記録ファイルは厚さ約三センチのものが二冊。この診療所のソーシャルワーカーの、輝かしい実績を記した、バイブルとでもいうべきものか。

しかし、何か釈然としない思いが私にはあった。実はさっき猿田さんに話したことは、以前すでに田村さんには話したことがあった。患者さんの金銭管理は、ソーシャルワーカーにとって永遠のテーマだと私は思っている。精神科の患者さん、認知症の患者さん、家族のいない患者さん……。病院が患者さんの代わりに金銭管理をせざるを得ない状況を、今まで私はいくつも見聞きし、そのたびに現場では「どうしたら良いのか」という議論が何度も展開されてきた。しかしそれは、「入院中の患者さん」に関してであった。ここは入院ベッドのない診療所。それなのにどうして谷口さんの全財産を預かり、そのことに関して誰も疑問を持たないのか。

それに対する田村さんの答えは、

「彼は私たちの援助がないと生きていけないからね」

であった。誇らしげに、そう言ったのだ。それ以来、谷口さんの金銭管理について、田村さんとは話をしていない。

猿田さんと話をしたことで、このところ封じ込めていた思いがふつふつと湧き上がってきた。あの時の田村さんの言葉、それはすなわち、こういうことではないのか。今まで誰も顧みなかった谷口さんという存在を認め、人間らしい生活にまで引き上げたのは、海乃辺診療所のソーシャルワーカーだ。彼が人間らしく生きていくためには、私たちの支援が必要なのだ。

でもそれって、谷口さん個人の力を、彼自身の可能性を、まったく認めていないってことじゃないのか。彼をこの診療所に縛り付けているってことじゃないのか。

　ふと、今日は小石川さんは出勤しているだろうかと考えた。このことについて、小石川さんの意見を聞いてみたい。私は受話器を取り上げ、隣のケアマネージャー事務所へと内線電話をかけた。

「もしもし、お疲れ様です。海乃辺診療所の野原です。あの、今日小石川さん出勤してますか？」

　電話に出たのは事務員の葉田《はだ》さんで、すぐに予定を確認してくれた。今は訪問に出ているが、お昼頃には事務所に戻る予定らしい。それならお昼休みにお弁当を持って行ってみよう。

　考え事をし過ぎて、まったく記録が進んでいない。お昼までに終わらせなくちゃ。私は両肩をぐるぐると回し、「よし！」と大きな掛け声をかけて、再度記録に取り掛かった。隣で猿田さんが、「野原さん、元気ですな～」と間の抜けた声を出した。

　十二時十分。お弁当を持って隣のケアマネージャー事務所に行くと、いるのは事務員の葉田さんだけだった。事務所のドアから顔をのぞかせた私を見て、葉田さんはにっこりと笑った。

「お疲れ様です。小石川さん、午前中の訪問は二件だけだから、そろそろ戻ると思いますよ」

私はホッとして、ドアを大きく開き、事務所の中に入ると素早くドアを閉めた。そしてもう一度事務所内を見回した。良かった、田村さんはいないようだ。

事務所の真ん中に、二つずつ向かい合わせて四つ島のように並べられた事務机を通り過ぎ、私は奥の応接セットへと向かった。テーブルの上にお弁当を置き、さらに奥のミニキッチンへと向かう。週に何度かこちらの事務所にも顔を出し、会議などで長居をすることもある私は、マイカップをこの事務所にも置いていた。急須の中にはふやけた日本茶の茶葉が入っている。これから事務所に戻って昼食をとるであろう、ケアマネージャーやヘルパーたちのことが頭をよぎり、私はそこにそのまま熱い湯を注ぎ、急須を何度も揺らしてから自分のカップへと注いだ。色だけついて香りの飛んだ日本茶のカップを片手にソファへと戻ると、葉田さんがパソコンの電源を落として、帰り支度をしていた。

「野原さん、私は帰りますけど、皆さんが帰ってくるまで留守番お願いしていいですか？」

葉田さんはパートで、たいていは午前中で帰ってしまう。仕事のできる葉田さんは、うちの法人では重宝がられ、午後から別の部署の事務をこなしにいくことも多いと聞いている。私はすぐさま答えた。

「いいですよ。私午後は面談の約束もないから、少しくらい診療所に戻るのが遅くなっても大丈夫だし。葉田さん、今日もこれから別の事務所に行くんですか？」

葉田さんは帰り支度をしながらにこやかに答えた。

「そう。今日は二時から西浜なんです。いったん家に帰って、ご飯を食べてから行きます」

「西浜？　これから自転車で移動ですか？　ご飯食べる時間、ほとんどないじゃないですか。今日は晴れてるからいいけど、雨の日も自転車？」

「そうなんですよ。でも、慣れると案外近いですよ。一本道だし。じゃあ野原さん、ごゆっくり。お先に失礼します」

葉田さんはそう言うと、リュックを背負い快活な足取りで出て行った。一人残された私はソファに腰を下ろし、何となく申し訳ないような気持ちでお弁当を広げた。

葉田さんは、長く勤めているパートさんの一人である。異動の多い正規職員と違って、ずっと同じ部署で仕事を続けている葉田さんは、この事務所の事務作業について一番よく把握している。葉田さんが別の部署で仕事をしている時に、わからないことが発生すると、わざわざその部署に電話をかけ、葉田さんを呼び出すことも少なくなかった。そんな時、いやな顔一つせず懇切丁寧に説明してくれる葉田さんは、この事務所になくてはならない存在となっている。事務に関してはそんな「お母さん」的な存在の葉田さんだが、見た目は実に若々しくかわいらしい。ショートカットの茶色い髪に、高校生の娘のお下がりだといって、今流行りの服を堂々と着こなしてくる。

「なんか、みんなすごいんだよね」

私は声に出して呟いてから、お弁当を食べ始めた。

この部署に異動してきてから、個性的で魅力的な人々にたくさん出会っている。田村さんは、あの演説の勢いには常に圧倒されるが、ソーシャルワーカーとしての実績と、人から頼りにされる存在感は尊敬している。何をおいても田村さんがいなければ始まらない、といったような存在感がある。小石川さんは、お母さんでありながら常にクールで知的であるところが、なんとも言えず私を惹きつける。石山さんのあの太陽のような明るさ、美しさ。そして葉田さんの、デキるのにでしゃばらない堅実な仕事ぶり……。自分以外の人がみな魅力的に思え、一番役立たずの私が一人お弁当を食べていることが情けなく思えてきた頃、勢いよく事務所のドアが開き、小石川さんが入ってきた。

「野原さん、来てたのね。ごめんね、訪問長引いちゃって」

小石川さんは足早に自分の机に戻り、訪問用のバッグとコンビニのビニール袋を置くと、奥のミニキッチンで手を洗い、さっき私がお茶を淹れた急須にまたお湯を注いだ。しまった、と私は思った。急須を洗っておけばよかった。小石川さんはさらに薄い、色もついていないようなお茶を飲むハメになってしまう。

「小石川さん、ごめんなさい。そのお茶、もう全然出ないと思います。さっき私が淹れちゃったから」

私は慌ててキッチンの小石川さんに向かって声をかけた。小石川さんはまったく気にかけないような調子で、

「あぁ、いいのいいの。色がついていればいいから」

と自分のマグカップに薄いお茶を注ぎ、急須を手早く洗い始めた。次に昼食を取るケアマネージャーたちが、うっかり薄いお茶を飲んでしまうのを防ぐための配慮であろう。訪問仕事のケアマネージャーは、昼食をゆっくりとる間もなく、流し込むようにして食べるとすぐにまた出かけてしまうことが多い。だから急須を洗ってお茶の葉を入れ替える手間を惜しみ、ほとんど色もついていないようなお茶を飲んで昼食を済ませてしまうことは、この事務所の者なら誰しも知っている。それなのに私はさっき自分でお茶を淹れた時に、どうして急須を洗っておかなかったんだろう。忙しい小石川さんに薄いお茶を飲ませ、急須まで洗わせてしまった。周囲に気が回らなかった自分を恥ずかしく思い、さらに小さくなって座っていると、小石川さんがコンビニのビニール袋とマグカップを持って、私の向かいのソファに座った。

「野原さんが探してたって、葉田さんが携帯の留守電に入れてくれてたの。もしかし

てお昼に来るかなぁと思って、なるべく早く帰ってこようと思ったんだけど。ちょっと、訪問を早く切り上げられなくって。ごめんね、待たせちゃって」

「いえ、いいんです。勝手に待ってたんですから」

小石川さんはコンビニの袋から、ざるそばとカップのサラダを取り出した。

「野原さんは偉いわよね、自分でちゃんとお弁当作って。私はたまにしか無理ね。どうしたらそんな風に手早くできるのか、お聞きしたいわ」

私はより一層小さくなって答えた。

「小石川さんは、残業なさってますもん。私は残業もしないで、一目散に帰宅していますから。それにこれは、晩御飯の残り物を夜のうちに詰めておいただけです。私みたいな働き方じゃ、周りの人たちは迷惑だろうなって思います。迷惑を承知で甘えさせていただいてるんですから、全然偉くないです……」

「それでも偉いと思うわよ。私なんて、子供三人なんてとても考えられない。一人でも大変だもの」

それはきっと、お子さんのことをきちんと考えているからです。私は子育てに関しても、手抜きなんです。私は心の中でそっとつぶやいた。こんな私だから、仕事に関しても迷いが出るのかな……。

小石川さんはそんな私の気持ちには気付かない風に、ガチャガチャとパックを開け、ざるそばを食べながら切り出した。

「それで、今日はどうしたの？」

私ははっと我に返った。頭の良い小石川さんのことだ。私が待っていたということは、それなりに込み入った相談事があるのだと、察しはついているはずである。私は意識のスイッチを仕事モードに入れ直し、言葉を選びながら話し始めた。

「谷口さんのことなんですけど。谷口さんのお金を、診療所で預かって管理していますよね。そのことについて、小石川さんはどう思われますか？　後見人として契約しているわけでもなければ、銀行の貸金庫とも違う。もちろん谷口さんの管理能力に課題があるというのはわかります。だから上手にお金が管理できるように、訓練が必要だということも。一緒に金銭管理の練習をして、良い方法を模索していくのが私たちソーシャルワーカーの仕事であることも理解しています。むしろここまで徹底的に谷口さんに向き合えるのは、この診療所ならではだと思います。それでも……」

私は言葉を切り、小石川さんの様子を見た。たった一か月ほどだが一緒に仕事をしてきて、小石川さんは情に流されず公私混同しない人であると感じていた。それを冷たいと受け取る人もいるだろう。しかし私はソーシャルワーカーとして重要な決断をする時、情ではなく冷静な判断が必要な場面もあると感じていた。今私に必要なのは、冷静な判断を後押ししてくれる存在であった。

「そうねぇ……」

　小石川さんはそばを食べながら何かを考えている。私は残り少ないお弁当を掻き込み、口をもぐもぐさせながら小石川さんの言葉を待った。

「私も谷口さんの金銭管理については、問題だと思っています。ずっとこのままでいいわけはないと。私が思うに、谷口さんは軽度の知的障害があるように思います。字もちゃんと書けないでしょ？　私は彼が療育手帳を取れれば、支援の幅が広がると考えています。でも彼の場合、ちゃんと知能検査をしたこともないし、生まれつきの知的な障害があるという客観的な資料がないでしょう？　それを集められるのかどうかが、カギになってくると思うんだけれど……。私はケアマネ業務があって、その辺を丁寧に支援できないから、そこを野原さんにやってもらえればいいのかなって思っていたの。これは、私の個人的な意見だけれど」

　さっきまでの消え入りたいような気分が消え、目の前が明るくが拓けてくるようだった。私が欲しかったのはこういう答えだったんだ。このままではいけないと思いながら、新しいところへ踏み出そうと田村さんに相談すると、なぜかわからないけれど阻まれていると感じることが多かった。でも小石川さんは、私の言いたいことをわかってくれるんだ……。

「そう、そうなんです。谷口さん、きっと知的な障害があると思います。勉強が苦手でも、ある程度日常生活がちゃんと送れていたから、大して問題にされなかったんですよね、きっと。でも確かに、自分の名前も漢字で書けないかもしれません。それに、彼はすぐに具合が悪くなりますよね。以前精神科病棟で働いていた時、軽度の知的障害がある方は、困難な状況にうまく対処することができなくて、精神科的な症状を見せることがあるって聞きました。だから本当の病気か知的な障害から来るものなのか、ちゃんと見極めることが必要だって。彼も困難に出会うと、本当に身体の具合が悪くなっちゃう。でも検査しても特に異常がない。これって、そういうところから来ている可能性もありますよね」

「そうね。だから彼がこれから一人で生きていかなければならないことを考えると、使える制度が増えるという意味で、療育手帳を取ればメリットは大きいと思うけれど」

「でも田村さんには何て言いましょう？　勝手に進めるわけにはいかないし、田村さん、私がそういう提案をするとあまりいい顔をされないし」

小石川さんは、すべてを理解しているという風に、ふふっと笑って言った。

「この件は、次の会議の時に私から提案します。それならダメとは言わないと思いますけど」

診療所に戻ったのは十三時三十分だった。途中で「小石川さんとミーティングをしているので戻りが少し遅くなる」と連絡を入れておいたから、業務に支障はないはずである。そう思って正面玄関を入ると、待合室に谷口さんの姿が見えた。私を見つけると、慌ただしく会釈し、例の前のめりの姿勢で駆け寄ってくる。

「あれ、谷口さん、どうしたんですか？」

一日に何度も訪ねてこられるのには慣れていたが、私はわざと驚いたふりをして聞いた。

「いや、あの、お金出して欲しくって……」

「え、お金？」

私は今度は本当に驚いて聞き返した。お金なら、今朝数日分まとめて渡したばかりである。大したことのない用事で訪ねてきた時、つまり人恋しくて話がしたかったのだろうと思われる時には、待合室で話を聞いて帰してしまうこともある。しかし今日はそれで済みそうになかった。私は二階へ続く階段の方を手の平で指し示し、谷口さんの後について歩き出した。

受け付けのカウンターの中では、石山さんが十四時からの診察の準備をしている。カウンターの前を通る時、石山さんがちらりと私を見て、顔をしかめながら肩をすくめた。私も両眉を寄せて、困ったような顔をして微笑み返した。何となく、そうする必要があるように感じたのだった。

　二階へ上がると、谷口さんに先に応接室へと向かってもらい、私は事務所の自分の机に立ち寄った。お弁当箱を置きメモとペンを準備していると、事務所の前を通る谷口さんの姿が目に入ったのだろう、太田さんが朝の無愛想な表情とは打って変わって、ニタニタしながら私に近づいてきた。

「また谷口さん？　今日二回目だよね。最近多くない？　野原さんが来てから、すっかり野原さんのファンだよね〜」

　その笑顔は親しみの表現とも、意地悪とも取れた。私はどちらに受け取って良いのか判断がつきかね、あいまいに微笑み返した。

「違いますよ。担当が変わったばかりだから、落ち着かないんじゃないですか。井上さんの時には信頼関係ができていたから、こんなことなかったんでしょうけど」

　私は半分本気でそう言った。

「どうかな〜。井上さんの時も大変だったけどね。夜間診療の時間まで『井上いるか〜！』って酔っぱらって電話かけてきたんだから。ホント、ソーシャルワーカーさんて大変よね。ま、頑張ってね！」

　太田さんは私の肩をポンとたたくと、重そうな体型に似合わず、軽やかな足取りで事務所を出て行った。

わかっている。谷口さんはそうやって、その時その時の担当者に依存してきたのだろう。信頼されることは良いが、依存させてはいけない。そう思って谷口さんとは接してきたつもりだった。しかしその関係が、周りの職員の目にはどう映っているのだろう。

応接室に入っていくと、ソファに座った谷口さんが、飼い主を待つ子犬のように私を見上げた。私も向かいのソファに腰を下ろし、口を開いた。

「谷口さん、どうしたんですか？　今朝、お金持って行ったのに」

「いや、そうなんですけどね。実は、お米買ったんですけど、袋に穴が空いてたみたいで、家に帰るまでにこぼれて全部なくなっちゃったんです」

「へ？　お米が？」

「はい。で、買い直したいんで、お金もらえますか」

「………………」

それ、本当？　ウソでしょう？

言いかけて、私は口をつぐんだ。それを言ってはいけない。

私は小さく深呼吸をして言葉を絞り出した。

「それは、どういう状況で、そうなったの？　自転車で買いに行ったのですか？」

「はい、自転車のかごに乗っけて持って帰ってきたんです」

「途中でこぼれていることに気付かなかったのですか？」

「はい」

「全然？」

「はい」

これ以上、どう会話を続けて良いかわからなかった。ウソでしょうと問い詰めて、彼が嘘だと認めるわけがない。

「で、お金はいくら残っているんですか」

「え、と……。今日昼飯にも使ったから、二千円くらいですね」

「二千円あれば、週末は何とか過ごせるんじゃない？」

「でも、お米買わないと。自分で炊いて食べた方が安いし、休みの時に何かあっても不安だし」

こういう時ばかり正論を言う。

私は判断がつきかねた。もし何かあった時に、「本人のお金なのに出さなかった」なんて後から問題になったら困る。私は彼の後見人でもなんでもないのだから。最後は自分の身を守るために、お金を出すことにした。

「自分の不注意でお米をなくしちゃったんだから、ちょっと節約頑張ってみたら？せっかくたまったお金、なくなっちゃうし」

と言うと、そこはあっさり納得したので、千円だけ渡して、受け取りのサインをもらった。

谷口。さっきの小石川さんとの話を思い出し、サインをする手元を注意深く観察するが、簡単な漢字なので苗字は間違いなく書けている。

谷口さんを見送った後、どっと疲れを感じた。

ああ……。お米が帰る道々、全部こぼれてしまっただなんて、昔話じゃあるまいし。

しかし、彼はきっと真剣なのだ。誰が聞いても信じないようなこんな話が、通用すると思って嘘をついているのだ。

私は足を引きずるようにして事務所へと戻った。さっきはいなかった猿田さんが、自分の席について、鼻歌を歌いながら事務仕事をしている。いつもはうるさいと思うその鼻歌に、今日は救われるような思いがして、私はため息をつきながら自分の席へと戻って行った。

＊　＊　＊

二〇〇九年八月　下旬　火曜日

今日はケアマネージャー事務所でのミーティングの日である。田村さん、小石川さん、そして私の三人が朝一で顔を合わせ、各担当ケースの報告、事務連絡、仕事上で相談したいことなど、腹を割って話し合う場……のはずである。しかし実際は、八割方田村さんがしゃべり倒す「田村さんの演説の場」となっている。よくそんなにしゃべっていられると思うほど、田村さんは毎回よくしゃべる。「朝のミーティングは何時まで」と時間を区切っていないため、運が悪いと午前中いっぱい演説に付き合わされることもあったが、たいていは十時頃までには終わるか、小石川さんが「これから訪問がありますので」などとうまく切り上げてくれていた。

今日は先日小石川さんと打ち合わせをした、谷口さんの療育手帳の件について、話し合わなければならない。普段は面倒臭くならないように、なるべく下を向いて発言せずに時間をやり過ごしている私だが、今日ばかりはそうはいかない。私は出勤するといつもよりも手早く身支度を済ませ、カギをズボンのポケットにねじ込むと、がちゃんと乱暴にタイムカードを押し、隣のケアマネージャー事務所へと走った。

事務所の入り口に着き、ドアノブを回してみるが開かない。良かった、一番だ！　私はポケットからカギを取り出すと、ガチャガチャと音を立てて開け、勢いよく中に飛び込んだ。ブラインドの閉まった事務所の中は薄暗く、熱気でもわっとしている。良かった、間違いなく一番だ！

私は電気をつけ、エアコンのスイッチを入れると、ブラインドを端から開けて行った。それが済むと、今度はミニキッチンへと向かい、お茶の準備を始めた。下っ端が心証を良くするために努力すべきこと。誰よりも早く出勤し、みんなの分のお茶を淹れる。しかしこんなものは、昭和生まれの人間の、一昔前のやり方なのかもしれないなと、湯が沸くのを待つ間ぼんやりと考える。私よりも若い子たちを見ていると、先輩がお茶を淹れているのを見ても、平気な顔をしている子も少なくない。だいたい飲み物なんて、若い子達にとっては、各自で好きなものを買ってくるのが常識の時代なのかもしれない。そんなことを考えていると、ドアの開く音がし、小石川さんが入ってきた。

「おはようございます」

私が声をかけると、

「おはようございます」

と小石川さんも答える。

時計を見ると八時四十五分ちょうど。タイムカードの時計は数秒遅れているから、これでも遅刻にならないのだろう。あまり時間に厳しくないのが、この法人の気楽なところだ。

「もう〜、娘がなんだかぐずっちゃってね、保育園に連れて行くのに時間がかかってしまったの。ぎりぎりよね、危ない、危ない」

私の心の声が聞こえたかのように、小石川さんが言い訳がましく話しかけてくる。クールビューティーな小石川さんのそんな人間的な一面を見て、私はちょっとうれしくなった。

「私も毎朝鬼ババになってますよ。あと十分早く出ればいいのにってみんな思うかもしれないけど、子供はそんなにこっちの思うように動いてくれないですもんね」

「ホントホント。子育てって大変よね、本当に。あ〜、あっつい。ここに来るだけで汗だくよね」

「あ、今日も熱いお茶ですけど、いいんでしょうか」

「ああ、いいでしょう。水分が取れれば。熱いのが嫌な人は自分で氷入れればいいんじゃない」

そういって小石川さんは冷凍庫を開け、

「あら、氷ないわね。大丈夫よ、会議までには冷めるでしょ」

とさばさばとした口調で言う。


ちょうどその時、またドアの開く音がした。来た！　と思いドアの方を見ると、田村さんが不機嫌そうな顔で入ってくるのが見えた。

「おはようございまーす」

私は努めて明るく声をかけた。

「おはよう〜」

田村さんは不機嫌そうな顔には似合わず、声は低いが機嫌のよさそうな挨拶を返してきた。私は少しほっとして、小石川さんの方をちらりと見た。小石川さんは田村さんの機嫌など気にする風もなく、無表情に「おはようございます」とあいさつをしている。私はあまり人の機嫌を気にしすぎるのかな、とまた少しほっとする。

田村さんは朝事務所に入ってくる時、たいていいつも不機嫌そうな顔をしている。だから、火・木・土の会議の日の朝は、私は少なからず緊張している。しかし田村さんも悪気があるわけではないのかもしれない。話しかけると笑顔を返してきたりもする。だから最近は、田村さんはきっと朝が苦手で、どうしても不機嫌な顔になってしまうのだと思うようにしていた。そう言えば小石川さんだって、朝は結構不機嫌そうに見える。きっとみんな、朝は眠くて忙しくて、イライラしてしまうのだ。

しかし田村さんの出勤時間がいつも遅いのはなぜだろう。今朝だって確実に定時を過ぎている。タイムカードもあまり押さないようで、虫食いの印字になっている。

「私は忙しくて出かけることが多いからね～」

と本人はカラッと言っているが、その外出中に何をしているのか、実のところ不明である。電話をかけてもつながらない、メールをしても返ってこない。周囲の人たちは、「こうつかまらないと困る」と言いながらも、面と向かって田村さんに文句を言う人は誰一人としてなく、それでいて困ったことがあると、田村さんを頼りにしてあたふたと探し回っている。

どうも腑に落ちないが、考えてもよくわからないのだから、重役になると誰しもそうなるのだと、とりあえず自分に言い聞かせ、あまり深くは考えないようにしていた。

九時近くなると、他の職員も出勤してきた。

この事務所は、ホームヘルパー事務所も併設している。同じ空間に、ケアマネージャーとヘルパーが机を並べて仕事をしているわけである。ヘルパー事務所の方は九時始業で、出勤時間が若干ずれている。ヘルパーのサービス提供責任者である小峰《こみね》さん、君塚《きみづか》さん、それにパートのケアマネージャーも何人か出勤してきた。自分の机に乗っているお茶を見て、小峰さんが声を上げる。

「あら～、嬉しい。お茶が入ってる～」

私が淹れたのだと知っていて、わざと言ってくれているのだろう。

「本当は皆さんのお顔を見てから淹れた方がいいんですけど。さっきこちらの分と一緒に淹れたので、冷めちゃっているかもしれません。すみません」

「あら、冷めたぐらいがちょうどいいじゃない。ねぇ、君塚さん。いただきま～す」

そう言って、小峰さんはおいしそうにお茶を飲み干した。

「ぬるいぬるい、ちょうどいい！　あ～、おいしい！」

誉めているのだか嫌味なのだかわからないその言い方に、みんなで声を上げて笑っていると、

「じゃあ、そろそろ始めようかね」

と田村さんが号令をかけた。

私は背筋を伸ばして座り直し、田村さんの方へ顔を向けた。

ソーシャルワーカー、ケアマネージャー、ヘルパーと、いくつもの職種が同居しているこの事務所だが、今日のミーティングに参加するのは、ソーシャルワーカーとして雇われている田村さん、小石川さん、そして私だけである。この法人のソーシャルワーカーは、自分たちがソーシャルワーカーであることを誇りに思い、この法人を引っ張っているのだというプライドを強く持っている。それは専門職として素晴らしいことではあるが、心に引っ掛かりを感じるのもまた事実であった。田村さんも小石川さんも、普段はケアマネージャーとしての仕事がほとんどでも、「あなたの仕事は何ですか」と問われれば、必ず「ソーシャルワーカーです」と答える。それが誇り高きわが法人の、ソーシャルワーカーとしてあるべき姿なのだ。

ここに就職してまだ間もない頃、ある看護師に言われたことがある。

「ここのソーシャルワーカーさんたちは偉いからね。ソーシャルワーカー様なのよ」

そんな風に思われているなんて、致命的だと思った。偉そうに見えるだなんて、一番言われたくない言葉だ。ソーシャルワーカーだけのミーティングだなんて、こういうところにそういった特権階級的な意識が見え隠れしているのだと思う。

しかし反面、それは仕事のしやすさを意味してもいた。医療や福祉の現場で、ソーシャルワーカーの地位はそれほど高くはない。それは医者や看護師など他の専門職と違って、ソーシャルワーカーの仕事は、直接的にお金にならないということも関係している。時代とともに少しずつ変わってきてはいるが、私たちがいくら面談をしようが訪問をしようが、何分でいくら、一件いくら、という風に、直接お金が入ってくる仕事は、日本の医療や福祉の歴史の中ではほとんどなかった。お金になる仕事ができないのに、相談者の権利を守るために、雇い主の利益に反する立場に立たされることもしばしばである。それが組織に雇われるソーシャルワーカーたちの、やりづらさの源なのであった。そんな現実の中で、他の医療や福祉の現場では、「ソーシャルワーカーなど理想ばかり並べ立てて、もっとお金になる仕事をしろ」と言われそうなことも、「患者さんのため、利用者さんのためです」と声を大にして言えるのは、この法人の長所であると思っていた。

本当は、私にとってはどうでも良いのだった。ソーシャルワーカーとしてのプライドとか、表向きの地位とか。そんなことは、私に言わせればちっぽけなプライドで、大事なのはクライエント（※ソーシャルワークの現場では、相談者のことを「クライエント」と呼ぶことが多い）の権利をいかにして守るか、そしていかに自立に向けた支援ができるかということ。そのためには自分の見栄や体面なんてどうでも良かった。それがソーシャルワーカーとしての真のプライドだと、私は思っていた。

ミーティングは大きな問題もなく進んでいた。各自の担当ケースについて、この数日間の動きを報告し終わり、「じゃあ、他に何かある人いますか?」と田村さんがお決まりの文句を言った時、私は何も言わずに小石川さんの方を見た。小石川さんは私に視線を送り、口を開いた。

「あの、谷口さんのことなのですけれど……」

「うん?」

「担当が井上さんから野原さんに代わりました。海乃辺診療所と谷口さんとの関わりも、大分長くなってきています。たとえば金銭管理にしても、診療所の金庫で谷口さんのお金を管理していますよね。近年では、成年後見制度も整備されてきています。これから先、今までのやり方では、何か起こった時に大きな問題になりかねません。担当が変わった今が良い機会です。今後彼にきちんと後見人をつけるという方向で、支援をしていくべきなのではないかと思うのです」

　田村さんは答えない。

「ただ、今のままでは彼も若いですし、後見人をつける理由がありません。そこで、野原さんにもご意見を伺いましたが、療育手帳を取れるように支援をしてみてはどうかと思います。彼に軽度の知的障害があるとの見方で、私も野原さんも意見が一致しています。しかしそれを立証することが非常に困難です。根気のいる、時間のかかる支援になると思います。そこで、それを野原さんにやっていただいてはいかがでしょう」

理路整然とした、小石川さんらしい提案の仕方だった。田村さんは腕を組み、目をつぶってしばらく考えていた。長い沈黙の後、田村さんは目を見開き、私を見据えて言った。

「そうだね。非常に困難な、大変なケースになりそうだね。でも、あなたならできるんじゃない？　やってみる？」

「え……？」

私は一瞬何が起こったのかわからず、目をぱちくりさせていたが、次の瞬間、田村さんがゴーサインを出してくれたことを理解した。

「あ……、はい！」

飼い主に忠実な子犬のように、私は背筋をまっすぐに伸ばして大きな声で答えた。小石川さんが、私にちらりと視線を送ってきた。私はまっすぐに小石川さんの方を向き、にっこりと笑って応えた。

さすが小石川さんだ。私が提案していたら、こうはいかなかっただろう。面倒や困難は数多くあれど、小石川さんのように頼りになる先輩がそばにいてくれることは、私にとっての幸運だ。私は心の中でそっと、小石川さんに頭を下げた。

第二章　関わり

二〇一〇年二月　中旬

冷たい雨が降っている。駅のホームに谷口さんと二人で並んで立ち、下り電車を待つ。今日は県の療育センターで行われる谷口さんの知能検査に同行することになっていた。

去年の夏、谷口さんの療育手帳の取得に向け支援を開始することになってから、約半年。ようやくここまで来たという安堵の思いが胸を占めていた。今日の知能検査が済めば、一連の手続きが一段落する。

隣に立つ谷口さんの顔をそっと覗き込むと、おどおどした表情でこちらを見る。

「緊張しますか?」

と尋ねると、

「いや、そんなことないです」

と、やはりおどおどした様子で答えた。

谷口さんはいつも落ち着きがなく、おどおどした印象を受ける。これから向かう初めての場所に緊張しているのかと思ったが、そう言われてみればいつもと変わらないようにも見える。そうか、私の方が緊張しているのだと、その時に気付いた。

今朝、一歳の紀花は微熱があった。ほんのわずかだが、胸に喘鳴も聞こえる。今日だけはどうしても休めない。どうしよう、と思った。

朝一番でかかりつけの診療所を受診し、吸入をしたら喘鳴は少し良くなった。薬をもらって、近所に住む母に預けて出勤してきた。子供が具合の悪い時にそばにいてやれず、家族でない人の支援に向かわねばならない。この仕事をしていて、一番胸の痛む時である。

しかしそれは、谷口さんにとっても同じことであろう。谷口さんにとって重要なこの日に、私は谷口さんの隣にいるのに、谷口さんではない人のことを考えている。

家を出てから今まで、母から連絡は入っていない。紀花の状態は落ち着いているのだろう。そんなに心配しなくても大丈夫そうだ。私は今日は、谷口さんのことを一番に考えることにした。

「寒いですね。雪になるかな？」

私は谷口さんに話しかける。

「そうですね」

谷口さんが答えた。

「今日は駅まで自転車で来たのですか?」

「はい。いつも自転車なんで」

「でも、雨でしょ? かさは?」

「かさは差しません」

「雪が降ったらどうするの? 自転車危ないじゃない」

「まぁ、でも、いつも自転車ですよ」

確かにそうだ。谷口さんは雨の日も風の日も、いつも自転車に乗っている。壊れたビニール傘を差していることもあるが、少々の雨なら気にせず濡れたまま走っている。

「気を付けてね。滑って転んで誰かにぶつかったら、谷口さん一人の問題ではなくなるから」

「はい」

谷口さんは苦笑いをしながら小刻みにうなずく。

谷口さんは私よりも十歳ほど年上である。病院や役所などでも「様」をつけて呼ぶこの時代、患者様でしかも年上の谷口さんには本来、どんな時でも敬語を使って話さなければならないはずであったが、谷口さんとは、敬語だけで話すのはどうしても違和感があった。よそよそしすぎて、距離が縮まらない気がしてしまうのだ。しかしあまり馴れ馴れしくするのもどうかと思っていた。そんな相反する思いの狭間で、私は谷口さんと話す時はどうしても、敬語とタメ口《ぐち》とが混ざった変な話し方になってしまうのだった。

腕時計を見ると十二時三十分を回ったところである。私は紀花の受診後、自宅で早目の昼食を済ませ、職場に「谷口さんとの待ち合わせ場所に直行する」と連絡を入れてきた。谷口さんとは駅の改札で、十二時二十分に待ち合わせをしていた。

「お昼は食べてきましたか？　もしまだだったら、向こうの駅で、少し何か食べる時間はあると思うけど」

私は谷口さんに尋ねた。

「いえ。野原さんは？」

「私は早お昼食べてきちゃった」

「自分も今日はいいです。食べないことも多いんで」

そんなことを話していると、下り電車が到着するとのアナウンスが流れてきた。私は少しホッとした。ホームには屋根がかかっているため濡れることはないが、それでも冬の雨で身体はすっかり冷えている。早く暖かい車内に入りたい。夏生まれの私は、どうしても冬の寒さが苦手なのだ。

＊　＊　＊

谷口さんに療育手帳の説明をしたのは、田村さんからゴーサインが出たすぐ後、去年の八月下旬だった。人から支援を受けることにあまり抵抗を示さない谷口さんだが、それでも療育手帳の話を切り出すのには多少なりとも勇気がいった。しかし谷口さんは、その提案をすんなり受け入れた。その様子を見て、谷口さんは、人が自分のために何かをしてくれることが嬉しいのだろうと思った。本人は自覚していないようだが、こちらが谷口さんのためにと思って提案することは、一般的にあまり好まれないことであっても、彼にとって嫌ではないようであった。それだけ彼は孤独なのだろうと思った。

それでもどのように説明するか、言葉を選ぶのはそれなりに難しかった。

「谷口さん、小さい頃から勉強についていけないと感じたことはありませんでしたか？　漢字とか計算とか、周りのみんなと同じようにはうまくできないなと思ったこととか……」

私は谷口さんの反応を見ながら、言葉をつないでいった。

「もし思い当たるのであれば、もしかして谷口さんは、生まれつき知的な障害があった可能性があります。それでね、そういう人たちがもらえる手帳がありますその手帳を持っていると、利用できる制度が増えるんです。たとえば今、谷口さんはお小遣いを診療所に預けているでしょう？　そういうお金の管理も、後見人という人についてもらって、谷口さんが困らないように、力を貸してもらえるようになるんです」

谷口さんは、目をくりくりさせて小刻みにうなずきながら、一生懸命私の話を聞いた。どこまで理解できたかはわからない。けれどもこの話に悪い印象は抱かなかったようだ。障害という言葉を非常に嫌う人もいるため、私の発する「障害者」という言葉にどんな反応を示すか不安だったけれど、その言葉も彼を傷つけることはなかったようだった。

「その療育手帳っていうのを取れば、もっと色々な制度が使えるようになるんですよね。だったら、やってみてもいいかなと思います」

谷口さんは素直に承諾した。

私はひとまずホッとして、さらに重要な課題へと話を進めていった。

「でもね、その手帳を取るには、小さい頃から知的な障害があったという証拠が必要になります。小さい頃、知能検査を受けた覚えはありますか？」

「いや、ちょっとよくわからないですね」

「そうよね。勉強が苦手だから知能検査をしてみようか、なんてこと、なかったですよね」

「はい。ない……と思いますね」

自分だけ特別にどこかで検査を受けていれば、きっと印象に残っているだろう。覚えていないということは、そのような経験がないと考えて間違いなさそうだった。

「小学校の頃の通知票とか、母子手帳とか、残ってないですか？」

「いや、そういうのは……。母親も、もうどこで何しているかわからないし……」

谷口さんは、父親はすでに他界し、母親とも兄弟とも音信不通で、本人の話を聞く限りでは天涯孤独の身の上であった。

う～ん……、と私は考え込んだ。療育手帳を取るためには、十八歳までに知的なハンデを背負っていたという資料の提出が必要である。要するに、後から発症した病気のせいで知能が低下したわけではない、という証拠を示す必要があるのだ。ここはやはり古株の田村さんの、幅広い人脈と政治力に頼るしかなさそうだ。

「ねぇ、谷口さんって、地元の小学校の出身でしょ？　田村さんのつてで、谷口さんの小さい頃のことを知っている人を、探してもらってもいいですか？　谷口さんがどんな子供だったたか、証明してくれる人が必要なんです」

「はい、いいですよ」

協民党の市議会議員である小堀《こぼり》さんから、私宛てに連絡が来たのは、その約二か月後、そろそろ十一月にさしかかろうという十月末のことだった。

「あ〜、野原さん？　市議会議員の小堀です。あのね、田村さんからあなたに連絡してほしいって頼まれたんだけどね」

十月末のある日、市議会議員の先生から直々に電話がかかってきて、私は面食らった。

小堀議員は協働民主党《きょうどうみんしゅ》、略して協民党の市議会議員である。海乃辺診療所のある地域から立候補している地元出身の市議会議員で、町を歩けば至る所で顔写真付きの看板を見かける。そればかりでなく、当法人が協民党を支持していることは、この地域では言わずと知れた事実であり、診療所の出入り口付近には、堂々と彼のポスターが貼られていた。当然のことながら、市に強く働き掛けたいことがあると、当法人が彼の政治力を駆使していることは、誰の目にも明白であった。私にとって小堀議員は「よく知っている議員さん」であったが、直接やり取りしたこともなければお会いしたこともない。畏れ多い議員先生から直接電話がかかってくるなんて、私は文字通り飛び上がってしまった。

谷口さんがらみの要件であることは、容易に察しがついた。しかし、直接連絡があるのなら、そう言っておいてくれれば良いものを。田村さんのマイペースさというか、ある種の無神経さというか、強引さというか……。いつものことながら呆れると同時に、尊敬の念も抱くのであった。田村さんはこのキャラクターのおかげで、ここまでのし上がってきたのだろう。

汗のにじんだ手で受話器を握り直すと、聞こえてきたのは予想外に温かく、気さくな話し声だった。

「田村さんから聞いてるよ。谷口君のことね。僕はね、彼を古くから知っているんだよ。長い付き合いというかね。確かに昔から彼は一風変わっていてね、たぶん知的な障害はあると思うんだよ。ただ、彼のご家族とは連絡が取れないからね。そこでだ、ちょっといろんなつてを頼りに探してみたんだけど、彼の六年生の時の担任の先生を見つけることができたんだ。藤堂《とうどう》先生と言ってね。今は市の知的障害者の施設、『陽だまりの里』で働いている。谷口君はあんな感じだろう？　しかも谷口君は、藤堂先生が教師になって初めての生徒だったらしいんだ。だから、谷口君のことはとてもよく覚えていると言っていたよ。藤堂先生も、谷口君に軽度の知的障害があるという意見には、納得していた。そして、できる限りの協力をしたいと言ってくれている。どうかな。一度谷口君と一緒に、『陽だまりの里』に行ってみないか」

私は受話器を手にしたまま、電話の向こうの小堀議員に何度も頭を下げた。

「ありがとうございます、ありがとうございます。谷口さんには、私から話をしておきます。多分嫌とは言わないと思います」

「じゃあ、僕の携帯に連絡ちょうだい。僕はここんとこちょっと忙しいけど、来月の中旬くらいになったら動けると思うから、また日程調整しましょう」

電話を終えると、私は走り書きでメモした小堀議員の携帯番号を、新しい付箋紙にきれいに書き直し、谷口さんのケース記録の一ページ目にぺたりと貼り付けた。小堀議員と藤堂先生。「縁」ってあるものなんだなと、こういう時に思う。私はその付箋紙を指でなぞりながら、しばらく見つめていた。

谷口さんに話をすると、予想通り何の抵抗もなく、「いいですよ」との答えが返ってきた。藤堂先生のことは、谷口さんも覚えているらしい。すぐに小堀議員に連絡し、『陽だまりの里』への訪問は、十一月中旬と決まった。


約束の日の朝、私は診療所の正面玄関の前で、小堀議員の車を待っていた。車を待つ間、私は玄関のすぐ横の壁に貼ってある、小堀議員の顔写真付きのポスターを眺めた。ロマンスグレーの髪、レンズが大きめの眼鏡に、落ち着いた微笑み。あの電話以来、今まで何の興味も湧かなかった小堀さんの顔が、とても優しげで人の良さそうなおじさんに見える。それを通り越して、最近ではダンディなベテラン俳優のように見えてきてしまった。人の印象なんて、心の持ちようでこんなにも変わってしまうのだ。自分のそんな軽薄な単純さに、思わずふふっと笑ってしまった。

今日は谷口さんは、自転車で『陽だまりの里』まで行くと言っていた。この辺りを大分遠くまで自転車で走り回っている谷口さんは、住所を聞いて地図を見ると、そこなら知っていると言っていた。数日前にも、自転車で下見に行ってきたという。何か目標が見つかると、そこに向かって必要以上にエネルギーを注ぎ込むのが彼の特徴だ。藤堂先生に会いに行くと決まってから今日まで、彼の頭の中はそのことで一杯になっているはずだった。それは彼にとって良いことであるとも言えた。隣の部屋の住人からの嫌がらせ、騒音、不眠……。大半は彼自身の思い込みから来ているであろうそれらの悩み事は、何かに熱中している期間は、忘れていられるのだ。現にこの話が出てからというもの、彼からこれらの訴えを聞いていない。

私は薄い雲がかかった空を見上げた。お昼まで天気は持つだろうか。小堀議員と私は、車で『陽だまりの里』へ向かうが、車でも二十分ほどかかると聞いている。雨になったら、自転車の谷口さんは大変だなと、少し心配になった。

そんな考え事をしていると、グレーの汚れたワゴン車が診療所の前に停まった。薄暗い車内に目をこらすと、運転席に座っているのはどうやら小堀議員のようである。

私はワゴン車に駆け寄った。助手席の窓が開き、運転席の小堀さんの顔がはっきりと見えた。

「野原さんかな？」

小堀議員は親しげに声をかけてきた。

「おはようございます。野原です。今日はよろしくお願いします」

「どうぞ、乗って乗って。私の運転で悪いけど」

私は助手席のドアを開け、車内に乗り込んだ。ワゴン車は座面が高いので、背の低い私は乗り込むのにいつも苦労する。初対面の小堀さんにもたもたするところを見られるのは恥ずかしかったので、私は地面を思い切り蹴り上げ、なるべく軽快に見えるように勢いよく飛び乗った。

何気なく後部座席を見渡すと、何だかよくわからない箱やら洋服やら、ガラクタのような荷物がごちゃごちゃと乗っている。これは協民党の車なのだろうか、それとも小堀さん自身の車なのか。「議員先生の車」のイメージとはあまりにもかけ離れたそのワゴン車に乗せられ、荷物と一緒にガタガタと揺られながら、私は『陽だまりの里』へと運ばれていった。

『陽だまりの里』は市街地から外れ、田舎道をしばらく走った先にあった。アップダウンはさほどないが、診療所からの距離はだいぶある。これを自転車で来るとなると、相当時間がかかりそうであった。途中、周囲に目を凝らして谷口さんの姿を探したが、自転車を漕ぐ姿は見かけなかった。

私たちが『陽だまりの里』に着くと、すでに谷口さんは到着していた。門の前の駐輪場に自転車をとめ、きょろきょろと落ち着きなく辺りを見回している。

「おう、さすが谷口君。もう着いてるね」

小堀さんが谷口さんに向かって軽く手を挙げると、谷口さんもこちらの車に気付いたらしく、ぴょこぴょことせわしなくお辞儀をした。

ちょうど送迎バスが着く時間らしく、通所の利用者さんたちがぞろぞろと玄関を入っていく。利用者さんたちの年齢は、高校生ぐらいから中高年まで、様々である。利用者さんたちを誘導する、職員と思しき人たちの姿もちらほらと見える。谷口さんは敷地内へと進む私たちの車の後を小走りに追ってきた。

「なんだか、忙しそうだねぇ。少し待とうか」

私たちは敷地内の駐車場に車を停め、人の波がすべてなくなるのを見届けてから、玄関へと歩き出した。

藤堂先生は、谷口さんより十歳以上も上にはとても見えないほど若々しく快活で、精悍な人だった。背はそれほど高くないためか、威圧感や壁といったようなものをまったく感じさせない。この先生が新卒で初めて、谷口さんのような生徒を受け持ったのだ。どれだけ正義感と希望に燃え、谷口さんと向き合ったことだろう。藤堂先生の誠実そうな笑顔から、それは容易に想像できた。

施設の中の小さな部屋で、私たちは話をした。藤堂先生は、谷口さんが卒業した時の卒業文集を持ってきてくれていた。最初に送り出した卒業生だ。感慨もひとしおであっただろう。

「ここに谷口君が書いた作文が載っています。私も今回小堀先生から連絡をいただいた後、引っ張り出して読んでみたのですが、ちょっと見てみてください」

藤堂先生は、谷口さんの作文のページを開いて見せてくれた。

そうだ、この文字。彼がいつも書く「谷口幸雄《ゆきお》」という名前。「雄」という字は、何となく形が合っているように見えるが、正しく書けてはいない。年数が経つうちに若干クセに変化が見られるものの、力なくのたくったミミズのような字は、まさに谷口さんの筆跡だ。私はなぜか懐かしいような気持ちになって、会ったこともない六年生の谷口少年を想像した。きっと今と同じように、きょろきょろと教室を見回していたのだろう。いつも自信なさそうに、友達について回ったのだろう。宿題もテストも、ほとんどできなかったのかもしれない。けれどもきっとこの藤堂先生は、温かく辛抱強く、彼に向き合ってくれたのだろう。

「谷口君、この作文を書いた時のことを覚えている？」

谷口さんは自信がなさそうに首を振った。

「そうだよね。この作文を書いた時のことを、お二人に話してもいいかな？」

谷口さんは、きょとんとした目でこくこくとうなずいた。

「この作文、一見きちんと書けているように見えますよね。つたない文章ではあるけれど、一般的な修学旅行での思い出について、まぁきちんと書けているように見えます。でもね、これ、一文一文すべて私と一緒に書いたんです。ほら、漢字が一つもないでしょう。文章も、それで何をしたの？　どう思ったの？　と私が一つ一つ問いかけて、それに対する彼の言葉を書き留めて、一文一文作っていったんです。私が書き留めた下書きを、最後に彼が丸写しした。それでやっとこのできです」

そうか。普段大人とばかり接していると、小学生の学力がどの程度のものか、ピンとこないところがあるが、確かに小学校六年生といえば漢字も書けるし、文章力だってこんなものではないのかもしれない。

「ちょっと見せていただいてもいいですか？」

私は他のページもパラパラとめくってみた。言われてみれば、他の子供たちの作文とは、ページを開いてみただけでもずいぶんと印象が違う。

「谷口君、君の小学校の頃のこと、他にも話していい？」

谷口さんは、まったく抵抗なく、こくんとうなずく。

「谷口君は、いじめられているようなところも見受けられましたね。さほどひどいいじめではなかったですけど、強い子たちに命令されたり、からかわれたりするような。他の生徒たちより要領が悪かったりするもんですから。勉強も苦手だったよね？でも、今と違ってそういうのがさほど問題にならない時代でしたし、私が注意すればそれ以上エスカレートすることもなかったですしね」

「そうだね、君、今もたまに、たかられたって言ってることあるもんね」

小堀議員が、私が考えていたのと同じことを言うと、谷口さんは苦笑いをしながらうなずいた。そうなのだ。お金がないと言って約束の日よりも前に取りに来る時の何割かは、人に貸したとか、おごったとか言っている。強く断れないし、ずる賢い人たちにうまく利用されてしまうのだろう。私は常にそういう立場に立たされてしまう谷口さんの境遇を思い、胸が痛んだ。

「では藤堂先生は、谷口さんにはやはり、生まれつき知的な障害があったと思われるわけですね？」

私が確認すると、

「はい、そうです。ＩＱ値などの客観的データはありませんが、たとえばこういった作文や、彼の学習面、生活面から考えて、そう言って間違いないと思いますよ」

「では今後、療育手帳に関して県に提出する資料の中に、証言者として先生のお名前を出しても構いませんか？」

「もちろんです。他にも何かできることがあったら、おっしゃってください」

藤堂先生は快くそう言ってくれた。

「あと、この作文、コピーを取らせていただけますか？　これは今後、数少ない貴重な資料となると思うんです。谷口さん、いいですか？」

「いいですよ」

谷口さんは当然のごとくそう答えた。

私は藤堂先生の取ってきてくれたコピーを、大切に鞄にしまった。


もうすぐ十一時になる。まだ雨は降っていない。天気予報通り、どうやら午前中いっぱい天気は持ちそうだった。

「これからまっすぐ帰るのですか？」

玄関を出ると、私は谷口さんに尋ねた。

「はい。あ、スーパーで買い物とかするかもしれないですけど」

「雨降りそうだから、早く帰ってくださいね。気を付けてね」

「はい」

「君はいつも元気だもんな～。たいていのところへは、自転車で行っちゃうもんな」

小堀議員もにこにこと谷口さんに話しかける。

谷口さんは恥ずかしそうに笑い、

「じゃ、自分はこれで」

と言うと、自転車置き場の方へと、こちらを振り返り振り返りしながら駆けて行った。

＊＊＊

大分長い時間物思いにふけってしまった。はっと我に返り隣の谷口さんを見ると、彼は変わらずじっと窓の外を見つめている。次に停まった駅で駅名を確認し、車内の路線図と照らし合わせると、どうやらあと二駅で目的地であった。

「谷口さん、あと二駅みたい。思ったより近いですね」

谷口さんに向かって話しかけると、彼はくるっと首をこちらに向け、細かくうなずく。

『陽だまりの里』への訪問の後、さっそく市の障害福祉課へ提出する資料を作成した。藤堂先生からの話と本人の記憶をもとに、谷口さんの知的障害が生来性のものであると申し立てる内容だった。何度か突き返されるものだろうと覚悟していたが、予想に反してすぐに知能検査を受けることになった。これが通れば、等級はどうあれ確実に療育手帳が取得できると思われる。果てしなく長く険しく思えた道のりは、案外すんなりゴール目前まで到達してしまった。何事も何とかなるものなのだと、感慨深く思う。しかしこれは、藤堂先生という証言者にたどり着けたという幸運に助けられている部分が大きい。果たしてこれは、谷口さん自身の運の強さなのか、それとも私の運か。

「藤堂先生、いい方でしたね。若くてカッコよくて、びっくりしちゃった」

私が言うと、谷口さんもにこにこしながら恥ずかしそうに答えた。

「そうですね。なんか、全然変わってなくてびっくりしました。自分の方が年取っちゃった感じで」

「どんな先生でしたか？　若い頃」

「いい先生でしたよ。たまにうちにも来てました。いろいろ世話になりましたね」

具体的にどんな風に世話になったのか、うまく表現できないらしく、その辺りは詳しくはわからない。しかし谷口さんが藤堂先生を信頼していて、多分好きだったであろうことは伝わってきた。昔彼のことを思ってくれていた人に、今もう一度出会えた。それは彼がこれから生きていくのに、きっと力になるだろうと思った。

「あ、着きましたね」

駅のホームが目に入り、電車がだんだんと速度を緩める。

「緊張しますか？」

私はもう一度谷口さんに聞いた。

「いや、大丈夫です」

谷口さんは恥ずかしそうに笑う。

「本当？　だって、何十年ぶりのテストじゃない」

私は笑って谷口さんの顔を覗き込んだ。谷口さんも恥ずかしそうに笑っている。その笑顔を見て、今日私とここに来たことも、少しでも彼の力になってほしいと思うのだった。

改札を出て駅ビルを抜けると、駅前は広いロータリーになっていた。ロータリーを囲むように造られている歩道は、淡い色のレンガ調で統一され、等間隔に木が植えられている。ロータリーの真ん中は丸い花壇になっていて、真冬の今は咲く花もないが、春や夏はきっと美しい花で彩られるであろうと想像できた。洗練されたセンスの良い空間が造られてはいるが、気付けばロータリーのそこここに、マイクロバスが停まっている。会社名や施設名らしき文字が書かれているものもあれば、何も書いていない車もある。どうやら各会社や施設が、送迎用に独自に用意したマイクロバスのようだった。要するに交通の便が悪く、路線バスやタクシーだけでは不便な地域なのだろう。そしてそういった田舎の町には、施設や病院などが多く集まっているものなのだ。

私たちは数少ない路線バスを利用する予定だった。発車時刻までまだ三十分近くある。乗る予定のバスも、まだ入ってきていない。私は谷口さんに話しかけた。

「あのね、バスの時間は一時三十一分なんです。まだだいぶありますね。谷口さん、お昼食べてきますか？」

さっき通ってきた駅ビルの中に、ハンバーガーショップがあるのを確認していた。

「いや、いいです。ちょっとタバコでも吸ってきますよ」

谷口さんはどこへともなく行きかけた。私は慌てて呼び止めた。

「谷口さん、時計持ってます？　一時二十分にはここに来てね！」

谷口さんは振り返って言った。

「あ、携帯持ってるから大丈夫です。野原さんは？　どうします？」

「私は駅ビルの中でも見てる。じゃあ、一時二十分にここでね！」

私はしつこく繰り返した。時間にはきちんとしている谷口さんのことだから大丈夫であろうが、そのバスを逃すともうアウトなのだと思うと、しつこく何度も確認したくなった。谷口さんは頷きながら、どこへともなく離れて行った。何となく心配で、私はバスが発車する予定の1番のバス停まで、発車時刻を確認しに行った。間違いなく十三時三十一分と書かれている。私はホッとして、キョロキョロと辺りを見回した。谷口さんの姿は消えている。どこまで煙草を吸いに行ったのだろうか。

ホッとして気が緩むと、今度は紀花のことを思い出した。忘れていたわけではないが、何かあれば母が連絡をくれるはずだと、今日は頭の中から追い出していた。バスを待つ間、母に連絡をしてみようと思い立った。

私はひとまず駅ビルの中に入り、ベンチを見つけて腰かけると、携帯電話を取り出した。着信の記録はないようだ。私は母に電話をかけた。

「もしもし。あ、あたし、美咲。紀花どう？」

「あ～、美咲、ご苦労様ね」

電話に出た母の声はのんびりとしている。紀花の状態が落ち着いていることはすぐにわかった。

「のんちゃんね、よく寝てたわよ。さっき起きてご飯食べたとこ。胸の音も、まぁ聞こえるけど、ひどくはなっていないわね。咳も朝よりは良くなってるみたい」

後ろで紀花の機嫌の良い声が聞こえる。続いてガラガラと何かの崩れ落ちる音がし、キャハハ……という笑い声が聞こえた。紀花は最近、積み木を積んでは崩す遊びが気に入っている。きっとそれをして遊んでいるのだろう。私は心底ホッとした。

「良かった。今日は本当に大事な日だから、ごめんなさい。でも終わったらすぐに帰るから。もし早めに終わったら、直帰していいかどうか聞いてみます。すみません。よろしくお願いします」

「はい、大丈夫よ。あなたも雨だから、帰り気を付けてね」

電話を切ると、私はすぐに外のロータリーに目をやった。駅ビルはガラス張りで、外の様子がよく見える。バスはまだ来ておらず、谷口さんの姿も見えない。私は鞄の中からペットボトルを取り出し、お茶を一口飲んだ。雨の日に外を眺めるのは、昔から好きだった。雨粒がガラス窓に当たり、ベシャリと変形して流れていく様。室内の熱気で曇った窓ガラス。かさを差して歩いていく人々……。

時計を見るともう十三時十五分になるところだった。気付くとバス停に谷口さんの姿も見える。私は鞄にペットボトルを押し込み、急いで立ち上がった。

県立療育センターの心理検査室の前で、私はもう四十五分も待っていた。隣には市の障害福祉課の佐々木《ささき》さんも並んで座っている。

「長いですね。いつもこんなに長い時間、待っていらっしゃるんですか？」

「そうなんですよ。だいたい週に一回はここに来てますね。そのたびにこうやって待ってます」

佐々木さんは、市役所の障害福祉課で、療育手帳取得に関する相談を担当している。美人の部類に入ると思われる、二十代半ばくらいの女性である。あまり愛想は良くないが、頼んだことはきちんと丁寧にこなしてくれる。最初はとっつきにくい印象だったが、谷口さんの手帳取得の手続きが進むにつれ連絡を取る機会が多くなり、だんだんと打ち解けてきたところだった。とはいえ、四十五分も一緒に座っていると、話題も尽きてくる。さっきまで続いていた会話も今は途切れ、二人は無言で座っていた。全部で二時間ほどかかると聞いていたので、暇つぶしにと文庫本を持ってきていたが、佐々木さんが一緒にいるとなると、一人で読み始めるわけにもいかない。私は仕方なく、ぼんやりと窓の外に目を移した。駅からバスで十五分、林に囲まれて建つ療育センターの窓からは、葉を落とした木々が見える。不便だけれど、こういう場所は嫌いじゃない。働くなら、街中ではなくこういう田舎の施設も憧れる。ちょっと車で走れば街に出られるような、便利すぎず不便すぎないところ。しかしこういうのは、便利な都会に住む者たちの贅沢な憧れなのかもしれない。

そんな風に物思いにふけっていると、心理検査室のドアが開いた。佐々木さんがさっと立ち上がり、ドアに向かう。中からドアを開けた人と少し言葉を交わし、私の方を振り返った。

「終わったみたいですよ」

私はホッとして立ち上がった。谷口さんについて後から出てきた中年の女性から、休む間もなく次の指示が与えられた。

「谷口さんは、次に先生の診察があります。私が一緒について行きますから、先に行ってましょう。野原さんは、ちょっと検査結果についてお話がありますので、お部屋の中に入ってください」

谷口さんはその女性に連れられて行ってしまった。私が部屋の中に入ると、中にいた中年男性がにこやかに声をかけてきた。

「あなたが野原さんですか？　さぁ、こちらへどうぞ」

こんなにすぐ結果を聞けるなんて。私は期待と不安の入り混じった気持ちで、勧められるまま椅子に座った。

「谷口さんの検査の結果ですがね。きちんとした結果はこれから出ますが、今のところの印象ですと……。まぁ、多分学校でも勉強にはついていけなかったでしょうね。漢字や計算ができないのはそうでしょうが、たとえば、夜の風景の絵を見せるとしますね」

その男性は、簡単な絵を描きながら説明した。

「普通だったら、こういう風に家があって木があって、そしたらこれは月だろうと思うわけですよね。でも彼はこれが月だと分からない。たぶん小さい頃にお母さんと一緒に空を見上げて、月がきれいだねと話をするとか、そういう体験をしてこなかったのかもしれませんね。まぁ、そういった総合的な観点から考えて、だいたい十歳程度、小学校五年生程度の知能であると考えられます。実際には、三年生程度の能力かもしれませんね」

私は驚きとともにその結果を聞いた。小学校五年生、いや、三年生程度の知能だなんて。思っていたよりも低かった。それでも一人暮らしをし、仕事をしていたことさえある。なんとも言えない感慨を持って、私はその結果を受け止めた。

心理検査室の外で待っていてくれた佐々木さんに連れられて診察室に行くと、谷口さんの診察はすでに始まっていた。診察室の入り口は大きく開かれ、部屋の奥にパーテーションがあり、その向こうで先生と谷口さんが話しているようだ。中にいた看護師が佐々木さんの姿を見つけ、手招きした。佐々木さんは私に向かって大きくうなずく。どうやら「入っていいですよ」という意味らしい。

私はおずおずとパーテーションに近づき、そっと向こう側を覗き込んだ。こちらを向いて座っていた先生が、私に気付いた。

「あぁ、いらしたようだよ。谷口さん」

こちらに背を向け、先生の方に向かって座っていた谷口さんが、振り返る。私は先生に会釈をして、パーテーションの中に素早く身体を滑り込ませた。

「えぇ……と。だいたい話は聞かせてもらいましたよ。検査の結果を聞いてきたでしょう？ 私も大まかな結果だけは、さっき目を通しましたけれどもね」

先生は、穏やかな雰囲気の中年の男性医師だった。胸元の名札には、「精神科 医師」と書かれている。こういう場合、医師の反応はだいたい2パターンに分かれていた。患者に同行してきた私に、最初に身分を確認する医師と、そうでない医師と。どうやらこの先生は後者のようだ。私が谷口さんのことをよく知り、彼を支援する立場であることは、確認しなくてもわかりきっているということだろう。事前に提出した資料や心理検査の所見などにも、私の名前が記載されているからかもしれない。いや、名前なんか覚えてくれなくて良いのだ。重要なのは、その先生が私の提出した資料を、どれだけ読み込んでくれているかということだ。私は値踏みするようにその先生をじっと見つめた。先生はカルテに目を落としながら続けた。

「えぇと、あなたの提出してくれた資料の中にあることを、二、三確認したいのですが……。まず、今でもたまにおねしょをすると書いてありますね。これは本当ですか？」

　資料の中に書いてあることは、事前に谷口さんの許可を得て記載してあったが、デリケートな問題であることに違いはない。私は谷口さんの表情を確認しながら、慎重に答えた。

「そうですね。気になることがあって眠りが浅かったりすると、あるようなんです。しかも、続く時は続くんです。だから一時は眠るのが心配になってしまって、ペット用の防水シートを買ってみたり、紙おむつを試してみたり、色々工夫しているんですよね」

　谷口さんは私の顔を見ながら、うんうんと頷いた。先生も同じように頷き、さらに続けた。

「あと、診療所によく受診しているようだけど、何か持病はあるのですか？」

「高血圧があり、服薬しています。あとは、眠剤は必ず処方されています。ですが、たとえば尿が出る時に痛みがあるとの訴えがありますが、何度検査しても原因がわかりません。大きな病院を紹介して検査もしてもらったのですが、未だに原因が特定できず改善されません。身体の不調を訴えて受診されることも多いですが、高血圧以外にこれといった病気はないようです」

　先生は大きくうんうんと頷きながら、私の説明を聞いていた。そして私の話が終わると、椅子をくるりとこちらへ向け、正面から私の顔を見据えて言った。

「だいたいのことはわかりました。今日の心理検査の結果も踏まえて判定するわけですが、いただいた資料を拝見しても、まぁ、ご希望に添える形になると思います。援助が必要な方のための、手帳なわけですから。等級は、まぁそう重度とはならないでしょうから、おそらく軽度、まぁ、そういった判定になるでしょうが……」

交付の可否も等級も、決定するのは県なので医師も下手なことは言えないが、言葉を濁しながらもこのように言ってくれるということは、手帳が取得できるのはほぼ間違いないと考えて良さそうだった。

「ありがとうございます。良かった、谷口さん、良かったね！」

私が何度も頭を下げながら言うと、先生は感じの良い笑顔に戻り、

「では、今日はこれで終わりです。長い時間疲れたでしょう。お疲れ様でした」

と言うと、今度はくるりと椅子ごと背を向け、机に向かって何かを書き始めた。


車で来ていた佐々木さんとは療育センターの玄関で別れ、谷口さんと私は十六時のバスを待った。谷口さんはまた煙草を吸いにどこかへ消えてしまった。私は携帯電話を取り出して電源を入れた。メールも着信もないようだ。

私はまず診療所へ電話を入れ、佐藤《さとう》事務長を呼び出してもらった。ここから直帰す

る許可をもらうためである。こういう時、上司である田村さんは当然つかまらないため、診療所の佐藤事務長の判断を仰ぐことになる。娘の紀花の体調が良くないことを知っている佐藤事務長は、のんびりとした口調で、

「そうだよね〜。大変だよね〜。うんうん、大丈夫よ。特に急ぎの相談も来ていないしね」

と快く了承してくれた。

佐藤事務長は男性であるが、オネエっぽい言葉づかいをする。優しいというか、ソフトというか、なよなよというか、優柔不断というか、いい加減というか……。普段はそういった面にイライラさせられることも多いが、こういう時はその緩さがありがたい。

私は電話を切ると、もう少し、と自分に言い聞かせた。今日の重大な役目は、もうほとんど果たしたも同然だった。あとは谷口さんを自宅近くの駅まで送り届ければ、任務完了だ。そうしたら私は、純粋に紀花のことだけを案じる母親に戻ることができる。それまで、あと少し。

谷口さんの自宅の最寄駅で、改札を出ずに谷口さんを見送ると、私はそのままさっきとは反対方面のホームへと向かった。五分後の電車がある。これならいつもよりも早く家に帰れる。私はすぐに携帯電話を取り出し、母へ電話をかけた。

「もしもし、お母さん？　私。仕事終わったから、このまますぐ帰ります。いつもより三十分くらい早く帰れそう」

「あら～、良かったじゃないの」

相変わらず母の口調はのんびりしている。

「もうすぐ電車来るから。何か買ってくものとかある？」

「う～ん、特にないわよ。大丈夫。気を付けてね」


急いで帰る必要はないはずなのに、逸る気持ちを抑えながら帰宅した。大丈夫とわかってはいても、子供の元気な顔を見るまでは安心できない。

紀花は暖かい部屋で大切に扱ってもらい、楽しかったのであろう。私が帰るとにこにこと駆け寄ってきて、両足にしがみついた。そして顔をうずめたまま、私の足に顔をこすり付けた。

「のんちゃん、ママ歩けないよ～」

私もしゃがみ込んでギュッと紀花を抱きしめた。その小さな身体から、喘鳴の振動はほとんど伝わってこない。

良かった、ひどくならなくて。ママも、今日頑張ってきたんだよ。大きな仕事を一つ、終わらせてきたんだよ。私は紀花を抱きしめたまま、心の中でつぶやいた。小さな紀花に癒されているのは、私の方なのだ。

さっきまで感じていた軽い疲労を不思議なほど忘れ、私は芽衣と颯太を迎えに保育園へと急いだ。今日は朝のうちに鶏肉と根菜のトマト煮込みを作ってあるから、夕食の準備は簡単だ。紀花の体調が良くないため、今夜は少しでも早く寝かせてやりたかった。保育園から帰る車の中で、私は二人に言い聞かせた。

「今日はのんちゃん具合悪いから、二人ともいい子にしてね。ご飯もお風呂も早くするんだよ」

「うん、わかってる」

二人は口々に答える。

「ねえ、のんちゃん、大丈夫だった？」

朝の紀花の具合の悪そうな様子を思い出したのだろう。芽衣が心配そうに聞いた。

「うん、大丈夫。もう元気だよ。ちゃんとお薬をもらったし、モクモクしてもらったし」

以前に喘息の発作がひどくなった時に、自宅に吸入器を借りて、朝晩吸入していたことがあった。吸入器から白い煙がモクモクと出るので、それ以来子供たちと話すときは、吸入のことをモクモクと呼んでいる。

「のんちゃん、泣かなかった？」

「うん、大丈夫。いい子でやってもらったの。だから、元気になったんだよ」

「明日は一緒に保育園に行けるかな？」

「う～ん、明日は無理かな。でも、早く良くなるように、二人とも優しくしてあげてよ」

「うん、わかってる！」

芽衣はこういう時、本当に面倒見の良いお姉さんぶりを発揮して、見ていて嬉しくなる。一方颯太は、途中から二人の会話など聞いていないという風に、身体をねじって後ろの窓から真っ暗な外を見ている。

「ねぇ～、今日のごはん何？」

突然くるっと前を向き、唐突に颯太が聞いた。

「えっとね～、鶏肉をトマト味でぐつぐつ煮たやつ。お野菜もお豆も入ってるの」

「あ！　あたしそれ好き！」

芽衣が車のシートの上でぴょこんと飛び上がった。

「ボクも！」

颯太も負けじとぴょんと体を起こした。

本当にわかって言っているのかなぁ。私は「あはは」と声をたてて笑い、私の作る夕食をこんなに楽しみにしてくれる子供たちを、心から愛おしいと思った。

いつもより手早く夕食と入浴を済ませ、子供たちを寝かしつけてから、私は夕食の後片付けをしに降りてきた。私も今日は早く休もう。夫の豪は、今夜は遅くなると聞いている。私は夕食に使った茶碗を洗いながら、今日の出来事を思い返していた。

谷口さんは絵に描かれた月を、月と認識できなかった。きっとそういう経験をしてこなかったのだろうと言われた。月と言えば、保育園からの帰り道、車の窓から空を見上げ、颯太が言ったことがある。

「あ〜、お月さまがついてくるよ！」

私が子供の頃に思っていたことと同じことを颯太が言った。私はそこに強烈な血のつながりを感じ、同時に颯太の表現を文学的だと感じたのだった。子供の頃の谷口さんがそういう経験をしてこなかったとしたら。いやもししていたとしても、それを経験として彼自信の中に落とし込んでこられなかったとしたら、それも知的障害があったからなのだろうか。だとすれば、他の子供たちよりも丁寧に、一つずつ彼の中に落とし込んでいく作業を誰かがしてくれていたら、どうだったのだろう。

それでも谷口さんは運が良い、と私は思った。彼には大事な時に必ず誰かが手を差し伸べてくれる、そんな強運があるように思う。今回の療育手帳だってそうだ。小堀議員、藤堂先生、それに今日会った療育センターのスタッフたち。誰しもが谷口さんのためを思い、彼のプラスになる方向へと後押ししてくれている。

谷口さんは私がいなくても大丈夫だと思った。私がいなくても、必要な時にはちゃんと誰かの助けを借りて生きていける。だからこれからは、ここを巣立っていけるように支援していかなくては。

＊＊＊

二〇一〇年四月　中旬

新しい年度が始まって半月、日々のサイクルにようやく慣れ始めた四月の中旬に、谷口さんの療育手帳が交付された。

この四月に、芽衣は小学校に入学した。つい数日前に入学式を終えたばかりである。入学式前から学童保育に通い始め、最初の数日間は親子ともに緊張の連続だった。慣れない学童保育にお弁当を持って通い、夕方まで過ごす。幸い同じ保育園から一緒に入ってきたお友達が、同じ学童保育に二人いた。神経質な芽衣も、そのおかげで何とか新しい環境に馴染むことができたようだ。最初は「学童保育に行きたくない」と言っていた芽衣も、春休みが終わる頃には「〇〇ちゃんと遊んだ！」などと楽しそうに報告するようになり、新しいお友達の名前もちらほら聞かれるようになった。もともとおっとりして優しい性格の芽衣のことだから、上級生から見たら可愛い一年生なのであろう。どうやら年上の子たちに可愛がられているようである。以前のように吃音が出たりするのではないかと、内心冷や冷やしていた私は、正直ほっとした。冬の間、喘息持ちの紀花は体調を崩しがちで、仕事を休むことも多かった。これ以上職場に迷惑をかけたくない。心配の種は一つでも減らしておきたかった。

クライエントに寄り添う仕事をしていながら、自分の子供には寄り添いきれていない。こういう時に矛盾を感じ、胸がギュッと痛む。けれども子供たちも必死で私の仕事に協力してくれている。今はこの仕事から逃げるわけにはいかない。

谷口さんの療育手帳取得に向けて動き始めてから約七か月。私が思っていたよりも早くここまで来た。しかし手帳を手にしたここからがスタートなのだ。

気持ち良く晴れたある日、谷口さんと私は診療所の応接室で向かい合って座っていた。ソファの前のテーブルには、谷口さんの療育手帳が置いてある。等級はＢ２。知的障害の程度としては、もっとも軽度の等級だ。私は谷口さんに、成年後見制度について説明していた。

「この手帳は、要するに、谷口さんには知的な障害があります、ということを示すものです。助けが必要な部分は、助けてもらえるということなんです。それでね、手帳を取る前にも説明したと思うんですけど、『成年後見制度』という制度があって、これは谷口さんみたいに、自分一人では自分の財産を守れない人を、法律で守ろうというものです。『後見人』もしくは『保佐人』、『補助人』という人についてもらうと、その人が谷口さんの不利益にならないように、谷口さんの財産の管理を手伝ってくれるわけなんです」

成年後見制度。難しい制度だ。説明している私自身、突っ込んだ質問をされたら答えられない部分がいくつもある。今まで本や資料で勉強はしてきたつもりだが、頭だけで理解することはできても、感覚として理解することはできていない。それでもこの制度について、私の理解していることだけでも、谷口さんにわかるように説明しなければならない。私は必死でつたない説明を続けた。

「この手帳がもらえたので、谷口さんも『後見人』という人に、ついてもらうことができます。その人が責任を持って、谷口さんの権利を守ってくれるんです」

谷口さんは一生懸命、うんうんと頷いている。

「今までと違うところは、私たちが谷口さんのお金をお預かりしている時は、管理費とかいただかなかったでしょう？　でも『後見人』には、毎月いくら、と決まったお金を支払うことになります。ただね、少ない生活保護費から支払うと、余計に生活が苦しくなっちゃうでしょう？　だから費用については、後見人さんや市役所の生活保護課と相談することになると思います。その辺は私も一緒に相談に行くから、心配しないでね」

谷口さんはやはり、うんうんと頷く。

「それから私たちと大きく違うところは、多分後見人さんはお金を預かってはくれないと思います。多分。それは、相談してみないとわからないけれど……」

私はだんだん自信がなくなってきた。成年後見制度は、援助の必要度の高い方から、『後見』『保佐』『補助』の三種類に分けられている。どの種類になるかは家庭裁判所が決定するので、実際に申し立てをしてみないとわからない。しかしB2という等級から、また今までの谷口さんの生活能力から考えて、『補助』になるであろうと予想された。『補助人』はある程度の判断能力がある人に対してつくことが前提である。谷口さんが日常的に使うお金にまでは口を出せないと思われた。いや、後見人、保佐人、補助人でなくとも、今の私の役割をそのままやってくれる公的な人、あるいは機関、制度があるかと問われれば、日本全国を探し回ればそういった恵まれた支援体制が整っている地域もあるのかもしれないが、谷口さんの住むこの周辺地域に限って言えば、ほぼ間違いなく否であった。

「要するに、今の海乃辺診療所みたいに、まるまる谷口さんのお金を預かってくれて、週に何回かお金を出してくれて、使いすぎの時は注意してくれて……。そういう人は、多分いないってことよね」

私はため息をついた。谷口さんは事の重大さがまったくわかっていないようで、さっきと全然変わらない様子で、うんうん、と頷く。

しかし今ここで再確認するまでもなく、そんなことは最初からわかっていたことであった。私は気を取り直した。

「谷口さん、私が言いたいのは、こういうことなんです。今、海乃辺診療所で谷口さんのお金を預かっているのは、まぁ言ってしまえば、厚意で、ということになるんです。仮にここに泥棒が入って、谷口さんのお金が盗まれちゃったとしても、だれも責任を取れない。それにもしかしたら、海乃辺診療所がなくなってしまうことだって、あるかもしれないですよね。そうなった時に困らないように、ちゃんと法律で谷口さんの権利を守れる形を取っておきたいんです。だから私たちがお金を預からなくなったとしても、決して谷口さんとさよならというわけではないんです。今まで通り相談に来ていいし、困ったことがあったら力になります。わかりますか？」

「はい」

大してわかっていないのかもしれなかった。でも伝えていかなくてはならない。私だって異動のある身だから、いつまでここにいられるかわからないのだ。

「では、成年後見制度を利用するってことで、一緒に手続きを進めていくのでいいですか？」

私は最終確認をした。

「はい、いいです」

迷いのない答えが返ってきた。これで準備が整った。

「じゃあ私は早速、後見人を引き受けてくれそうな人を当たってみますね。目星がついたら、一緒に相談に行きましょう」


次の日のケアマネージャー事務所での朝礼で、私は谷口さんの療育手帳が交付されたことを報告した。谷口さんが成年後見制度の利用に意欲的であり、候補人を探すことに同意していることも伝えた。田村さんは、うんうんと大きく頷きながら私の報告を聞いていた。そして私の発言が終わると、満足そうに口を開いた。

「これは素晴らしいことだね。ホームレスからアパートを借りて、やっと人間らしい生活ができるようになった。けれどもどうして彼の生活がうまくいかないのか。それはこの知的障害ということにあったんだね。私たちソーシャルワーカーがそれに気付いて、支援を行った結果、療育手帳を取得するに至った。これはすごいケースだよ。何かの機会で発表したいね」

放っておいたらまた長時間の演説になりそうな雰囲気を察知し、小石川さんが上手に新しい話題を投げかけてくれた。

「それで、早速後見人の候補人を探す必要がありますよね。谷口さんはこれまでの経過もありますし、だれでも良いというわけにはいかない方です。候補人の選定にも、それなりに時間がかかると思いますが」

「それならね、心当たりがあるんだよ」

田村さんは得意げに話し始めた。

「この近くに、知的障害者の人たちが働くカフェがあるでしょう。あそこのオーナーがね、大岩《おおいわ》さんという社会福祉士なの。県の社会福祉士会で一緒に活動しているんだけど、彼は後見人もやっていてね。たくさんの人の後見を引き受けているし、知的障害者にも慣れている。私は最初から、大岩さんにお願いしようと思っていたのよ」

実はこの展開は予想していた。田村さんは以前から、谷口さんの後見人なら心当たりがあると再三言っていたのだ。おしゃべりな田村さんのことだから、このことはすでに小石川さんにも何度となく話していたのだろう。それならば早く紹介してくれれば良いものを、田村さんはこれ以上待てないという極限状況に追い込まれないと、腰を上げない性質がある。忙しいから動けないと言われればそれまでだが、こうやって公のミーティングの場で話題にすることで、小石川さんは田村さんに重い腰を上げさせようとしてくれているのだろう。

「では、この件は田村さんから大岩さんに連絡をしていただいていいですか？」

小石川さんはすかさず確認した。

「うん、もちろん、もちろん。私から話しておくわ」

田村さんは即答した。私は「いつ頃までに」と喉元まで出かかった言葉を、ぐっと飲み込んだ。おそらく田村さんが大岩さんに連絡を取ってくれるまでに、しばらくの期間待たなければならないだろう。何度か催促をすることになるかもしれない。でも今はそう急ぐ必要もないかもしれなかった。療育手帳もやっと取得できたばかりだ。最初の一歩を踏み出してしまえば、加速がついてどんどん進んでいくだろう。それならば、一歩を踏み出すまでに少しくらい時間がかかっても、さほど支障はないはずだ。今は田村さんのご機嫌を損ねないことの方が重要だった。

田村さんが大岩さんに連絡をとってくれるのを待つ間、もう一つやることがあった。谷口さんの生活に、障害者向けのヘルパー支援を組み込むことであった。

これは以前小石川さんと話をした時に、小石川さんがくれたアドバイスから思い付いたものである。

「療育手帳が取れれば、障害者向けのサービスも使えるようになります」

これは私がそれまで思い付かなかった新たな発想だった。

谷口さんの食生活は、コンビニのお弁当、スーパーのお惣菜、牛丼屋での食事、といったところである。当然出費はかさむし、健康にも良くない。以前井上さんが担当していた時は、井上さん自ら調理の指導を試み、ご飯の炊き方、包丁の使い方、味噌汁の作り方などを一緒に練習したようだ。だが調理をするという習慣が定着することはなく、現在もできるのはご飯を炊くことだけである。それも無理のないことであっただろう。谷口さんはその時まで、包丁を握ったことすらなかったのだから。

調理だけでなく、買い物の仕方を覚えて欲しいというのもあった。メニューを決め、食材を買い、それで調理をする。食材が一体どれくらいの金額で売られていて、それをどのくらいの量買ってきて、どうやってメニュー通りの食事を作るのか。その一連の流れと金銭感覚を、身体で感じ取って欲しかった。

しかしこの作業には、莫大な労力と気が遠くなるような時間が必要である。それに私が付き合うことは、限界があった。だが療育手帳が取れた今、ヘルパーに入ってもらうことによって、継続的な支援が可能となる。

調理の技術と金銭感覚を身に付けること。それがヘルパー導入の目的だが、もう一つ、私は谷口さんにお小遣い帳のつけ方を覚えて欲しいと思っていた。実は以前にも試みたことがあるが、私が手取り足取り「この欄にこの数字を書いて、ここからここを引いて」と、すべて指示を出さなければできなかった。二か月ほど頑張ってみたが、私の方が根負けしてやめた。少しでも可能性のあることはすべて試してみたかった。ヘルパーという助っ人がいれば、今度はもう少し何とかなるかもしれない。

私は小石川さんの言葉を思い出していた。

「私たちは、知的障害者支援の専門家ではありません。谷口さんに対しては、もっと適切に支援できる人がいるはずなんです」

本当にそうなのだ。私よりももっと上手に谷口さんを支援できる人がいるなら、ぜひ力を貸してもらいたい。そういう人を一人でも多く探してみたかった。

ヘルパー導入については、会議の場ではなく、小石川さんに直に相談した。小石川さんはこの案を力強く支持してくれた。支援者として、小石川さんと私の感覚は通じるものがあるように感じていたし、それがとても私を勇気づけた。私が田村さんに相談すると厄介なことになるというのは、言葉にはしないが、小石川さんもうすうす感じているようだった。だから私が、田村さんのいない時間帯を見計らって、こっそり小石川さんに相談に行くことに関しても、取り立てて何も言わなかった。そして私はこのヘルパーの件に関しては、たとえ事後報告であっても、田村さんはさほど問題にしないであろうと予測していた。ヘルパー導入に向けどんどん話が進んでいったとしても、それを潰そうとはしないだろう。なぜなら、たとえヘルパー支援が導入されたとしても、谷口さんへの支援の主軸が私たちソーシャルワーカーであることに変わりはないからだ。

田村さんは、谷口さんが離れていくことを非常に恐れているように見えた。子離れできない親が、わが子を手放せないのと同じように。しかし私たちは、クライエントが巣立っていくための踏み台なのだ。クライエントが私たちの支援によってではなく、自分の力で階段を一歩昇ったのだと思わせるくらい、気付かれないほどにそっと後押しする存在。あくまでもクライエントの人生の主役はクライエント自身で、私たちはどこまで行っても、彼らの舞台の黒子でしかないのだ。その黒子に徹することこそが、ソーシャルワーカーとしての役割なのだと私は信じていた。

でも田村さんにとっては違うのだろう。彼女はクライエントに感謝してほしいのだろう。ソーシャルワーカーの支援の力でクライエントが立ち上がったと、感じたいのであろう。そこに自分の存在価値を見出しているように、私には見えた。

予想通り、会議の場で提案したヘルパー導入案に、田村さんはすんなり同意した。あるいは小石川さんもその案に乗り気であったことが、田村さんをそうさせたのかもしれない。田村さんは、小石川さんの言うことには、絶対反対しないのだ。

谷口さんも、療育手帳や成年後見制度の時と同様、すんなりこの提案を受け入れ
た。自分のために誰かが考えてくれたことは、何でも嬉しいのかもしれなかった。
ゴールデンウィークが明けたら、谷口さんと私は市の障害福祉課へ相談に行くこと
に決めた。障害福祉課の佐々木さんには、療育手帳取得の時にずいぶんお世話になっ
た。派手ではないが、美人であまり愛想の良くない佐々木さんは、最初はとっつきに
くい印象を受け、谷口さんとうまくいくかどうか心配した。だがそっけない態度とは
裏腹に、仕事はきっちりとして丁寧である。谷口さんも今ではすっかり顔見知りにな
り、相談に行きやすいようだった。

何より谷口さんにまた新たな目標ができたことは、喜ばしいことであった。これで
しばらく、アパートの隣人とのいざこざに悩まされなくて済むはずだ。手帳が取れて
から精神的に落ち着いているのだろう。隣がうるさいだの、嫌がらせをされるだの、
引っ越しをしたいだのといった訴えは、ほとんど聞かれなくなっていた。約束の日時
以外に急に私に相談に来ることも、最近はあまりない。できればこの安定した状態
を、少しでも長くキープしておきたかった。

ゴールデンウィーク明けのある日、谷口さんと私は、障害福祉課の佐々木さんのと
ころへ行った。障害者向けヘルパーサービスの利用申請について、相談するためだ。

あらかじめアポイントメントを取っておいたので、佐々木さんは資料を揃えて待っていてくれた。介護保険については、仕事上ケアマネージャーとの関わりが多いため、何となくわかってはいたが、障害福祉のサービスとなると、それとはどうも勝手が違うようだった。

障害福祉サービスは、利用サービスの種類ごとに、一か月に使える量の上限が決められるらしい。たとえばヘルパーの利用を希望した場合、週何回、何分程度利用できるという判定が、その人の障害の程度に応じて下され、それが受給者証に記載されるらしいのだ。「要介護○」は何単位、「要支援○」は何単位というように、介護度ごとに使えるサービスの上限額が一律に決まっている介護保険とは、どうやら仕組みが違うようだ。同じヘルパーサービスを使うのにも、根拠となる法律が違うとこうも違ってしまうものかと、私は妙に感心してしまった。公的サービスのわかりにくさ、使いづらさの所以が、ここにある。

さて、必要な書類を揃えて申請を出すと、今度は市の調査員が認定調査に来るらしかった。その辺は介護保険と似ている。谷口さんの家で状況確認をしながら、聞き取り調査を行うらしい。家族ではない私の立ち会いも許されるようだった。

「野原さん、立ち会ってもらえますか?」

佐々木さんに聞かれ、私は二つ返事で承諾した。谷口さんはその場の話の流れで、事実と違うことでも平気で肯定してしまうことがある。たとえば「食事は自分で作っているのですか?」と当たり前のように聞かれると、「はい、作っています」と何の躊躇もなく答えてしまう。嘘をつく時も同じで、そういったことに何の罪悪感も後ろめたさも持たないようだった。しかし今回はそれでは困る。本人が「できる」と申告しても、できないものはできないのだと、調査員にはっきりわかってもらう必要があった。調査の日程は私の都合に合わせて、五月下旬と決まった。

「手帳、取れて良かったですよね」

一通りの説明が終わると、佐々木さんがしみじみと言った。

「こうやって手帳があれば、ヘルパーさんを使うこともできるんですもんね。判定がどう出るかわかりませんけど、野原さんが一緒にいて、ちゃんと状況を説明してくれれば、使えるようになると思いますよ。谷口さん、良かったですよね、野原さんがいてくれて」

谷口さんは、こくんこくんと頷いた。私がいて良かったと思っているかどうかは怪しいものだと、私は苦笑した。私がいることもいないことも、彼にとっては「当たり前」のことのような気がした。彼はその時々の状況を、何の解釈も加えずに、そのまま素直に受け止めて生きているように見えた。もちろんそれなりに文句を言ったり悩んだりはしているが、自分の境遇を不幸だとか不運だとか言って嘆いている姿を、私は見たことがなかった。

「ヘルパー、使えるようになるといいですよね。自分でご飯が作れるようになったら、すごいじゃない」

私が言うと、谷口さんはまっすぐ私を見て、

「はい。そうですよね」

と言った。

いつもと変わらない肯定の答えだ。だがその眼差しには、どこか真剣な輝きがあるように感じられた。私は何だか嬉しくなった。

障害福祉サービスの認定調査の日、私は初めて谷口さんのアパートを訪ねた。実は以前、別の家への訪問のついでに何度か立ち寄ったことはあった。谷口さんがどういうところに住んでいるのか、気になる様子はないか、把握しておきたかったからだ。しかし、よほどの高齢者でもないかぎり、男性クライエントの家に一人では訪問しないようにしていたので、いつも外観と周囲の様子だけ見て帰ってきていた。今日はついにその部屋の中が見られる。私は何だかワクワクしていた。

二階の五部屋のうち、ちょうど真ん中が谷口さんの部屋だった。部屋の前に立つと、ドアが閉まりきらずにわずかに開いている。呼び鈴がついていないので、どうし

ようかと一瞬迷ったが、思い切ってドアを強目にノックすると、中から「は〜い」という聞きなれた声が聞こえた。

「あの、海乃辺診療所の野原です。谷口さんのお宅ですか？」

私がドアを開けずに声をかけると、部屋の中からだんだんと足音が近づいてくるのが聞こえ、薄く開かれたドアの隙間から谷口さんの顔がのぞいた。

「こんにちは。どうぞ」

私の姿を確認すると、谷口さんは大きくドアを開けた。部屋の中を確認すると、まだ誰も来ていないようだ。私は一瞬考え、ドアを開けたまま家の中に上がることにした。部屋の奥の大きな窓も開かれたままになっている。そんな心配は一切なさそうではあったが、万が一緊急事態が起こった時には、大きな声を出すか自力で逃げ出すか、どうにでもなりそうであった。

「では、おじゃましま〜す」

私はなるべく明るい声で言いながら、部屋の中に上がっていった。間取りは1DKで、奥の和室が六畳、手前のダイニングキッチンが四・五畳といったところだろうか。想像していたよりも広い。ダイニングキッチンには、小さなダイニングテーブル、冷蔵庫、電子レンジ、炊飯器が置いてある。奥の和室には小さなテーブルが一つと、三段に積まれた衣装ケース。見えるものはそれくらいだった。

「綺麗に片付いてますね。お掃除、ちゃんとしてるんですね」

私が言うと、谷口さんは、

「あんまりしないです。今日はお客さんが来るんでちょっとしましたけど」

と顔をひきつらせて笑いながら言った。

予想していたよりもきれいな部屋だ。ゴキブリがちょろちょろしていたり、その部屋を歩いた靴下では帰れないというほどじっとりと汚れた部屋も珍しくないのに。そんな風に部屋の中を観察していると、開け放たれた玄関の方から、「こんにちは」と高い女性の声が聞こえた。どうやら調査員が来たようだ。


調査の席で、私はあまり口を開かないようにしていた。谷口さんが調査員とどのようなやり取りをするか、見ておきたかったからだ。谷口さんは私が知っていることと大きく食い違うことは話さず、調査は滞りなく終了した。私の出番はさほどなかったな、なんて思っていると、アパートの敷地を出て自転車に乗りかけた私を調査員が追いかけてきた。

「あの、ちょっといいですか？」

「あ、はい、いいですよ」

私は乗りかけた自転車を降りた。

「あの、ここじゃ何なので……」

調査員は、谷口さんに話を聞かれるのではないかと気にしているらしい。私は自転車を押しながら、調査員と並んで数メートル先の角を曲がり、そこに自転車をとめ直した。

「すみません。お時間いただいてありがとうございます。あの、谷口さんなんですけど、今日のお話で何か事実と違う点はありましたか？」

私は少し考えてから言った。

「特にありませんでしたね。私も最初は、できないことをできると言ったりするのではないかと心配していたんですが、今日はそれはなかったみたいです。私も今日初めて彼のアパートに行ったので、そんなに詳しく生活ぶりを知っているわけではないんですけど」

「そうですか。では、今回のヘルパー申請の目的はどういったことなのでしょう」

「彼はご飯だけは炊けますが、その他は自分で一切調理をしません。たとえばトマトを買ってきて洗って切る、きゅうりを洗って味噌をつけて食べる、そういったことすらできません。金銭管理も誰かの支援がないとできません。以前の担当ソーシャルワーカーが指導を試みたようですが、身には付きませんでした。そういうことはしつこく繰り返して、感覚や身体で覚えて、習慣化していくしかないと思うんです。でもそこまでの支援は、私にはできません。そこで週に一回でも二回でもヘルパーさんに入ってもらうことで、その辺りを習得してもらえればと思ったんです」

「なるほど、そうなんですね。わかりました。では調査票の方には、そのように書いて報告しておきます」

この女性調査員は親切そうな雰囲気で、私よりも若そうだった。今までどれほどの調査をこなしてきたのかは量りかねたが、全くの新人というわけでもなさそうに見える。私は何気なく探りを入れてみた。

「どうでしょうね。谷口さんくらいだと、ヘルパーの利用は可能なんでしょうか。週二回ぐらい、使えるのでしょうかね」

調査員は調査票を見ながら、少し考えて言った。

「そうですね。希望では週二回、一時間半くらい、でしたよね。一時間半は難しいかもしれませんが、一時間ずつくらいなのかなぁとは思いますね。なるべくご希望が伝わるように、調査票には書いておきますので」

「はい。ぜひよろしくお願いします」

私は調査員を味方につけるべく、にっこり微笑んだ。

認定調査が終わって約三週間後、「受給者証」が谷口さんのもとへ送られてきた。

谷口さんはそれを持ってすぐに私のところへ報告に来た。

障害福祉サービスの受給者証は、小さな手帳のようなものであった。認定された内容は、ヘルパーサービス週二回、各六十分ずつ。障害福祉サービスの受給者証を初めて見る私は、物珍しくてまじまじとその手帳を見つめた。想像していたのより造りがだいぶ立派だ。

同じ封筒の中に、「障害福祉サービス事業所一覧」が同封されていた。二枚つづりの紙の両面に、事業所名がずらりと書き並べられている。私と谷口さんは、その文字ばかりの印刷物を一行目から順に目で追っていった。

毎日自転車でそこらじゅうを走り回っている谷口さんは、とある事業所名のところで目を止めた。事業所名と住所に見覚えがあったらしい。

「ここ知ってます。ほら、あそこですよね。中町通りの大きい交差点のところにあるビル、あそこに看板出てるじゃないですか」

「あ、そういえば。うんうん知ってる！　あのビルの二階ね？」

谷口さんはこくこくと頷く。私も訪問の途中でよく目にしているのを思い出した。ビルの二階の窓に、『にこにこヘルパー』という大きな丸文字と、にこにこ笑ったお日様の絵が描かれている。ヘルパー事務所というよりは、どちらかというと保育所のような印象を受ける。ビルの出入り口の前にも、昼間は同じ文字と絵の入った看板を出していた。あそこなら近くて連絡が取りやすく、好都合かもしれない。

「相談に行ってみましょうか」

「そうですね。近いから、いいですよね」

他にも候補となる事業所があるかどうか一緒に目を通してみたが、住所の近い事業所は案外少なかった。それはそうかもしれない。介護保険の事業所は、市内の事業所だけでも、一覧にすると薄い冊子が一冊出来上がる。それに比べ障害者向けのサービスとなると、たった二枚の紙に収まってしまうのだ。これだけの事業所で市内全域のサービスを請け負っているのだから、サービスの質も量も、十分ではないのかもしれない。

「いつ、相談に行きましょうか」

「いや、いつでもいいですよ」

今日は特に約束も急ぎの仕事もない。

「ちょっと電話してみて、先方の都合がつくようなら、今日相談に行ってみますか？」

「はい。いいですよ」

善は急げだ。私は応接室に谷口さんを一人残し、電話をかけるために事務所へと戻った。

『にこにこヘルパー』に電話を入れると、御園《みその》さんというサービス提供責任者が出た。今日の午前中はたまたま事業所にいて、三十分ほどであれば時間が取れるという。壁掛け時計を見ると、ちょうど十時半だった。私はお礼を言って、十一時から三十分間の約束を取り付けた。ヘルパー事業所のサービス提供責任者は忙しく、そうそうつかまらないのが常である。事業所に電話をかけても、留守番電話での対応になっていることも多い。このタイミングで約束が取り付けられたということは、縁があるのかもしれない。物事が淀みなく流れている時には、その流れに乗った方が良い。

私はすぐに応接室の谷口さんのところへ戻り、十一時から相談の約束ができたことを伝えた。そうと決まれば、すぐに出掛ける準備をしなければならない。

「谷口さんは受給者証を持ってくださいね。療育手帳も持ってきていますか？」

谷口さんはこっくりとうなずいた。

「良かった。あちらで見せる必要があると思うから、受給者証と一緒に持ってくださいね。私も出かける準備をしてきますから、ちょっとここで待っていてください」

私は事務所の机に戻ると、訪問用のバッグに筆記用具と名刺を入れた。それからクライエントのケース記録が収められた棚の前に立ち、谷口さんの分厚い二冊のケースファイルを取り出した。重要な個人情報なので、できれば持ち出したくはないものであるが、今日は細心の注意を払って持っていこうと決めた。

　事務所の出入り口に一番近い机が、事務長の席になっている。のんびりゆるキャラの佐藤事務長は、自分の椅子にだらしなくもたれかかって座り、まったりとした口調で誰かと電話で話している。仕事なのか私用なのかさっぱりわからないが、文句を言ったり咎めたりする人は誰もいない。このゆるキャラ佐藤事務長に何を言っても無駄だと諦めているのだろう。私は慌ただしく出掛ける準備をしながら、事務長に冷たい視線を送ってみるが、当然そんな視線には気付くはずもなく、何の効果もない。私は電話をしている事務長の前にドスンと立ち、

「あの、お電話中ちょっとすみません」

　と、むすっとした顔で声をかけた。

「あ、ちょっと待ってね。ん？　な～にぃ？」

　さすがの事務長も電話を中断して、受話器を押さえながら私の方に向き直った。

「これから谷口さんと一緒にヘルパー事業所へ相談に行ってきます。十一時から三十分の約束なので、お昼前には戻れると思いますが。携帯を持っていくので、何かあれば連絡ください。あと、谷口さんのケース記録、持ち出します」

　私はわざと、ニコリともせずに事務的に言った。

「うん、わかった。気を付けてね。午後はいるんでしょ？　誰か相談に来たら、そう

言っとくから」

佐藤事務長はそう言うと、

「あ、ごめんね、ちょっと。うん、それで?」

と電話でのおしゃべりに戻る。

私は背中を向けた事務長を一睨みし、聞こえないほどの小さな声で「ふん!」と言ってから事務所を後にした。事務所に残されたのは佐藤事務長一人であった。これから心置きなくおしゃべりを堪能するのであろう。まったく、みんながあくせく働いているのにおしゃべりとは! 仕事しろ、仕事! 私は心の中で口汚く悪態をつきながらドスドスと歩いていたが、はっと、こんなに怖い顔を谷口さんに見せてはいけないと思い直し、大きく鼻から「ふんっ!」と息を吐き出すと、応接室までの残り数歩は心を落ち着けて穏やかに歩くように努めた。

世の中とはなんとも不公平である。あんな風に一日中遊んでいるような佐藤事務長が、私よりずっと高いお給料をもらっているなんて。佐藤事務長は以前待合室でゴキブリが出た時も、「え〜、私がやるの〜?」と逃げ回ってばかりで、最後は掃除のおばさんが足で踏みつぶして処分してくれた。他の職員は皆、患者さんへの対応に追われて走り回っているのだ。あんたがやらなくて誰がやる! その時もなよなよと逃げ回る事務長の姿を見て苛立ったものだが、後で他の職員に散々責められても、「だって〜、いやじゃ〜ん」と微塵も反省の色が見えずさらにがっかりしたものだ。それでもいざという時に責任さえ取ってくれれば存在価値もあるというものだが、あの事務長のことだ、「え〜、私が悪いの〜?」と平気で部下に責任をなすりつけそうな気がした。

いや訂正しよう。彼はゆるキャラでも何でもない。ゆるキャラなら、人々の心を和ませるという重要な役割を担っている。しかし佐藤事務長は可愛くない。心を和ませたりもしない。むしろ周囲の人間のイライラをつのらせるばかりなのだ。

しかしこれくらいで人間は地獄に落ちたりしない。天罰も下らない。やっぱり世の中は不公平だ。

約束を取り付けてすぐに診療所を出発し、自転車を飛ばして行ったため、『にここヘルパー』へは約束の十一時よりも十分前に着いた。事務所はビルの二階で、出入り口のドアはガラス張りになっている。少し早いかとは思ったが、忙しいサービス提供責任者のことだ、少しでも早く用事が済んだ方が向こうも都合が良いだろう。手が空かなければ空くまで待てば良いだけのことだ。私はガラス張りのドアから中をのぞき、中の様子が殺気立っていないのを確認してからそっとドアを開けた。

「すみません。お約束の時間より少し早いんですが、先ほどお電話した海乃辺診療所の野原と申します。御園さんはいらっしゃいますでしょうか」

五十歳前後と思われる細身で整った顔立ちをした女性が、事務所の奥からすぐに出てきてくれた。

「野原さんですか。わざわざお越しいただきましてすみません。御園です。よろしくお願いします」

御園さんはさっと名刺を差し出した。

私はそれを受け取ってから、慌ててバッグの中から名刺入れを取り出し、もたもたと自分の名刺を抜き取って差し出した。いつになってもこの名刺交換という儀式がスマートにできない。今日も大分格好の悪い名刺交換となってしまった。心の中で反省しながら振り返ると、後ろからついてきていた谷口さんも、私と同じようにもたもたしている。

「さぁ、こちらへどうぞ」

御園さんははきはきとした態度で、これまたスマートに、出入り口近くに配置してあるソファへと案内してくれた。ガラス張りの出入り口の脇には、鉢植えの観葉植物がいくつか置いてあり、茶色のソファとの配色が美しい。診療所の応接室とはエライ違いだな。私は心の中でため息をつき、案内されたソファへ谷口さんと並んで座った。

「改めまして、にこにこヘルパーでサービス提供責任者をしております、御園と申します。急なことですのに、わざわざお越しいただきましてありがとうございます」

御園さんは丁寧にあいさつをしてくれた。私は恐縮してぺこぺこ頭を下げながら、挨拶を返した。

「とんでもないです。こちらこそ急なお願いで。お時間を作っていただきありがとうございます。こちらが谷口さんです。障害福祉のヘルパー利用を希望されています」

隣に座っていた谷口さんもぺこぺこと頭を下げながら、「谷口です」とだけ言った。

「詳しいお話を聞かせていただいてもよろしいですか？」

御園さんはさっそく本題へと移った。

サービス提供責任者は、限られた時間の中で、依頼のあったケースのヘルパーを手配し、利用者とヘルパーがお互いにうまくやっていけるように関係調整も行う。当然のことながら、相性の悪い利用者とヘルパーが当たってしまうことも日常茶飯事なので、トラブルが起こった時には、自分も一緒に現場に入って関係の改善を図ったり、で、他のヘルパーが見つかるまでピンチヒッターをこなすこともある。まさに万能選手でなければならない。御園さんはそのテキパキ、はきはきとした態度から、かなり切れ者のサービス提供責任者であると想像できた。歯切れは良いが、冷淡さは感じられない。谷口さんも御園さんとはうまくいくかもしれない。

私は持参したケースファイルを取り出し、事の経緯を説明し始めた。

「谷口さんは当診療所に長くかかっている患者さんです。ご両親の代から当診療所にかかられていたようです。ですが、お父様は亡くなられて、お母様も今は音信不通のようです。そうですよね？」

谷口さんは私を見てうんうんと頷いた。私は間違いのないように、ところどころケース記録を確認しながら谷口さんのことを話していった。生い立ちから家族との関係、ホームレスであったこと、ソーシャルワーカーの支援によりアパートに入居し、生活保護受給に至ったこと。谷口さんは訂正することもなく、うんうんと頷きながら聞いている。

「ホームレスは脱したのですが、その後の生活がどうも軌道に乗らなくて。隣の部屋の人のことがすごく気になってしまったり、お小遣いの管理がうまくできなかったりするんですよね」

谷口さんはうんうんと頷いている。

「それで、これはもしかしたら知的な障害があるのかもしれないと話し合って、療育手帳の申請に踏み切ったわけなんです。そうしたら、療育手帳がもらえたんですよね」

谷口さんは頷いた後、ズボンのポケットにねじ込んであった療育手帳と受給者証を取り出した。さっき自転車に乗ってくる間にお尻に敷かれていたため、少し歪んでしまっている。ゆるくカーブのついたその二冊の手帳に、御園さんは手を伸ばした。

「ちょっと見せていただいてもいいですか？」

谷口さんは急いで手の平で押しのばし、さっきよりは幾分平らな状態に戻してから御園さんに手渡した。御園さんは手帳と受給者証を開くと、じっと見比べた。

「B2ですか。ヘルパーサービスは週二回、一時間ずつ。それで、ヘルパーを利用したいというのは、どういう目的ですか？　現在は一人暮らしもできているようですしね。食事とか掃除は、どうしていらっしゃるんですか？」

御園さんは、最後の質問は谷口さんに向かって尋ねた。谷口さんはおずおずと、だがしっかりとした口調で答えた。

「食事は買ってきたり、牛丼屋で食べたりしています。だいたい一日二食ですかね。掃除はあまりしません。だから結構ゴキブリとか出るんですけど」

「でもお部屋、片付いていましたよね？」

私が口を挟むと、

「だって物が少ないですからね」

谷口さんは幾分自虐的に笑って答えた。

「まぁでも何とか一人暮らしはできている。そこでどうしてまた、ヘルパーを利用しようと思われたわけですか？」

これは私に向けた質問であると、私は解釈した。これは非常に重要な質問だった。

生活に困っていないのなら、ヘルパーは必要ないというわけだ。これは当然といえば当然であった。ただ何となく使いたいだけの人に、貴重な人的資源をさけるわけがない。ここが今日の相談の山場だと感じた私は、何とか伝わるようにと願いながら、一言一言に力を込めて答えた。

「それは谷口さんに、調理や買い物ができるように訓練してほしいからです。私の前任のソーシャルワーカーは、谷口さんと何度か調理の練習を試みましたが、それは身に付きませんでした。メニュー決めから始まって、買い物、調理、後片付けといった一連の流れは、数回訓練したからといって簡単に身に付くものではありません。谷口さんは知的障害に加え、経験の希薄さといったハンデもあります。彼は小さい頃に包丁を握った経験すらありません。ですからそんな谷口さんが家事を習得するのには、何回も何回も繰り返し習慣化して、身体で覚えていくしかないと思うんです。ヘルパーさんには、谷口さんの代わりにやってもらうのではなく、谷口さんと一緒にやってほしいんです」

私が力説するのを、御園さんは静かに聞いていた。この力説は決してパフォーマンスではなかった。谷口さんが私たちの手から離れていくための第一歩として、ヘルパーサービスはどうしても必要だというのが、私の本心であった。そしてそこに力を貸してくれる存在が、できれば御園さんであって欲しい。不必要な情をそぎ落とした、プロとしての親切さが御園さんにはあるような気がした。

やがて御園さんは、静かに口を開いた。

「わかりました。対応できるヘルパーを探してみます。ですが、こういったニーズに対応できるヘルパーは、正直あまりいないと思います。たいていは介護保険のサービスに携わってきたヘルパーたちですし。ですが、数名思い当たるヘルパーはいます。その人たちに話をしてみます。調整までに少しお時間をいただけますか？」

「ありがとうございます。もちろんです。こちらは急ぎではありませんから」

私と谷口さんが頭を下げると、御園さんはにっこり微笑んで言った。

「細かいサービス内容などは、後日もう一度相談しましょうか。まずは人を手配できるかどうか、やってみますから。それにしても、この辺りにこのような診療所があったとは、お恥ずかしいですが初めて知りました。患者さんに対してこんな風にきめ細やかに対応してくださるなんて、心強いですね。内科の診療所ですか？　今度うちのご利用者さんでも、困っている方がいらしたらご紹介してよろしいかしら？」

「もちろんです。うちは内科が中心ですが、小児科や皮膚科、ちょっとしたケガなども診させてもらっています。地域の方々のかかりつけ医として、何でも相談できる診療所を目指していますから。ソーシャルワーカーを配置している点も、当診療所のウリなんです。お子さんからお年寄りまで、どんな方でも、医療のことで何か困っている方がいらっしゃいましたら、どんどんご紹介下さい。できる限りお手伝いします」

　私はここぞとばかりに宣伝した。これをきっかけに今後色々なところで連携し、協力し合っていけたら、こんなに有り難いことはない。こういうところから広がる人脈は、ソーシャルワーカーの命なのだ。御園さんもにこやかに言った。

「助かります。こちらこそ、どうぞよろしくお願いします」

　谷口さんはきょとんとした顔で私たち二人をかわるがわる見ていたが、最後に自分から頭を下げてこう言った。

「じゃあ、よろしくお願いします」


　谷口さんのヘルパー利用の話が進み始めていることを、朝のソーシャルワーカー会議で報告したが、田村さんはこれといって文句をつけることもなかった。この反応はある程度は予想していたものの、滞りなく会議が終わるとやはりホッとした。これで堂々と話を進められる。しかし田村さんから連絡してくれることになっているはずの、後見人候補の大岩さんについては、今日も何の報告もなかった。本当ならどうなっているのかしつこく追及したいところであったが、今はヘルパー支援を軌道に乗せることが先決である。私自身、後見人制度の件が遅々として進まない苛立ちを、ヘルパー支援の手続きを進めることで紛らわせている節があった。だいたい田村さんは、谷口さんに後見人をつけようという話になると、良い顔をしない。今その話題を出すのは地雷を踏むようなもので、とばっちりでヘルパー支援にまで難癖をつけられる不安があった。上司に対してそのような想像は非常に失礼であるが、その不吉な予感は、どう振り払っても私をつかんで離さないのであった。

しかしいつまでもそんな妄想にとらわれている暇はない。私にはヘルパーサービスの開始までにしておかなければならないことがあった。谷口さんにお小遣い帳をつけ始めてもらうことである。以前挑戦した時はうまくいかなかったが、今度は調理の訓練と並行して行うことによって、もう少し実感を持って金銭管理ができるかもしれない。今これを始めることは、谷口さんへの支援をヘルパーに丸投げするのではないという、私なりの意思表示でもあった。これは重要な要素であった。谷口さんのように支援への依存度が高い人は、支援する側にとってだんだんと重荷になってくることが多い。谷口さんを担当するヘルパーや御園さんが、そういった心理的負担を感じてしまうと、依存されることを恐れて逃げ腰になってしまう可能性がある。実際そうやって身を引いていく支援者たちや、置いてけぼりにされる利用者たちを、今までたくさん見てきた。それを避けるため、支援体制の中心はあくまでも海乃辺診療所であるという姿勢を示しておく必要があった。

最終的に私の目指すところは、谷口さんへの支援の負担が、誰か一人にかからない体制を作ることだった。現在は移行期だから、海乃辺診療所が中心となることは仕方がないが、ゆくゆくは色々な人が色々な形で役割を分け合い、協力し合って一人の人を支えて行く、そんな仕組みが理想だと考えていた。谷口さんだけに限らず、そんな風に支え合う仕組みができてくれば、この町は誰にとっても、もっと住みやすい町になっていくはずだ。

早速谷口さんに小さなノートを用意してもらった。縦に数本線を引き、一番上の段に、日付、摘要、収入、支出、残高と書き込んでもらう。漢字は私が見本を書いて、それを見ながら記入してもらったのに、半分くらいはなんとなく形が合っている程度の文字が書き込まれた。それでも自分で書いてもらうことが重要だった。最初はこうでも、何十回、何百回と回数を重ねるうち、一文字くらいちゃんと書けるようになるかもしれない。ノートを見開きにして左側のページが出入金の記録、右側のページはレシートを貼るスペースにした。私がいなくても一人で書けるように、表紙の裏面に書き方の見本も貼り付けた。

こうして週三回、谷口さんにお金を渡す日に、お小遣い帳の記入が始まった。

そんなことをしている間に、ヘルパーサービスの開始は七月からと決まった。私が谷口さんと出会ってからちょうど一年が経とうとしている。谷口さんへの支援も、ようやく次のステージへと進むことができそうだった。

第三章　暗　雲

二〇一一年三月十一日

私はその日、たまたま仕事を休んでいた。紀花が喘息で体調を崩していたからだ。私は紀花と一緒に母の家にいた。

母の家は、私の家の数十メートル先にある。祖母が「美咲のために」と手放さなかった小さな畑に、私たち夫婦が家を建てたためだった。今時は娘夫婦と近い場所に住む、もしくは同居することが珍しくないとはいえ、私は自分の結婚する人が、そんなに簡単にその土地に家を建てるとは思っていなかった。ダメで元々、「実家の近くに祖母の土地が空いている」と夫の豪に告げた時、「そこに家を建てよう」と即座に返されたのには面食らった。祖母が漠然と思い描いていた夢が、現実になった。

この「スープの冷めない距離」よりもさらに近い距離に、ストレスを感じることも多かったが、共働きの私たちにとっては好都合なことの方が圧倒的に多かった。特に子供が熱を出した時などは有り難い。あの日も紀花が喜ぶので母の家で昼食をとり、紀花はそのままリビングに布団を敷いて昼寝をさせていた。母はイチゴジャムを作ろうと、ダイニングテーブルでせっせと大量のイチゴのへたを取っていた。

十四時四十六分。

突然、足元が水に浮いているかのような小さな揺れを感じた。

「あら、地震？」

母と私は一瞬顔を見合わせ、身を固くして様子をうかがった。いつもならそのまま揺れが大きくなりしばらくして収まるか、もしくは何事もなかったように過ぎ去ってしまうのだが、その日は違った。いつまでも地面が水になったように、ゆるゆると揺れている。私は不気味になって、眠っている紀花のそばへと駆け寄った。その直後、ゴゴゴゴ……と地を這うような地響きが聞こえ、今までに体験したことのないような大きな揺れを感じた。床に這いつくばっていた私には、地面が弾んでいるように感じられた。道路工事で地面に穴を空けているそばを通る時のような、あれをもっと何十倍も大きくしたような振動。私は本気で、地球が爆発すると思った。

眠っていた紀花もさすがに目を覚まし、ふんふんと泣いて必死で私にしがみついてきた。紀花を抱きしめたまましばらくその場でじっとしているが、まだ収まらない。長い揺れがやっと収まり、

「大きかったねぇ」

と話を始めると、また大きな揺れが来た。さっきと同じくらい、いやもっと大きい

かもしれない。棚の上に乗せてあった観葉植物の鉢が落ち、ガチャガチャン！　と大きな音を立てた。紀花が「や〜！」と急に泣きだし、さらに強く私にしがみついてきた。私は紀花を抱きしめながら、地面がぱっくりと割れている場面を想像していた。ついに今日、地球が終わるのだ、家族が離れ離れのまま死んでいくのだと思った。

二度目の揺れもなかなか収まらない。母が苛立たしげに言った。

「何よ、これ！」

私は思わず口走っていた。

「怖い……、怖い！」

「何言ってんの、あんた！　しっかりしなさい！　のんちゃんを守らなきゃいけないでしょ！」

いつもは頼りない母が、この時ばかりは母親の顔になっていた。私は母に言われて、はっと我に返った。そうだ、この子を守らなければ。

家の中というのは、ある種社会から切り離された場所なのだろう。外の様子がまったくわからない。この地震の規模がどれくらいなのか、被害の状況がどれくらいなのか、世間の人たちはどのように対応しているのか、何も伝わってこない。

「お母さん、テレビつけて、テレビ！」

「そうよね」

母は慌ててテレビをつけた。

少しでも多くの情報を得ようと、私はパチパチとチャンネルを変えた。

「震源は東北だって。震度7！　津波が来るって」

テレビに釘付けになったまま、どんどん時間が流れていく。私はテレビという情報源から離れるのが怖くて、ずっとそこから動けずにいた。まだ断続的に揺れは続いていたが、母は少しずつ行動を開始していた。

「ねぇ、メーちゃんは大丈夫かしら。そろそろ帰ってくる時間でしょ？　私ちょっと学校まで迎えに行ってくるわ」

母は徒歩数分の距離にある小学校へ様子を見に行った。十五分ほどして、母は一人で帰ってきた。

「なんだか集団下校で、先生たちが送ってくるんだって。せっかく迎えに来たお母さんたちも、いったん家に帰ってたわ。ねぇ、保育園にも迎えに行かないとね。揺れ、そろそろ大丈夫なのかしら」

どうやら小学校の子供たちは無事らしい。保育園も毎月避難訓練をしているから、きっと子供たちを守ってくれているだろう。この辺りは海からだいぶ離れた高台で、津波の心配もない。私はやっと、幾分冷静に状況を受け止めることができるようになってきていた。それでもやはり、テレビの前を離れることができない。さっきからほとんど同じ姿勢のまま、チャンネルをあちこち変えながらテレビを見続けていた。津波が来るっていうのに、あの車の列。早く逃げないと、波に飲み込まれてしまう。あ、走っている人がいる。早く、早く逃げて。津波が来る！

とにかくこの日の私は、まるで使い物にならなかった。広大な平野がどんどん水に飲まれていく映像、走って逃げている人に波が追いついていく場面、水の流れが当然のように町を押し流していく様。これが現実に今、別の場所で起きていることだとは信じられなくて、ただ見つめて、そこにいるであろう人たちの無事を祈ることしかできなかった。私は「あ、あ～……」と声を上げながら、テレビを見つめ続けた。母親になると人は強くなると言うが、私はこの時、母親になったが故の弱さがあることを知った。子供たちを守りきれないかもしれないという恐怖、それは自分一人だった頃とは比べ物にならないほど大きく、私の心を侵食した。誰かを襲っているだろう恐怖が、誰かが感じているだろう痛みや悲しみが、自分のことのように襲ってくる。

十六時を回ると、外ががやがやと騒がしくなってきた。どうやら集団下校の一団が帰って来たらしい。母はさっきから家を出たり入ったりして、孫の帰りを待っていた。

「ただいまー」

元気に帰ってきた娘の顔を見て、私はほっと緊張が緩むのを感じた。

「メーちゃん、おかえり。怖かったでしょう？　学校は大丈夫だったの？　おうちに帰れるか、心配にならなかった？」

私はランドセルを背負ったままの芽衣を抱きしめ、矢継ぎ早に質問をした。

「うん、大丈夫だったよ。ちゃんと机の下に隠れたの。でもね、急いで校庭に逃げたから、持って帰れないものもあった。早く教室を出なきゃならないからって。集団下校で、班ごとに帰るって言ったんだけど、メーはどの班か迷っちゃった。だって今日はピアノでしょう？　ピアノの先生のお家は違う班だから、どっちに帰るんだろうって」

芽衣のその言葉を聞いて、私は急にドキドキしてきた。

「それで、メーちゃんどうしたの？　先生に相談したの？　どっちに帰ったらいいですかって」

「ううん、メー、自分で考えたの。やっぱり、おうちに帰らなきゃならないんだと思ったの」

その日は金曜日だから、ピアノのレッスンに行く日だった。いつもは帰宅して間もなく出かけていたから、集団下校で帰宅が遅れたその日は、すでにレッスンに行く時間だとわかっていたのだろう。芽衣は幼いその頭で、一生懸命考えたに違いない。そしてその日は緊急事態であることを理解し、家に帰るという判断ができたのだ。

「偉かったね、芽衣。ちゃんと自分で考えて、正しい判断ができたんだね。すごいねー」

私が誉めると、芽衣は得意そうに胸を張った。

だがもし芽衣が別の判断をしていたら……。私はピアノの先生の家の前で、うろうろとさまよう娘の姿を想像し、一瞬身震いした。こういうちょっとした選択の違いで、人生が大きく変わってしまうことだってあるのかもしれないのだ。津波から逃げる時に、どの道を選ぶかによって、運命が決まってしまうのと同じように。

芽衣が無事に帰ってきたのを確認してから、母が保育園に颯太を迎えに行ってくれた。保育園では、まだ園児たちを園庭で待機させていたようだ。おやつも園庭で食べたらしい。雨の日でなくて本当に良かったと、それを聞いて思った。颯太はほとんど恐怖を感じることなく、お祭り気分でいたようだ。自分が安全なところで守られていると、本能で感じ取っていたのだろう。大人に守られている安心感と、ただ事ではない張り詰めた空気とが、子供にとってはお祭り気分のような軽い興奮状態を引き起こすのかもしれない。颯太のそのちょっとした興奮状態は、夜まで続いていた。

十七時過ぎになって、豪から携帯に電話がかかってきた。たまたまつながったのだという。ひとまず豪は今夜いったん家に帰り、家族の無事を確認したらすぐに会社に戻るということだった。年度末で、納期の近い仕事が立て込んでいるのだと豪は言った。こんな緊急事態に納期も何もあるものかと思ったが、日本社会では、いついかなる場合でも、納期は守らなければならないものらしい。私一人で子供の安全を守らなければならないのは、正直ものすごく不安だったが、母もついていることだし、仕事だと言われれば文句も言えなかった。

豪と電話で仕事の話をしていて、私ははっとした。その時初めて、海乃辺診療所のことを思い出したのだ。地震が起きてから今まで、家族のことやテレビに映る人たちのことは心配で仕方がなかったが、自分の仕事のことは微塵も思い出さなかった。そういえば診療所は、診察時間の最中で患者さんがたくさんいたはずだ。訪問中のケアマネージャーやヘルパーもいただろう。そして谷口さんは、一人ぼっちで今頃どうしているのだろう。

だからと言って、すぐに職場に飛んで行きたいとも思わなかった。私のプロ意識なんてそんなものかと妙に冷めた思いになったが、私にとっては仕事よりも家族の方が大事だというのが、本音なのだろう。私は豪との電話を終えると、急いでメールを打ち始めた。

「今日はお休みをいただいて、申し訳ありませんでした。地震、すごかったですね。

皆さん、大丈夫でしょうか。こんな時にお役に立てず、申し訳ありません。私の家族は、お陰様で全員無事でした。明日も私はお休みの予定ですが、出勤の必要があればご連絡ください。　野原」

無理やり仕事に意識を引き寄せ、やっと作った文面であった。「こんな大事な時に自分のことばかり考えて」と、後で言われないための保身でもあった。このメールを、田村さんと小石川さんに宛てて送った。電話はいつつながるかわからないが、メールであれば遅れて届いたとしても、今日中には確認してもらえるだろう。こんな時に自分と家族のことばかり考えていることに後ろめたさもあったが、仕方がない、これが本当の私なのだ。

二十時過ぎに豪が帰ってきた。道路は大渋滞で、いつもの倍以上も時間がかかったという。私たち親子はその時間まで母の家にいた。まだ余震が続く中、子供たちを連れて自宅に帰るのがどうしても怖かったのだ。豪はこんな状況がいつまで続くかわからないからと、数日間泊り込める準備をして会社に戻ることになった。自宅の様子を見に行くのが恐ろしかった私は、自宅に荷造りをしに行く豪に、私と子供たちの着替えも取ってきてもらうことにした。私の想像の中で、自宅の中は食器が飛び散り物が散乱し、足の踏み場もないほどの惨状と化していた。だが数十分後に荷物と着替えを持って戻ってきた豪は、家具は動いてはいるが、それ以外はほとんど何も変わっていないと言った。そう言われてみれば母の家だって、落ちた物と言えば植木鉢と食器類がいくつかだけだ。

豪はその日、子供たちとおしゃべりをし、シャワーを浴びてから会社に戻って行った。私はまだ揺れの続く中、子供たちと自宅に帰るのが怖くて、母の家に泊めてもらうことにした。どうもこの地震に関して、私の感覚は現実と大きくかけ離れているようだ。地球が爆発するのだと思い込んだり、地割れしている様を思い浮かべたり、手が付けられないほどの惨状と化した自宅を想像したり……。私は現実を少し大げさにとらえ過ぎているのかもしれない。そう自分に言い聞かせてはみたものの、その夜はしんとした闇の中から絶えず地響きが聞こえてくるような気がして、一晩中眠れなかった。

翌朝、田村さんからメールが来た。

「ご家族がみなさん無事で良かったですね。診療所の方は、けが人などもなく、大丈夫ですよ。ご家族のそばにいてあげてください」

良かった。こういう時、田村さんは寛大なのだ。

胸をなでおろしたのも束の間、今度は福島第一原発事故のニュースが流れてきた。

私はまたしても、テレビの前から動けなくなってしまった。昨日の津波の映像と、波に洗いざらい流され変わり果てた平野、避難した先で途方に暮れる人々、それに原発事故のニュースがかわるがわる報道される。普段はテレビがついてることを好まず、見たい番組の時以外は消してしまう私が、朝から晩までテレビにかじりついている。ある種異様な光景だったろう。芽衣は報道されるニュースに興味があるらしく、

「ねぇ、これ、全部本当のこと？　流されちゃった人たちはどうなるの？」

と心配そうに言いながら、私と一緒になってテレビを見ていた。使い物にならない私を尻目に、母は居候の私たちの衣類の洗濯までしてくれている。この日私がしたのは、八割方テレビに意識を集中させながら、簡単な食事の支度をした程度だった。

そして福島第一原発の水素爆発。私はもう生きた心地がしなかった。この家を、いや日本を捨ててどこかへ逃げなければならない、そんな妄想に囚われた。どうしよう。外国に頼れるつてなんてありはしない。逃げる場所のない人はどうしたら良いのか。そもそも私のパスポートはとっくの昔に切れているし、子供たちのパスポートだってない。どうしたら良いのだろう、どうしたら……。

そんな中でも、紀花の体調が回復してきたのだけは救いだった。この上ひどい喘息発作など起こされたら、私は気が違っていただろう。

それにしても、巡り合わせの不思議を思わずにはいられない。

この日の夕方、母は地震で散らかった二階の書斎を片付けに行った。父が生きていた時に書斎として使っていた小さな部屋で、パソコンや本、父の思い出の品などが置いてある。私のようにテレビにかじりついていたところで、状況は何も変わらないと母は思ったのだろう。あるいは何かしていないと落ち着かなかったのかもしれない。ある程度片付けを終えた母は、割れた猫の絵の額縁と、ガラスケースに入った細かい木彫りの民芸品を持って降りてきた。父は私が覚えてもいないほど幼い頃に、数か月間中国に単身赴任をしていたことがあった。

「それ、お父さんが中国から持ち帰ったものじゃない？」

私が言うと、母はしみじみと言った。

「そうなのよ。書斎はね、そんなに散らかっていなかったの。本や物が落ちたり、本棚や机がずれてはいたんだけど。でも、これ見てよ」

母が差し出した猫の絵の額縁は、ガラスが大きく割れていた。裏を見ると、中国語で書かれたメッセージらしい文字と、父の名前が書かれている。

「この絵はね、お父さんが中国から帰ってくる時に、向こうの人たちが記念にくれたものらしいの。これは寄せ書きみたい。あと、こっちは中国の有名な民芸品みたいなのよ。すごく細かいでしょ、細工が」

その民芸品は、外側のガラスケースは無傷だが、ケースの中の細工だけが粉々に割れていた。かろうじて形の残った破片から、どうやら鶴の細工であったことだけはわかった。そういえば父の書斎で、この民芸品を見たことがあるような気もする。

「書斎で壊れたものは、この二つだけだったの。他のものは何一つ壊れていないのよ。あなたの成人式の写真とか、小さい頃に描いた絵とか、あれも額縁に入れて飾ってあったでしょう？　他にも大事なものはいっぱい飾ってあったのに、全部無傷なのよ。どうしてお父さんのだけ、ねぇ……」

私は素直に思ったことを口にした。

「それって、お父さんが身代わりになってくれたんじゃない？　悪いものを全部その二つに込めて、粉々に壊れて、私たちを守ってくれたんじゃないかな。だから私たち、無事だったんだよ」

「そうねぇ……。そうかもしれないわね。だって昨日だって、私がもしおばあちゃんの病院に行ってたら、きっと帰ってこられなかったわね。そうしたら美咲一人で、子供たちをどうしたら良いかわからなかったでしょう？」

本当にそうなのだった。母方の祖母は、普段は施設に入所しているが、この一か月ほどは具合が悪くて、ここから電車で三十分ほどかかる病院に入院していた。地震の起きた時間、いつもなら母は祖母のお見舞いに行っていたはずだが、昨日はなぜか

「今日はおばあちゃんのお見舞いはやめとくわ」と出掛けるのをやめたのだった。
「こういうのを、虫の知らせって言うのかもしれないわね」

人は自分では選べない、何か大きな力に流されていると思うことがある。この時も、自分の意志ではどうにもならない、大きな力が働いているのではないかと思えた。地震が起きた時にどこにいたのか、津波から逃げる時にどの道を選んだのか。そんな偶然とも思える要素で、人の運命が決まってしまう。

ではその運命とはどうにも変えられないものなのか。そうであるとも思えたし、そうとは言いきれないような気もした。選べない運命もあるけれど、選べることもある。大きな流れに逆らって泳ぐことや、その流れを変えることは難しい。けれども流れを見極めながらそこに飲み込まれず、行き着く先を自分で決めることは、もしかしたらできるのかもしれない。泳ぎ切る力と、流れを見極める冷静さがあれば。

それからの一か月間は、すべてのことが不安で、いつも何かに追い立てられるようにドキドキしながら生活していた。不安感、焦燥感だけはリアルに記憶に残るのだが、他のことは何となく現実感が薄い。

大規模な余震が来るかもしれない恐怖にいつも怯え、トラックが通る時の地響きさえも、地震ではないかと身構えた。放射能が降ってくるのが恐ろしくて、洗濯物は外に干せなかった。ペットボトルの飲料水が手に入らず、どうか悪い影響が出ませんようにと願いながら水道水を使った。食材は放射線量が低い地域の物を選んで買った。夜のニュースは必ず見て、コメンテーターの意見を聞き逃すまいとした。何が正しくて何が間違いなのかわからない。それでも情報を集めなければ気が済まなかった。

テレビでコメンテーターが言っていた。

「被災地に思いを寄せて胸を痛めるのはわかるが、被災者以外の人は、いつも通りの日常生活を送っていくことが大切です」

それはその通りであっただろう。しかし一週間が過ぎ、二週間が過ぎ、日々の生活がどうにか回り始めると、人々が徐々に普段通りの顔に戻っていくことに、違和感を覚えずにはいられなかった。今も行方不明の人はいる。原発事故だって現在進行形、いや、状況はどんどん悪くなっていく一方だ。しかし人々の関心、恐怖心は少しずつだが確実に薄れていくように見えた。放射能に神経をとがらせている人は多かったが、一方では被災地のことが話題になることは明らかに減っていた。被災地での出来事が、人々の中でだんだんと他人事になっていく。

しかし私は、あの日の地震のことを頭から追い出すことができなかった。いつもどこかでそのことを考えていた。今までと同じ日常生活を送ることは大切だが、それは忘れることとは違うように思えた。少なくとも私は忘れることができなかった。ましてや他人事とも思えない。それでもいつも通り仕事は続けなければならない。この時期の私は、気を抜くと上の空になりそうな意識を、必死で仕事に向けていた。

地震の日、谷口さんはいつものように自転車で出歩いていたそうだ。街中《まちなか》にいたため、私のようにいたずらに恐怖心が膨らむこともなかったらしい。谷口さんの家の辺りは埋め立て地で、場所によっては液状化の被害が大きかった。わずかな潮位の変化のみで陸に水が上がることはなかったものの、津波も来た。だが海に近い谷口さんのアパートは、古い割に大きな被害はなかった。私にとってあんなに怖かった地震も、谷口さんの心にはさほど大きな傷を残さなかったようだ。

週二回のヘルパーサービスは、地震後の混乱した時期も、いつも通り訪問してくれていた。やはり谷口さんは運の強い人だ。

谷口さんが早くも普段通りの生活を取り戻しつつあった三月下旬、市の障害福祉課の佐々木さんから電話があった。

「お久しぶりです、野原さん。谷口さんはお元気ですか。ヘルパーサービス、軌道に乗っていますか。実は野原さん、今日はご挨拶をと思ってお電話しました。私、四月から異動になりまして」

何となくフワフワしてすべての出来事に現実感を持てないでいた私は、この電話も、何となく遠い世界の出来事のように感じながら聞いていた。しかしふと嫌な予感が胸をかすめ、それをきっかけに、フワフワしていた意識が突然現実に引き戻された。

「異動って、来月からですか？　もう数日しかないじゃないですか。後見人もまだ決まっていないのに。次はどなたが担当になるのでしょう？」

「それは何とも……。四月になってみないとわかりません。ですが、誰が担当になっても話が通じるように、きちんと引き継ぎはしておくつもりです。こんな大変な時期ですから、心配な人たちもたくさんいるのですが、谷口さんは大丈夫ですよね、野原さんがついていますから」

私は明るく言葉を返すことができなかった。何か胸騒ぎがした。今までうまく回っていた歯車が、少しずつかみ合わなくなっていくような不安があった。でもこれは悪い予感ではなく、地震の後で私の心が不安だからそう感じるのだ。私はそう思い込もうとした。

だが、今まで自分の内側から発せられる危険信号を無視して、良い方向に向かったことなど一度もなかった。自然と沸き起こる胸騒ぎを、無視してはいけない。

ただの取り越し苦労でも構わないから、すべてのことを慎重に進めよう。私はそう自分に言い聞かせた。

四月に入ってすぐの朝のソーシャルワーカー会議で、私の身体にまたも衝撃が走った。小石川さんが、五月の連休明けから別の部署に異動すると告げられたのだ。私は一瞬身体が凍りついた。やはり何かの歯車が狂い始めている。障害福祉課の佐々木さんに続き、いつも私の後押しをしてくれていた小石川さんまでいなくなってしまうなんて……。

私の不安そうな様子に気付いたのだろう。小石川さんがいたずらそうな目つきで笑って言った。

「あら、でも野原さんにとって嬉しいニュースもあるみたいよ。鎌田君が異動してくるの。私がいるよりも嬉しいんじゃない？」

「え、洋ちゃんですか？」

私は思わず、はしゃいだ声をあげてしまった。

鎌田洋平は、私が産休に入る前に、別の職場で一緒に働いていた仲間だ。そうか、また洋ちゃんと一緒に仕事ができるのか。そのニュースは私を少し明るい気持ちにさせた。

しかしそれでも、一度湧き上がった不安は消えなかった。小石川さんがいなくなったら、谷口さんへの支援はまた進めづらくなるだろう。特に後見人をつけることについては、もう絶望的かもしれない。後見人の候補人として名前が挙がっていた大岩さんについては、田村さんから連絡を取ってくれると言ったきり、今まで何の進展もなかった。最初にその話が出てからもうすでに一年が経とうとしている。私は思い切ってその話を持ち出してみることにした。小石川さんがいるうちに少しでも進めておかないと、本当にどうにもならなくなってしまうかもしれない。

「そういえば、大岩さんとは連絡を取っていただけましたか？　私もヘルパーの件を進めることに気を取られて、すっかり忘れてしまっていたのですが。小石川さんと一緒に考えて出した支援方針です。小石川さんがいらっしゃるうちに、少しでも方向性を確認しておけると、私も安心できるのですが」

忘れていたわけがないのだが、田村さんのプライドを傷つけないよう、私はわざとそんな言い方をした。

「あぁ、そうですね。私も気になっていました。田村さんもお忙しいので、なかなか難しいのかなとは思っていましたが。大岩さんとお話しする機会、持てましたか？」

小石川さんも田村さんの気分を損ねないよう、私を援護する発言をしてくれた。

「そうね、そうなのよね。私も大岩さんも社会福祉士会の理事とかやってるからね、顔を合わせた機会にと思っていたんだけど、なかなか一緒になることがなくて。ほら、あの障害者のカフェ、あそこのオーナーなんだけどね」

知的障害者の作業所を兼ねたカフェのオーナーであることは、一年前にすでに聞いた。この発言は、私に直接相談に行けと言っているのか。私は田村さんの真意を量りかねた。

「田村さんがお忙しいようでしたら、私が直接相談に行ってみましょうか？」

私は思い切って尋ねてみた。こんなに踏み込んだ質問は、小石川さんがいてくれなければできない。田村さんは私をちらりと見て答えた。

「あぁ、いい、いい。今度ね、新年度の会合があるからその時に聞いてみる。まぁ、大丈夫だと思うけどね。たくさんの人の後見人を引き受けている人だから」

その話も、一年前に聞いた。私は心の中でため息をついた。

洋ちゃんの他に、鹿島《かしま》さんというケアマネージャーも異動してくると聞いた。四十代前半の女性で、看護師からケアマネージャーに転身した人らしい。二人は四月の中旬に異動してきて、小石川さんとの引き継ぎを行うらしかった。そして小石川さんは、ゴールデンウィークが明けて介護保険の請求が済んだら、異動していってしまう。介護保険に関わる報酬の請求は毎月十日。小石川さんの力を借りられるのも五月十日まで、ということだった。タイムリミットまで時間がない。洋ちゃんが異動してくるのは嬉しかったが、小石川さんがいなくなってしまうことは私にとってあまりにも痛手だった。私はこれから先のことを思うと、気持ちが暗くなった。

鹿島さんは、元看護師らしいぱきぱきとした感じの人だった。占いが趣味だという強烈な個性の持ち主で、人見知りしやすい私は最初警戒した。だが、

「えー、野原さんちも女の子いるの？　うちも娘よ。じゃあ迷惑でなければ、うちの子のお下がりもらってくれないかしら？」

なんてかわいらしい洋服をたくさん持って来てくれるものだから、私は間もなく取り込まれ、完全に気を許してしまった。私はどうも物でつられると弱い。

洋ちゃんは相変わらず、何となく頼りない「男の子」的な雰囲気がぬぐえなかったが、それでも気の置けない仲間が近くにいてくれることは心強かった。これからまた同じ職場で、一緒の空間を共有すると思うと、嬉しいようなくすぐったいような変な気分になったが、これもすぐに慣れるだろう。

今までソーシャルワーカーだけで行われていた朝の会議は、看護師でありケアマネージャーでもある鹿島さんも加わることとなった。このケアマネージャー事務所は、この地域の在宅介護支援センターの機能も併せ持っている。管轄地域の高齢者や

その家族からの相談に乗り、コミュニティソーシャルワーカー（※地域で人々が生活していく中で起こる様々な課題に対して、地域住民と共に、解決に向けた活動や支援などを行う人のこと）的な役割もこなさなければならない。看護畑でやってきた鹿島さんはそういった仕事には慣れていないようであったが、この職場に配属された以上やらざるを得ない。最初はここで交わされる議論に、ついていけない空気をあからさまに醸し出していたが、半月も経つ頃には、徐々に場の雰囲気に馴染んできたようだった。

田村さん、小石川さん、鹿島さん、洋ちゃん、そして私。この五人が揃った時の、事務所のワイワイとしたにぎやかな雰囲気が私は好きだった。会議の最中は、難しいケースの議論もあり、空気はとんがってくる。しかしそれ以外の時間は他愛もないおしゃべりで笑い声が起こり、今までにない和気あいあいとしたムードが生まれていた。鹿島さんは会議で何か厳しいことを言われても、あまり気にしないようだった。田村さんにも平気でズバズバと質問している。ソーシャルワーカー同士である私と田村さんとの距離感とは、少し違うのかもしれない。あまり物事を引きずらない、こだわり過ぎない鹿島さんの性格が、緊張しがちな会議の空気を緩ませていた。個性的な鹿島さんと可愛がられキャラの洋ちゃん。その二人が加わったことで、場の空気が変わったことは明らかだった。

そんな状況の変化から来る気の緩みがあったのだろう。この時期の私は、物事を考える際の慎重さを欠いていた。

四月下旬のある日、私は『コミュニティカフェ・たまり場』の前に来ていた。通りに面したガラス越しにのぞき込むと、店の中ではエプロンをした人が数名動き回っている。私はしばらくその様子を眺めていたが、思い切って店のドアを開けた。カランカラン、とドアベルが鳴った。

「いらっしゃいませ！」

三十歳前後と思われる女性がこちらへ振り向き、明るい声で言った。他の人たちも一斉にこちらを向くが、皆無言で私を見つめている。どうやらその女性がスタッフで、他の人たちはここの利用者のようだ。

「ランチですか？」

その女性は私を客だと思い、近づいてきた。

「あ、いえ、違うんです。あの、こちらに大岩さんという方がいらっしゃると聞いて。私、海乃辺診療所ソーシャルワーカーの野原と申します」

私はその女性に名刺を差し出しながら続けた。

「実は当診療所の患者さんで、軽度の知的障害の方がいらっしゃいまして。大岩さんが後見人を引き受けていらっしゃると聞いて、ぜひ相談したいと思って伺ったのです。約束もなく突然お邪魔してすみません」

　私は言い訳がましく、突然の来訪を説明した。その女性は少し困ったような顔をして言った。

「そうでしたか。実は大岩はほとんどこちらには来ないんですよ。忙しく出歩いていることが多くて。あ、今ちょっと連絡してみましょうか？」

　その女性は、親切に大岩さんの携帯に電話をかけてくれた。しばらく無言の時が流れる。

「出ない。運転中かな……」

　そのつぶやきを聞き、今日はダメかなと諦めかけた時、急に彼女が話し始めた。

「あ、大岩さん？　お疲れ様です。中村《なかむら》です。え？　あはは、ごめんなさい、しつこかったですか？　しつこく鳴らさないと、なかなか出てくれないじゃないですか。実は大岩さんにお客さんが見えているんです。後見人のことで相談したいって。……はい、……はい。わかりました。では、そのようにお伝えしておきますね」

　電話を切った彼女は、小さなメモ用紙に携帯電話の番号を書くと、私に差し出した。

「これ、大岩の携帯番号です。移動していることが多いので、すぐには出られないかもしれないけれど、長く鳴らしてくれれば出られますって。直接ここにかけて、ご相談なさってみてください。そうは言ってもなかなかつかまらないかもしれないから、めげずに何度もかけてくださいね。あ、良ければ今度、ランチも食べに来てください」

その女性は笑いながらそう言った。

「突然伺いましたのに、ご親切に本当にありがとうございます。助かりました」

私は彼女の親切が嬉しくて、何度も何度も頭を下げた。こういう人が働いているカフェのオーナーなら、大岩さんは良い人に違いない。カフェを出ると、私は晴れやかな気持ちで診療所までの道を走り出した。

この時なぜ私が、田村さんにお伺いを立てずに大岩さんに相談に行くという、決して犯してはならないミスを犯したのか、よくわからない。地震の後で頭が混乱していたからか、職場の環境が変わって意識がフワフワしていたからなのか。とにかく絶対に外してはならない段階を、一つ飛び越えてしまったことに間違いはなかった。私の中で、もうこれ以上延ばせないというタイムリミットが来ていたことは事実であった。谷口さんからはこの一年、「後見人のことはどうなりましたか」と何度も聞かれていた。そのたびに「田村さんに紹介してもらえるように頼んであるから」とか、

「もう少しヘルパーさんに慣れたら進めましょうか」などと言って、どうにかここまで引き延ばしてきた。だがもうすぐ小石川さんがいなくなってしまうというこの期に及んで、催促してさえ一向に進まない。私自身の我慢も、もう限界を迎えていたのだろう。

診療所に戻った私は、すぐに教えてもらった番号に電話をかけ、数日後に会う約束を取り付けた。そのことも、なぜだか田村さんには報告しなかった。無意識のうちに、邪魔が入るのを避けていたのかもしれない。

約束の日に、私は谷口さんの分厚いケースファイルを持って、再び『コミュニティカフェ・たまり場』を訪ねた。初回の相談だ。もし条件が合わなければ、断られてしまう可能性もある。私は谷口さんの了承を得て、一人で相談に来ていた。もし大岩さんに引き受けてもらえそうな手ごたえがあれば、次の機会に谷口さんに会ってもらおうと思っていた。

『たまり場』のドアを開けると、先日も対応してくれた中村さんが笑顔で出迎えてくれた。

「こんにちは。大岩がお待ちしていますよ。奥に事務所がありますから、どうぞ」

中村さんはキッチンの脇の細い通路を通り抜け、ごちゃごちゃとした小さな部屋へと案内してくれた。壁際にロッカーがずらりと並び、どうやらスタッフや利用者の荷物入れとなっているようだ。部屋の奥に事務机が配置され、どの机の上も書類やらパンフレットやら私物やら、なんだかわからないがとにかく散らかっている。「だらしない」というよりは、「忙しい」という印象を受けた。診療所の事務所も散らかっているが、どうやら散らかり方の質が違うようである。

「大岩さん、野原さんがお見えになりましたよ」

中村さんが声をかけると、奥の机に座っている体格の良い男性が、座ったまま振り返った。

「いやぁ、どうもどうも。大岩です。ちょっと散らかってますけど、まぁ、このへんにどうぞ」

大岩さんは私の姿を認めると、笑顔で立ち上がり、自分の隣の机の上をガサガサと片づけながら言った。五十代半ばくらいの、想像した通り気さくで親切な人だった。

「はじめまして、野原です。先日はお電話で失礼いたしました。お忙しいところお時間を取っていただきまして、ありがとうございます」

私はケースファイルを二冊詰め込んだ重いカバンから、ごそごそと名刺入れを取り出し、大岩さんに差し出した。名刺を取り出してスマートに手渡すという動作が私は大の苦手で、うまくできたためしがないが、今日は割と手早くできた。私は何となく良い気分で大岩さんから差し出された名刺を受け取り、勧められた椅子に腰を下ろした。

「申し訳ありませんね、散らかっていて。何しろ忙しくて、あまりここに来る時間もない。今日はたまたまこの近くに用事があったものでね。それで、要件というのは？」

大岩さんは優しい目で尋ねた。

「あの、田村からお名前をお聞きして、今日は伺いました。県の社会福祉士会でご一緒とのことで、知的障害者の方の後見人なら、大岩さんが良いのではないかと申しておりましたので。実は当診療所の患者さんで、軽度の知的障害の方がいらっしゃいます。金銭管理がうまくできないので、もう長いこと診療所でお金をお預かりして、やりくりのお手伝いをしています。ですが、今や成年後見制度も大分普及してきていますす。金銭管理について、社会福祉士のモラルを問われるような事件も起こっていますす。今のままの支援を続けていくのではなく、今後はきちんと法にのっとった形で、その方の権利を守っていくことが適切だと思うのです。幸い、療育手帳の申請をしましたら、Ｂ２という判定が出ました。療育手帳があれば、後見人をつけることも可能かと思うのです。もちろん後見人がついたからといって、私たちが支援から手を引くということではありません。ですが、今私たちが行っている支援がはたして適切であるのかどうか、そのチェックをしていただくためにも、後見人はどうしても必要だと思うのです」

大岩さんは私が話す間、一言も口を挟まず黙って聞いていた。頷くことすらせず、じっと一点を見つめていた。私が話し終えてもまだしばらく沈黙は続き、私は何かまずいことを言ってしまったのだろうかと不安になった。私の考え方に大きな間違いがあって、怒らせてしまったのだろうか。

しばらく何かを考えた後、大岩さんはゆっくりと私の方に向き直り、口を開いた。その眼は怒ってはいなかった。

「そうか、うん……。いや、実は電話をもらった時、どうしたもんかなぁと思っていたんだよ。正直、今引き受けているだけでも、いっぱいいっぱいでね。後見人というのは、君も知っての通り、報酬が少ない割には非常に負担の大きい仕事なんだよ。状況によっては断らせてもらおうかと思っていた。でもね、君の熱意に共感したよ。そういうことなら、できる限りのことはさせてもらいたいと思う。正直ね、今すぐには無理だ。だけど君の話を聞く限り、実際に話が進むのはもう少し先になりそうだね。となると、何とかなりそうだ。僕は後見人を引き受けている社会福祉士仲間で、グループを作っている。『たまり場わっしょい』っていう会なんだけど。ネーミングからして、今風じゃないでしょ。だいたいが、まぁ僕と同じくらいの年代の人たちなんだね。でも、若い層もいる。もし彼と僕との相性が悪かったとしても、その仲間の中には誰か引き受けられる人がいるんじゃないかと思うんだね。だから現段階では、準備が整うのを待っている、と返事をさせてもらうよ。本人の意思もあるだろうからね。ゆっくり相談してもらって構わない」

大岩さんの話し方は、どこまでも優しかった。私は嬉しくてホッとして、涙が出そうになった。

「ありがとうございます」

私はやっと一言、それだけ言った。大岩さんはうんうんと頷いてから、ごちゃごちゃした机の一角をがさごそと探し、書類の束を取り出した。

「これがね、成年後見制度に関する書類の一式ね。読んでもらえればわかるんだけど、ざっと説明すると、用意してもらうものはこの辺になるかな」

大岩さんはリストにチェックを入れながら話を進めてくれた。こういう書類は、細かい文字が羅列しているのを目にしただけで読む気力を失い、肝心なことが頭に入ってこないものである。初めて申請に関わることになる私には、読めばわかることでも、こうやっていちいち説明してもらえると有り難かった。どうやら書類自体は、役所などで手に入るものがほとんどのようだ。最初にポイントとなってくるのが、医師の診断書のようだった。その内容如何によっては、その後にさらに鑑定書の提出が必要になってくるという。診断書自体は簡単な書式であるが、鑑定書となると何ページにも及び、書いてくれる医師に支払う報酬も、高額になることもあるようだった。

「だからね、もし鑑定書の作成が必要になった時にも、良心的な報酬で、きちんとした内容で書いてくれるお医者さんを探しておくのがいいってことだね。海乃辺診療所は精神科のお医者さんはいないんでしょ？　本当は最初の診断書の時から、精神科のお医者さんに書いてもらえるといいんだけどね。でも今大事なことは、彼本人のことをよく知っているお医者さんに、しっかりと診断書を書いてもらうことだ。どうかな、今の彼の主治医は、ちゃんと書いてくれそうかな？」

それは心配なかった。谷口さんの主治医は、父親の代から谷口さん親子を診ている、とても優しいおじいちゃん先生である。患者さんの要望通りに薬を出しすぎて、ストップをかけなくてはならないことがあるほどだ。親切心も度を超すと困りものだが、それほど患者さんのことを親身になって考える先生であるから、私が口添えをすれば、谷口さんの実像をほぼ正確に映し出す診断書が出来上がると思われた。そのことを伝えると、大岩さんは微妙な顔で笑って言った。

「それなら心配ないね。問題は鑑定書が必要になった時だけど、よほどのことがない限り診断書だけで通ると思うから、それはその時考えることにして。あとは彼の財産のリストとか、細かく記載しなければならないんだよ。これだけ揃えるには結構時間がかかると思うから、まぁちょっとずつやっていくといいよ」

「ありがとうございます。あの、ここまで来るのにも、だいぶ時間がかかったんです。今後もなかなか進まないかもしれません。ですが、時間がかかったとしても、必ずまたお願いに来ます。大丈夫でしょうか、待っていていただけますか？」

古い映画に出てくる旅立ちのシーンのようで、なんだか格好が悪いと自分でも思ったが、私は何か一抹の不安を感じて、大真面目にこう言った。大岩さんはにこにこと笑っていった。

「大丈夫だよ。特に彼のような人は、時間をかける必要があるかもしれないね。気長に待っているから、焦らず進めてね」

大岩さんはその大きく包み込むような優しい雰囲気が、協民党議員の小堀さんに似ていると、私はその時に気付いた。二人とも、お父さんみたいな人だと思った。

四月最後の朝のミーティングで、私は大岩さんに会ってきたこと、谷口さんの後見人候補となることに快く同意してくれたことを報告した。大きな仕事を成し遂げたような、晴れがましい気持ちだった。だがそれを聞いた田村さんの顔色が、一瞬変わった。

「え？　あんた、行ったの？　あの人、忙しいでしょう。よくつかまったねぇ」

田村さんはいつものようにからりとした口調で言ったが、目は笑っていなかった。しまった。私はその時、自分の失敗に気づいた。

「いえ、あの、田村さんはなかなかお忙しいようなので、あまり頼り切っていても申し訳ないと思い、ダメもとで相談に行ったら、たまたまお会いできたんです」

私は慌てて言い訳をした。田村さんのプライドが絶対に傷つかないような言い方をしなければならない。小石川さんがさらりと加勢してくれた。

「すごい、良かったですね。私もこの件が中途半端なまま異動していくのが、とても気がかりだったので、それを聞いて少し安心しました。いいんじゃないですか？ このまま進めていただければ」

「そうだよね～。そうそう。いや、私もなかなか忙しいから、どうしようかと気になっていたんだけどね～。まぁ、今度私からもよろしく言っとくから」

「良かったわね、野原さん。気になっていたことが、一歩先に進んで」

小石川さんは、田村さんが納得するような方向へと巧みに会話を導いてくれた。私は心の中で小石川さんにお礼を言い、そっと田村さんの顔を見た。笑顔を作ってはいるが、私の顔を見ようとはしない。きっと腹の中は煮えくり返っているに違いない。

会議の後、田村さんが事務所を出て行ったのを確認してから、私は小石川さんにそっと近づいた。鹿島さんと洋ちゃんは、ミニキッチンの方で笑い声を立てて話をしている。

「あの……」

私は小声で小石川さんに話しかけた。

「まずかったでしょうか。田村さんを飛び越えて、大岩さんに相談に行ったこと」

小石川さんはさらりと言った。

「あら、そんなことないんじゃない？」

「でも、明らかに気分を害されていました。いつも、いつもそうなんです。私がすることは、どうしても気に入らないみたいなんです。特に谷口さんのことになると、私のことは絶対に認めてくださらないんです。何が悪いんでしょう？　何が」

私は今まで抑えていた不安が吹き出し、声を抑えて一気にしゃべった。できればこんなことは、鹿島さんと洋ちゃんには聞かせたくなかった。

小石川さんは困ったような顔をして、それから一言一言噛みしめるように答えてくれた。

「田村さんは、いつも一生懸命なのですよね。だから、周りが見えなくなってしまうことがあるんだと思います。谷口さんは長い患者さんだから、とても思い入れがあるのでしょうね。だけど田村さんは、悪気はないと思いますよ。ここの職員は、社会運動なんかも積極的にやっているでしょう？　そういった運動に参加することを強制する人もいるけど、田村さんは、自分では積極的に参加しても、私たちには決して押し付けない。仕事より家庭を優先することも快く認めてくれています。この法人の中では、とてもやりやすい上司だと、私は思います。私は田村さんの下で働けて、良かったと思っています」

私は小石川さんの言葉を、胸の中で繰り返した。これが小石川さんの本心なのか、それとも私を救うために言ってくれているのか、わからなかった。私がまだ苦しげな表情をしていたのだろう。小石川さんはにっこり笑って言ってくれた。

「でも何かあったら、いつでも連絡ちょうだいね」

ゴールデンウィーク狭間の月曜日、私は谷口さんと診療所の応接室に居た。

「ジャガイモと、玉ねぎ、にんじん、なす。全部で五百八十六円。え～と、この日は何を作ったんだろう。カレー？」

「違いますよ。肉じゃがと、焼きナス」

「え、焼きナス？　あれって、結構難しくないですか？　焼き加減とか。中まで黒焦げになっちゃわない？」

「なりませんよ、中までは。いいんですよ、外側は黒焦げで。後で皮むいちゃうから」

谷口さんと私は、レシートを見てお小遣い帳をつけながら話をしていた。ヘルパーサービスは、生活の一部としてもうすっかり定着していた。ヘルパーの来ない日に自炊をすることは、まずないようだったが、ヘルパー訪問日の週二回は、谷口さんも一緒に調理をしているようであった。だいたい二、三品作り、後片付けを終えると、谷口さんとヘルパーとで話し合い、次回のメニューを決め、買い物メモを作ってもらうことになっている。そのメモをもとに、谷口さんが次回のヘルパー訪問日までに、自分で食材を買っておく。メモをもとに効率的に買い物をすることも、すっかり板についたようだった。

「肉じゃがのお肉は？　買ってないけど、どうしたんですか？」

「あぁそれは、豚肉を買って冷凍してあったから、それ使ったんです。一回で使うには多いから、肉や魚はたいてい冷凍しておきます」

「すごいね〜。もうすっかりやりくり上手な主婦って感じ」

私が大げさに誉めると、谷口さんは赤くなって笑った。まんざらでもない様子である。

「でもいい加減、レシートはきれいに貼っておいてよね。ポッケに入れたままじゃ、くしゃくしゃで読めないいじゃない。なくしちゃうかもしれないし」

私が今度は怒ったような口調で言うと、谷口さんは赤くなったままぺこぺことお辞儀をして言った。

「すいません。つい」

でも本当のところは、そこまで求めてはいなかった。重要なのは、お小遣い帳をつけようという意識が定着し、レシートを忘れずにとっておけるようになったことだ。今のところ、目標は十分達成されている。やはり人は根源に、向上したいという欲求を持っているのだと、谷口さんを見ていて思う。人に面倒を見てもらうのは確かに心地良いが、自分の力でできるようになることはもっと嬉しい。

「あのね、一つ良い報告があります」

お小遣い帳の記載が一通り終わると、私は切り出した。谷口さんはきょろっとした目をこちらに向けて、その後に続く言葉を待っている。

「後見人の件、ずーっとお待たせしていたでしょう？　申し訳ないなぁと思っていたんだけど、引き受けてくれそうな人が見つかりました。『たまり場』っていうカフェ、知ってますか？　そこのオーナーさんなんです」

「へぇ～……」

谷口さんはきょとんとした顔で答える。

こういう時、本当にわかっているのか不安になることもあるが、後で確認すると、たいていはきちんと理解している。「わかっている」というメッセージを、表情や態度で表すことが苦手なのだと、最近は私もわかってきた。

「小堀さんくらいの年齢の、男の人。準備が整ったら、また相談に来てくださいって言われてます。本当に成年後見制度の申請をするとなると、書類を整えたり、診断書を書いてもらったり、結構大変です。もちろん私もお手伝いします。どうしますか？　進めてみますか？」

　はい、というのはわかっていたが、私は敢えて確認した。

「はい。お願いします」

　谷口さんはきっぱりと答えた。

「良かった。じゃあ、よろしくお願いしますね」

　私は言ってから、ふとあることを思いついた。

「ねぇ、谷口さん。これから後見人の手続きを進めていくのに、私は今の谷口さんがどんな生活をしているのか、もう少し詳しく知っておきたいの。今度、ヘルパーさんの入っている時間に、見学させてもらってもいいですか？」

「あぁ、いいですよ」

　谷口さんが嫌だと言うはずはなかった。

「良かった。じゃあ、御園さんに相談させてもらいますね」

「谷口君、キャベツと人参出して。え？　それ全部じゃ多いよ～。三、四枚くらいかね。そうそう、そうやってはがす。人参は、それ小さいから一本使おうか」

　六十歳前後と思われる小太りのヘルパーは、徳永《とくなが》さんといった。人の良さが顔ににじみ出ている元気なおばちゃんで、威勢よくポンポンと指示を出す。徳永さんになら、多少厳しいことを言われてもさほど気にせず食らいついていけそうである。谷口さんはあたふたとしながらも、ゆっくりと一つ一つ、指示通りに工程をこなしていった。まるで母親に家事を仕込まれる息子のようで、私はおかしくてこっそり笑いながら見ていた。

「切れた？　じゃあ炒めるよ。はい、フライパン、そうそう」

　野菜炒めができ、塩鮭が焼き上がり、豆腐とわかめの味噌汁ができ……。谷口さんの部屋の二口コンロでは、一時間でその三品が精一杯のようだった。手際の悪い谷口さんに主に作業をしてもらうのだから、仕方がないであろう。しかしテーブルの上にその三品が並べられると、立派な食卓が出来上がった。

「おいしそう～。大成功じゃない！　いつもこんなに上手にできるの？」

　私がはしゃいで言うと、

「そうだよね～。いつもおいしいのができるんだよね。だいぶ慣れてきたもん。ね、谷口君」

と、徳永さんが得意そうに言った。自分の弟子を誉められたような気分なのだろうか。私はまたしてもおかしくなった。

「これ、今日のお昼ご飯？」

「はい、半分は。あとの半分は夜に食べます。それでも余ったら、明日に回します」

「え、これで三食分は少なくないですか？」

「でも、ご飯たくさん食べるんで」

谷口さんは平気そうに話すが、それでも成人男性の食事にしては少ないように思えた。これしか食べずに、朝から晩まで自転車で出歩いているのか。

「谷口君、タバコやめなよ～。そうしたらもっとご飯がおいしくなるよ。食事に回せるお金だって増えるしさ」

徳永さんがヘルパーの記録ノートに記入しながら、口を挟んだ。谷口さんは、「いや～」などと言いながら苦笑いをしている。

「あ、そのノート、後で見せてもらってもいいですか？」

私は二人に向かって尋ねた。

「いいわよ～。いつもここに置いてあるものだから。本当はご家族やケアマネさんに宛てて書くものなんだけど、そうよね、野原さんは谷口君にとって家族みたいなものだから。見てもらった方が、いいかもね」

谷口さんもこくこくと頷いている。私は徳永さんが書き終わるのを待って、そのノートを見せてもらった。野菜炒め、肉じゃが、サラダ、冷奴、焼き魚、煮魚、味噌汁……。簡単だが家庭的なメニューが並ぶ。何度も登場するメニューもある。このノートを見ていると、谷口さんの好みがだいたいわかるような気がする。

「じゃあ谷口君、私は帰るからね。次のメニューは、カレーとサラダにするんだったよね。野菜は残っているから、鶏肉だけ買っといてね。もも肉、そうだね～、200グラムでいいかな。残れば別のメニューにも使えるから。あと、スーパーでレシピのカードももらってきてね」

谷口さんは急いで、テーブルの上にあったメモ用紙に「とりにく200」と書きつけている。

「あの、レシピって?」

「ほら、スーパーによく置いてあるじゃない。無料でくれるやつ。最近メニューがワンパターンになってるから、そういうのも見てみようかって話してて。じゃあ谷口君、またね」

徳永さんは快活にそう言って、元気よく玄関から出て行った。

「あ……。ありがとうございました!」

私は今日見学させてもらったことへのお礼を言っていないことに気付き、慌てて玄関から顔を出して、大声で叫んだ。

徳永さんを見送ると、私はすぐに谷口さんのところへ戻った。彼はさっき作った料理に、ひとつひとつ丁寧にラップをかけている。

「ねぇ、谷口さん。良かったら、私が持っている料理の本、あげましょうか？」

私は谷口さんの顔を覗き込んで言った。

「え、いいんですか？」

谷口さんはびっくりしたような顔をしている。

「ほとんど使っていないのがあるの。私が持ってても勿体ないから、もしそれで良ければ、持ってきますよ」

私は料理が好きで、若い頃から料理本を集めている。使うと思って買っても、手元に置いてみると、案外使い勝手の良くない本もあるものだ。もう十分な数の本を買い揃えていて、料理をするには事欠かないはずなのに、興味を引く料理本があればまた欲しくなるので、不要になったものはコンスタントに処分する必要があった。谷口さんにあげようと思った本は、結婚祝いにいただいたもので、主食、主菜、副菜に分かれてレシピが掲載されており、組み合わせを変えれば何百通りものメニューが出来上がるという本だった。料理初心者向けといったもので、もともと好んで料理をしていた私がそれを活用する機会はほとんどなかったが、せっかくの結婚祝いなので処分することもできず、レシピ本の棚の一番端っこにひっそりと収まっていたのだった。便利に使ってもらえるのなら、こんなに有り難いことはない。

「こう、三段に分かれていてね、こういう風にめくると、いろんな組み合わせができるの。正直私はほとんど使ったことがないんだけど、谷口さんみたいにメニュー決めに困っている人には、ちょうどいいかもなぁって。お下がりで悪いんだけど」

「いえ、全然いいです。もらっていいなら、もらいます」

「本当に？　良かった。使ってくれるなら私も嬉しい。じゃあ、次の面談の時に持ってきますね。あ、結構分厚くて重いけど、大丈夫かしら」

「いや、大丈夫ですよ」

こういう時、ありがとうございますって、ちゃんと言えると良いのにな。私は嬉しそうな谷口さんを見て思った。そうしたらもっと人に好かれるだろうに。もっとたくさんの人に、助けてもらえるだろうに。

五月十日の朝の会議で、私は谷口さんのヘルパー支援の様子を見学したこと、買い物や料理が生活の一部として定着してきていることを報告した。

「調理や買い物は、ヘルパーの指示通り、一生懸命にされていました。まだ自分一人ですべてという段階には程遠いと思いますが、少しの援助があれば、何とかやれるのではないかと思います。お小遣い帳もだんだんと習慣化されてきて、レシートを捨てずにとっておいてくれるようになりました。まだ私が手取り足取り、一緒にしないと記入はできませんが、意識してお金を管理できるようになってきていることは、評価できると思います。このままいけば、後見人がついたとしても、その方にかかる負担が大きくなりすぎることはないと思います。ヘルパーとの信頼関係もできている様です。担当ヘルパーからの助言であれば、割合素直に受け入れると思われます。だんだんと支援の体制が整ってきていると思います」

私は極力感情を排して話をした。周りの反応が怖いという気持ちは正直あった。けれども、後見人に関してもヘルパーに関しても、もうずいぶん前にスタートを切ってしまっている。走り始めた車が加速しようとするのを、今まで必死で食い止めてきたようなものだったが、それももう限界に来ていた。

「良いのではないでしょうか。大岩さんが後見人を引き受けてくださるのなら、これ以上心強いことはないと思いますし、ヘルパー利用も、谷口さんにとってプラスに作用しているようです。ここ一年、谷口さんは多少の波はあるものの、大きく崩れることなく生活できています。今、後見人の話を進めることに、心配な要素はないと言って良いと思います。むしろ話を前に進めるのに最適な時期は、今をおいてないのではないでしょうか」

小石川さんが、静かだがはっきりとした口調でそう言った。小石川さんは明日から別の部署に異動になる。最後の強力な後押しだった。私は気を緩めたら泣きそうな気がして、唇をキュッと噛んでいた。田村さんは腕組みをして目をつぶったまま、うんうんと大きく頷いて聞いている。しばらくの沈黙の後、田村さんは目を見開いて、ニカッと笑って言った。

「うん、いいんじゃないの？　ホームレスだった谷口さんが、ここまで人間らしい生活ができるようになっている。料理まで覚えたなんて、素晴らしいよね。まさに、私たちソーシャルワーカーの粘り強い支援の賜物だね。本当に評価できることだと思う。

じゃあ、後見人申請の件、進めていこうかね。あ、大岩さんにはね、電話しておいたよ。野原は私の部下ですから、よろしくお願いしますってね。これでもう、大丈夫だと思う。いや～、良かったよね、小石川さんが異動する前に、一件落着してさ」

なんだ、そういうことか。私は一瞬シラけた気分になった。要するに、田村さんの功績であるという体裁が整ったから、ゴーサインが出たのだ。

しかし、表向きなんかどうでも良かった。これで邪魔が入らず先に進められる。小石川さんがこちらに目くばせをして、そっと微笑んだ。私も誰にも気付かれないように、こっそり微笑みを返した。

小石川さんが異動してしまってから二週間が過ぎた。今日はこの地区の、地域包括支援センターと在宅介護支援センターが集まる会議の日だ。海乃辺診療所が位置する臨海地区は、地域包括支援センターが一か所と、在宅介護支援センターが六か所ある。今日はその七か所すべてのセンターが一堂に会し、情報交換や勉強会などを行うのであった。各センターから二、三名ずつの職員が出席するので、毎回この会議には二十名前後のメンバーが集まる。今日は海乃辺在宅介護支援センターから、田村さん、鹿島さん、洋ちゃん、私の全員が出席していた。異動してきた鹿島さんと洋ちゃんを、他のメンバーに紹介するためだ。新しい年度の初めとあって、他のセンターの職員の出席率も非常に良い。市役所の一室は、集まった人たちの熱気で暑苦しかった。

海乃辺診療所の隣にある『海乃辺ケアマネージャー事務所』は、在宅介護支援センターの機能も持っており、そちらの仕事をする時には『海乃辺在宅介護支援センター』と名乗ることになる。ややこしい話だ。私はケアマネージャーではなかったが、『海乃辺診療所』のソーシャルワーカーに加え、『海乃辺在宅介護支援センター』

の相談員としての仕事も兼務していた。さらにややこしい話だ。

担当地区を訪問して歩いていると、至る所でこの会議のメンバーと出くわす。電話でのやり取りもしょっちゅうだ。最初の頃は、お役所がらみのこの会議に出席するのはだいぶ緊張したものだが、今ではすべてのメンバーとすっかり顔なじみで、むしろ三か月に一度開かれるこの会議が楽しみでさえあった。

三月十一日の地震から約二か月、町はだいぶ落ち着きを取り戻したものの、海に近く埋め立て地も多いこの地区では、またいつ起こるかわからない大地震の際の、津波や液状化現象を心配する声が上がっている。会議の場では、各在宅介護支援センターで、担当区域の防災マップを作ろうという話が持ち上がった。

「この辺りは、市内でも高齢化率が高いでしょう。それに加えて、高齢者の独居率も結構高い。訪問すると、たいてい津波のことを聞かれますよね、この辺は大丈夫なのかって」

「ほら、防災マップって市でも作っているでしょう。見たことありますか？　最新のものはインターネットで見られるけど。でもあれ、どれくらいの人が存在を知っているかというと、大部分の人が知らないんじゃないかな？　それに高齢者って、インターネットできない人も多いでしょ」

「ほらほら、これがその防災マップなんだけど。いろんなマークが書いてあるけどなんだかよくわからないし、字もごちゃごちゃしてて、目がちかちかしちゃう。私みたいな老眼じゃ、もうお手上げよね」

市の地域包括支援センターの職員が、防災マップをプリントアウトしたものを見せてくれるが、確かに私達の年代の者が見ても、非常に見にくい。

「なんか、私が見てもわかりづらいです。このマークとか、よくわからないし。あと、地図もこれじゃあ、自分の家がどこにあるのかさえわからない。手書きした方がわかりやすいかも」

私が何となくしたその発言に、別のセンターの職員が食いついた。

「野原ちゃん、そういうの得意なんでしょう！　こないだの介護予防教室でも、でっかい福笑い作ってきたじゃない？　あれよく描けてた！　かわいかったわよ〜、すっごく」

「え〜、そんなことないですよ。あんなの思い付きで、急いで作ったんだから、恥ずかしい」

私は必死で否定した。

「え〜、またまた〜。急いで作ったのにあんなに上手にできたの？　すごいじゃない。うちのセンターのマップも作ってほしいわ〜」

「だめだめ、無理ですって！」

両手を顔の前で大きく振りながら、私は田村さんの方をちらりと見た。私に注目が集まることが、何となく気になったのだ。田村さんは笑ってはいるが、そっぽを向いている。

「田村さん、いいわね、そっちは野原ちゃんがいてさ」

そう言われ、田村さんはいつものようにカラカラと笑いながら言った。

「そうなのよ〜。こういうことは彼女得意だから、助かるのよね。全部任せちゃう。じゃあ、マップ作りはお願いね」

「はい」

私は笑いながら言ったが、この会議の場で発言したことを、ほんの少し後悔した。海乃辺在宅介護支援センターの防災マップ作りは、話の行きがかり上そのまま私が担当することになった。メインの担当が私、サブ担当として洋ちゃんがついてくれることになった。在宅介護支援センターとしての動きを勉強する良い機会になるだろうと、田村さんが洋ちゃんを指名した。

「そもそもこのマップ作りは、高齢者の方たちの不安の声がもとで発案されていきます。ですので、作成するに当たり、社会福祉協議会のボランティアさんたちの意見も聞いてみてはいかがでしょう」

朝の会議で、私は提案した。田村さんは私が担当になると決まってしまえば、それ以降は機嫌よく相談に乗ってくれている。

「そうだね～。社会福祉協議会は、高齢者向けの行事を多く手掛けているからね。高齢者の声をたくさんキャッチしているだろうね」

地域の色々な組織と連携を密にすることは、それだけで在宅介護支援センターの活動として高く評価される。この提案に田村さんは俄然乗り気だった。

「ボランティアさんたち自身が、皆さんもう高齢者ですもんね」

鹿島さんが毒舌キャラを発揮する。確かに、社会福祉協議会主催の高齢者向けの行事に顔を出すと、同じような年齢層の人たちばかりが集まっている。ボランティアの人たちはお揃いのエプロンを身に着けているため、かろうじて見分けがつくが、要するに地域活動自体が高齢化してきており、元気な高齢者が、支援の必要な高齢者を支える、そんな図式が出来上がっているのだ。

「次の社協《しゃきょう》（社会福祉協議会）さんとの合同会議の時、鎌田君と一緒に出席して、ボランティアさんたちのご意見をうかがってきてもいいですか？」

私は田村さんにお伺いを立てた。私は人前ではあまり「洋ちゃん」とは呼ばないようにしている。特に田村さんには、私と洋ちゃんが親しくしていることを気取られたくないという思いがあった。それは洋ちゃんも同じのようで、田村さんの前だと私に対して何となくそっけない。

「俺は大丈夫っすよ」

「そうだね〜。こういう地域との連携っていうのが、ほんっとに重要だからね。野原さんは地域活動が得意だから、一緒に行くと勉強になるかもしれないね」

田村さんは珍しく私を誉めた。私は一瞬嫌味なのかと田村さんの表情をうかがったが、田村さんは穏やかな顔をしている。どうやら素直な気持ちのようだ。

「では、社協の会長さんに連絡しておきます」

私がこれで話を打ち切るつもりで言うと、田村さんが言った。

「こういう時、会長さんだとなかなかね。いつも事務所にいるあのボランティアさん、誰だっけ、そうそう鳥海《とりうみ》さん、あの人を窓口にするといいんじゃない？　ここぞという時は会長さんなんだけど、ほら、会長さんはそうそう連絡しづらいじゃない？　だから普段の連絡は鳥海さんがいいと思うんだよね。あの人はいつもボランティアとしても顔出してくれているし」

「そうですよね〜。確かに、鳥海さんを窓口とすると、いいかもしれないですね」

鹿島さんは感心したように同意している。

「私は特に会長さんに連絡しづらいと思ったことはありません。合同会議の件となると、結局鳥海さんも会長さんの指示を仰ぐことになると思うので、最初から会長さんに連絡するのがいいのではないでしょうか」

　会長さんとは、社会福祉協議会の行事や合同会議の度に顔を合わせている。世話好きで、会うたびに向こうから話しかけてきては、あれこれと教えてくれる。少々説教くさいその長話を苦手と思う人もいるかもしれないが、私はむしろおじいちゃんみたいで、会長さんのことが大好きであった。

「でもね、こういうのは窓口っていうのが必要なんだよね」

　田村さんはだんだんとムキになっているように見えた。これ以上言い張るとまた面倒なことになる。

「わかりました。では鳥海さんを通して、相談してみます」

　私はそう答えておいた。こっそり自分のやり方でやれば良いだけのことだ。

「やっぱり田村さんはさすがですよね。長年地域活動をされてきただけのことはありますよね」

　鹿島さんは感心したように、大きく頷きながらそう言った。本心からそう言っているようだった。

　後見人申請の手続きを進めるのは、防災マップ作りが一段落してからで良いかと尋ねると、谷口さんは「いいですよ」と無感動に答えた。予想通りの反応だった。だがいつまでもというわけにはいかなかった。気にしていないように見えても、実は気にしているのが谷口さんだ。田村さんはというと、後見人の申請手続きが延びることになって、むしろ上機嫌であった。

「こういうことはさ、急いでも仕方がないからね。ゆっくり進めていけばいいんだよ」

気分が良さそうに言う田村さんを見ていると、また振り出しに戻ってしまったのかと不安になる。とにかく今は、少しでも早く防災マップを完成させてしまうしかなかった。

六月上旬に行われた、社会福祉協議会と海乃辺在宅介護支援センターとの合同会議で出された意見は、以下のようなものだった。

①浸水の可能性がある場所を知りたい。
②自分の住んでいる場所の海抜を知りたい。
③避難場所を知りたい。
④災害時でも、一食から配達してくれるお店を知りたい。

①〜③の要望については、役所で発信している情報をそのまま地図に落とせば良い

のでさほど大変ではなかったが、④については全く情報がない。ボランティアや利用者からの口コミ、パンフレット、インターネット、情報誌、何でも良いからとにかく情報を集め、自分たちの足で確かめて回るしかなかった。洋ちゃんは少々面倒臭そうで、うんざりした顔をしている。しかし私は自分の足で歩きまわる仕事の方が、事務所でじっとしているよりも好きだった。合同会議からの帰り道、私はワクワクしながら言った。

「洋ちゃん。これぞ在支《ざいし》（在宅介護支援センター）の仕事の醍醐味だよ！　今まで知られていなかった資源を発掘してさ。なんか、楽しそう！」

ウキウキとはしゃぐ私を尻目に、洋ちゃんは憂鬱そうである。

「そりゃ～そうでしょ。野原さん、こういう仕事合ってるもん。俺はああいう会議とかも苦手だけど、それだけじゃなくて、ケアマネとしての仕事もあるじゃない。今はそっちで手一杯なんだよね」

それは私も気になっていた。小石川さんが異動してしまってから、小石川さんが担当していたケースは、鹿島さんと洋ちゃんで振り分けている。それに加え、ケアマネージャーの人数が増えたからと、田村さんは新規の依頼をほとんど断らずに引き受けていた。引き受けるかどうかの決定は、所長である田村さんが下すが、実際に担当するのは鹿島さんと洋ちゃんである。異動して来たばかりだというのに、鹿島さんと洋ちゃんの負担がどんどん重くなっているのは、誰の目にも明らかだった。

「正直さ、ちょっとやりきれないんだよね。小石川さんからの引き継ぎケースだって、まだよく把握できていないのに、一か月に新規のケース、五件も六件も回ってくるんだよ？　それで、住所聞いても土地勘がなくてよくわからないと、田村さん怒るんだよ？『地域を歩いてればわかる!!』ってさ。わかるわけないよ、まだ移動してきて二か月経ってないよ？　何年もこの辺歩いてる田村さんとは違うよ。それに、ケース以外だって、会議とかマップとか、どんどん仕事押し付けられるし……。野原さんがいる時はまだいいんだけど、事務所に俺と鹿島さんしかいない時は、結構怒られているんだよね、俺たち……」

　洋ちゃんのそういう話を、私は初めて聞いた。田村さんは、私の前では洋ちゃんを猫可愛がりしているように見える。風当たりが強いのは私にだけかと思っていたから、洋ちゃんにまでそうであるというのは、正直意外だった。

「田村さん、私にだけかと思ってた、そういうの。田村さんは、私のすることを絶対に認めてくれないの。小石川さんの言うことは全部ＯＫなのに。それに、前任の井上さんとものすごく比べられるんだ。井上さんはこうじゃなかった、井上さんの時はこうだったって」

　私も思わず、今まで苛まれてきた思いを口にした。

「田村さんは小石川さんのこと、ものすごく評価しているからなぁ。井上さんのことも可愛がっているしね。でも鹿島さんだって、結構きついこと言われてるよ。あの人あんまりそういうの気にしないみたいだし、田村さんのこと尊敬してるみたいだけどね」

何だ、田村さんからああいう扱いを受けているのは、私だけじゃなかったんだ。悩んでいる洋ちゃんには悪いが、私はちょっと気が楽になった。私は気分を変えるつもりで明るく言ってみた。

「お店は私が探してみるよ。手当たり次第、いろんな人に聞いてみる。さっきの会議でも、いくつか出てたじゃない？　まずはそこから当たってみるよ。あとは、地図をどういう風に作るかだよね。パソコンで作れるのか、原始的に手書きでやるか。その辺も、ほら、葉田さんパソコン得意じゃない？　相談してみるから！」

「野原さん、楽しそうじゃん」

洋ちゃんはニヤニヤしながら言う。

「うん、在支の仕事は好きなんだ。私は病院とか施設の中より、地域の仕事が好きみたい。もう病院のソーシャルワーカーはできないかも！」

私が笑いながら言うと、洋ちゃんは言った。

「俺は本当は病院のソーシャルワーカーがやりたいんだ。でもなかなか希望通りにはいかないよね。うちの病院も、そんなに良い病院とは言えないし、そこで働きたいかと言われれば、微妙だしね」

「転職活動とか、まだ考えてるの？」

「まぁ、いいところがあればね」

何だか、以前の職場で愚痴をこぼし合っていた時みたいだ。私は懐かしい気分になった。

「なんか、また一緒に仕事できることになって良かったね。いじめられるのも、二人なら心強いし」

私が冗談交じりに言うと、

「そうだね～。まぁ、頑張りましょう！」

洋ちゃんはそう言って、私の背中をバン！と叩いた。不意打ちでびっくりしたのもあるが、私はその勢いで一瞬よろめいてしまった。結構痛かった。

防災マップ作りは、実際私にとって最適な仕事と言えるかもしれなかった。この部署に異動してきて最初に田村さんと話をした時、私は「この地域の社会資源マップを作りたい」と言った。それは田村さんから「あなたはどんな仕事がしたいのか」と問われ、半ば苦し紛れにひねり出した答えだったが、私の本心からそう外れてもいなかった。田村さんは、見えやすい形で結果の出る仕事を好む傾向がある。私が社会資源マップを作りたいと言ったことなど、田村さんが覚えているとも思えなかったが、これは私にとって、あの時の言葉を実現するチャンスでもあるような気がした。今回のマップは防災マップであるが、「一食から配達してくれる店」とは紛れもなくこの地域の社会資源である。これが完成すれば、さらに発展させて社会資源マップを作ることも、そう難しい目標ではなくなるはずだ。私はこの仕事を、密かに「防災マップ プロジェクト」と名付けることにした。

このプロジェクトに心置きなく打ち込むため、私は大岩さんにも連絡を入れておくことにした。事情を話し、これでまた後見人申請の手続きが先送りになりそうなことを告げると、大岩さんは快く「こちらはかまわないよ」と言ってくれた。谷口さんは、相変わらず週二回のヘルパーを利用し、週に三回私のところへやってきてお金を受け取り、お小遣い帳をつけ、そしてたまに急な出費があると言っては予定外のお金を受け取りに来る。田村さんはプロジェクトが始動してから、私に文句をつけることもなくいつも上機嫌だった。すべてが穏やかで、安定していた。

今のうちにプロジェクトをどんどん進めてしまおう、と私は思った。この穏やかさが、なぜだか私を不安にさせる。どこか遠くの方から、何かが音もなく追いかけてきているような気がした。何となく不気味だった。

第四章　葛　藤

二〇二一年十月

月が変わって十月に入った。空は気持ちよく晴れ渡っている。秋晴れだ。いよいよ今日から自転車通勤を開始する。十月に入ったら自転車通勤をしようと、お守りのように念じながら今日までやってきた。さあいくぞ！　私はからりと乾いた爽やかな空気を胸いっぱいに吸い込んで、思い切りペダルを踏み込んだ。

なぜ今日からかというと、ただ単に通勤定期券が九月いっぱいで切れたという、それだけの理由ともいえる。なぜ自転車通勤かというと、運動不足解消のため、健康のためともいえる。だがこの数か月間のどうしようもない心のモヤモヤを、息苦しさを、どうにかして振り切りたかったというのが一番の理由だった。

自宅から職場である診療所まで、片道で十二、三キロある。自転車通勤を始めるに当たって、地図とにらめっこしながら、入念に通勤ルートを検討した。決して平たんな道ではない。診療所は海沿いだが、自宅は高台にあるため、かなりの高低差がある。行きは良い良い、帰りは辛い、である。しかし今の私には、道は険しいほど好都合であるようにも思えた。心がどうしようもなく疲れている。身体を思い切り痛めつけて、心の痛みを感じないようにしたかった。とはいえ、後先考えずボロボロになれるほど若くもなかった。一方では少し離れたところから自分を冷静に見つめる、もう一人の私がいる。私が今使い物にならなくなったら、子供たちはどうするのだ。錯乱することも逃げ出すこともできはしない。何があっても、私はこの日常を続けていくしかない。だからせめて身体を思い切り疲れさせたかった。余計なことを考えなくて済むくらい、ベッドに入ったらすぐに眠りが訪れるように。

「防災マッププロジェクト」は順調に進んでいた。その点については何も問題はなかった。海乃辺地区の防災マップはもう間もなく出来上がる。

だが谷口さんを待たせすぎた。放っておきすぎた。彼はこの半年、拠り所なく彷徨っているようだった。

私が「防災マッププロジェクト」に専念し始めた頃から就職活動を開始し、あちこちから求人票をもらってきた。私が履歴書の作成を手伝い、面接を受けては来るのだが、当然採用されるはずがない。ことごとく落ち続け、さすがに夏頃には諦めがついたようだった。

その次は、福祉作業所に通うことを検討した。だが通い始めると、今度は周りの利用者たちを馬鹿にするようになった。

「ああいう人たちはダメですよ。注意しても、わからないんだから。ああいう人たちと一緒には、やっていけないですよ」

谷口さんが「ああいう人たち」という表現をしたことに、私は驚いた。彼がそんな差別的な言い方をするのを、聞いたことがなかったからだ。本当はあの時に気付くべきだったのかもしれない。そんな風に人を見下すなんて、あの時すでに、彼の心は荒み始めていたということに。

谷口さんは若い頃に、就労経験も何度かある。出会いに恵まれたのだろう。彼を雇い、懸命に守ってくれる雇い主もいたようだ。彼の話から、また彼を長く知る小堀議員の話から、長年勤めたある工場では、どうやら所長の厚意から、給料の一部を積み立てて生活費だけ本人に渡すという、金銭管理までしてくれていたようだった。その工場が倒産して職を失った時に、谷口さんはそのお金をすべて使い果たしてしまったようだが。

そんな風に自分がどれだけ周囲の人に支えられてきたかということなど、彼は自覚することができないのだろう。だからきっと自分よりもできない人たちを見て、苛立ちを感じ、差別意識へとつながったに違いない。三か所の作業所を見学し、二、三度通ってはみたが、結局どこも続かなかった。

そして今、しばらく鳴りを潜めていた引っ越し願望がくすぶり始めているのだった。診療所で預かっている谷口さんのお小遣いの金額は、二十万円を超えていた。引っ越しするのには十分な額だ。これだけ生活保護費が貯まったら、本来は保護を一時停止されてもおかしくはない。だがこのお金は引っ越しという目標のために貯めているのだと、担当ケースワーカーには大目に見てもらっていた。目標にしていた引っ越しが、実現可能な時期に来ている。それを阻む理由も権利も、私達ソーシャルワーカーにはないはずだった。しかし田村さんは首を縦に振らなかった。

私は谷口さんが就職活動や作業所の見学をするのも、彼の好きにさせていた。彼一人で動いても、うまくいかないことは目に見えていたからだ。もっと言ってしまえば、田村さんがうんと言わないうちは、積極的な支援をすることを避けていた。谷口さんの支援を本気で進めようと思ったら、それなりのエネルギーが要る。防災マップ作りを手掛けていた私は、谷口さんのために費やすエネルギーが、正直残っていなかった。そして何より、私は谷口さんのことより自分の身の安全を優先していた。田村さんの怒りを買ってまで谷口さんの支援を推し進めることが、私は怖かった。

谷口さんもそんな生殺し状態に耐えられなくなったに違いない。親身になって支援していたと思ったら、いざここからという段になるとさっと手を引いてしまう。しかもその理由をきちんと説明しない。そんな私に苛立ちをつのらせていたのだろう。彼はそんな自分の心の状態を、冷静に分析して対処することができない。行き場のない苛立ち、焦りは、「隣の住人からの嫌がらせがエスカレートしている」という妄想となってどんどん膨らんでいった。

本当のところはその嫌がらせというのも、どこまでが本当でどこまでが思い込みなのか、よくわからなかった。だがそのことによって、谷口さんが苦しんでいることは事実だ。引っ越したいという訴えは、日に日に強くなっていった。もうごまかしはきかなくなっていた。

十月に入って間もなくの昼下がり、私は診療所で出掛ける準備をしていた。他の職員はまだ昼食の休憩から戻っておらず、事務所には私と佐藤事務長しかいない。佐藤事務長はさっきから電話で、仕事だか私用だかわからないおしゃべりをしていた。私は筆記用具とお財布、それと谷口さんのケースファイルを、誰にも見られないようにさっと訪問鞄に押し込んだ。別に悪いことをしているわけではないが、何となく誰にも知られたくなかった。

準備が整うと、私は鞄を肩にかけ、電話をしている佐藤事務長の前に立った。事務長は椅子にだらしなく腰掛け、話し続けたまま私を見上げた。私は無表情で、事務長が話に一区切りつけるのを待った。

「ちょっと待ってね〜」

独特のまったりとした言い方の後、受話器を手で押さえ、事務長が私に向き直る。

「ん？　なぁに？」

私は努めてさらりと言った。

「今日二時から本部で、ケース検討を行う予定なので、これから出かけてきます。四時過ぎには戻れると思います」

「あ、そうなの。いってらっしゃい。ご苦労様ね」

「行ってきます」

私は軽く会釈をしてその場を離れかけたが、一瞬足を止めて、付け加えるように言った。

「あ、谷口さんのケース記録、使うので持って行きますね」

「ん」

事務長はさほど気にも留めない様子で答え、おしゃべりの続きを始めた。

法人本部は、県内に多数の病院、施設を持つ当法人の中枢機関である。というのは本当のことであるが、おおよそそんな重要な機関が入っているとは想像もできないほど、本部のビルは古くおんぼろで、一歩間違えば廃墟と見間違えるほどである。だがその本部ビルは、総務部と法人幹部の部屋が入っており、重要な会議はほぼこのビルの会議室で行われるため、上層部の職員は月に何度もここへ足を運ぶのであった。

　本部へは片道四十分ほどで着く。診療所の車を借りて行くこともできたが、私は電車での移動を好んだ。昼間の空いた時間に、電車に揺られるのは心地よくて好きだ。

しかし今日は何だかそわそわして、空席がたくさんあるにもかかわらず、私は立ったまま電車のドアに寄りかかり外を眺めた。近藤《こんどう》さんと会うのはしばらくぶりだった。

普段やり取りすることはほとんどないが、仕事上で何かあった時に、まず相談しようと頭に浮かぶのは近藤さんだ。無意識のレベルで私が絶対的な信頼を置いているのは、どうやら近藤さんであるようだった。

　近藤さんは忙しい人で、平日は言うに及ばず、土日まで出張で全国を飛び回っていて、ほとんどつかまらない。その近藤さんが私のために時間を作り、今日本部で待っていてくれる。それだけで心強かった。

　しかし近藤さんが法人幹部であることに変わりはない。電車を降り本部に向かって歩くうち、心臓の鼓動はどんどん速く、大きくなり、息苦しくなってくるのだった。

果たして今日の面会が吉と出るか凶と出るのか、私にはまだ予想がつかなかった。

　少しだけ開いた社会福祉部長室のドアから中を覗き込むと、近藤さんが動き回って何かをしているのが見えた。約束の時間より少し早いので、声をかけようかどうか迷っていると、近藤さんが私に気付いた。

「野原さん、ごめんね、ちょっと待って。今、こないだの会議の資料を整理しているの」

「こんにちは。すみません、お忙しいのに。私、外で待っています」

私はドアの脇で、鞄を抱え小さくなって立っていた。廊下で立っているのは何となく不安だった。できれば今日ここに来たところは誰にも見られたくない。運が悪ければ、田村さんが現れることも十分に考えられた。近藤さんが「お待たせ」とドアから顔を出した時、私はホッとして、最後にもう一度周囲に誰もいないのを確認してから、急いで部屋の中に身体をすべり込ませた。

「失礼します。すみません、お忙しいのにお時間を作っていただきまして」

私は深くお辞儀をして言った。

「いいのよ。これも仕事のうちだもの。ごめんね、散らかっているけど。久しぶりね、野原さん。元気で仕事していることは聞いていたけれど、なかなか顔を合わせる機会がなくなっちゃったものね」

近藤さんは、私たちソーシャルワーカーが所属する社会福祉部の部長、いわゆるトップである。私が産休に入る前に別の部署で働いていた頃、人員が足りず応援に来てくれて、一時期一緒に働いたことがあった。法人の幹部であることに加え、忙しいが故かいつもきりきりと厳しい表情をしていて、普段は話しかけるのもためらわれる。しかし今日は相談事があると知ってか、柔和な雰囲気を醸し出そうと努力してくれているようだった。私は少し気持ちが楽になって、勧められるままにソファに座った。

「それで、どうしたの？」

「はい、あの、実は、田村さんのことなんです」

私は単刀直入に切り出した。

「以前から感じてはいたのですが、田村さんはどうも、私の言うことを認めて下さらないことが多いのです。大ベテランですし、田村さんのおっしゃることの方が正しいのだと思って、たいていは田村さんの言う通りにしてきました。私にはわからない、この法人のやり方というのがあるのかもしれないとも思いましたし。ですが、最近は度を越しているように思うのです。お互いがクライエントのことを思っての意見の相違ならいいのです。意見は違っても、クライエントのために議論し合えるのなら、それで。ですが私にはどうしても、その……。田村さんのおっしゃることがクライエントのためだとは、どうしても思えない時があるんです……」

私は自分の思っていることを、飾らず、そのまま言葉にしようと努めた。時間が十分にあるとは言えなかったし、今日ここに来た時点で、下手な安全策など何の役にも立たないことはわかっていた。

近藤さんは少しも驚いた様子を見せずに、微笑んで言った。

「やっぱりそういうことね。相談があるって聞いた時、そうなんじゃないかと思ってはいたけど」

近藤さんの反応を見て、私は大丈夫だと思った。

さっきまでの緊張で、声がかすかに震えている。私は谷口さんのケース記録を鞄から取り出すと、「はっ」と小さく息を吐いて、呼吸を整えてから話し始めた。

「この方、谷口幸雄さんといいます。海乃辺診療所の長い患者さんです。診療所で生活保護費を預かり、金銭管理のお手伝いをしています。この状態が良いとは言えませんので、後見人をつける方向で支援をしようと、療育手帳を取得しました。今は週二回、障害福祉のヘルパーを利用し、料理や買い物の訓練をしています。そちらの方は軌道に乗り、少しずつ成果も見えてきたのですが……。後見人の申請に向けて話を進めようとすると、田村さんは何故か良い顔をされません。候補人までは決まったのですが、その先の申請には至らないのです。それと、この方はずっと以前から引っ越し願望があるのですが、引っ越しの話も、先に進めようとすると、どうしてもうんとおっしゃらないのです」

「それはどうして？　何か問題でもあるの？」

「谷口さんは、隣の部屋の人が嫌がらせをするので、今の部屋には住み続けたくないとおっしゃっています。今まで引っ越しを目標にして、少しずつ生活保護費を貯めてきました。今二十万円と少し貯蓄があります。これだけお金が貯まったので、谷口さんもいよいよ引っ越しができると、不動産屋を回って物件を探しているんです。でも田村さんは、最初から引っ越しを認める気はありません。だって、田村さんはいつもおっしゃいます。この人は、ここでなきゃ生きていけない人なんだからって」

私は最後の言葉を絞り出すように言った。田村さんの発する言葉の中で、一番嫌いな言葉だった。

「ここでなきゃって、どういうこと？」

近藤さんは眉をひそめて、いぶかしげに尋ねた。

「海乃辺地区のことです。私たちの手の届く範囲、ということです。つまり、私たちの支援がなければ生きていけない、ということです」

「う～ん……」

近藤さんは、顔をしかめている。

「谷口さんは、小さい頃から海乃辺地区で生きてきた。だから住み慣れたこの地域以外では生きていけないと、田村さんはいつもおっしゃっています。海乃辺診療所から離れたら、生きていけないとも。ですが私はそうは思いません。谷口さんは、十分自分の力で生きていける人です。もし海乃辺診療所の支援がなくなったとしても、必要な助けを自分で得ることができる人です。ちゃんと生きる力のある人です。でもたとえば、彼が就職活動をしようとする時、後見人をつけようとする時、引っ越そうとする時、田村さんはそれを阻もうとしているように見えます。私には、谷口さんを手放すまいとするように、自立していくのを引き留めようとしているように見えるのです。谷口さんを縛り付けているように」

言葉は後から後から、とめどなく溢れてきた。自分で自分の言葉を聞きながら、私は驚いていた。そうか、私はこんな風に感じていたのか。私は谷口さんを馬鹿にされているようで悔しかったのだ。谷口さんはそんなに弱い人じゃないのに。守ってあげなきゃ生きていけない人じゃないのに。

「あの、これがこの法人の支援の仕方なんでしょうか。それならば、私の方がよく考えなくてはならないのだと思います。ここのやり方に合わせるのか、それともそうでない道を選択するのか。今日はそれを確認したくて来たのです」

言いたいことは言えたと思った。あとは近藤さんの答え次第で、これから先のことを考えよう。

近藤さんはしばらくしてから、静かに口を開いた。

「クライエントの能力を決めつける権利は、私たちソーシャルワーカーにはないはずです。ましてやここでしか生きていけないだなんて、そんなことを言う権利は誰にもありません。野原さん、あなたは間違った方向に進んでいない。大丈夫、自信を持って。クライエントを縛り付けることが、この法人のやり方だなんていうことはありません。でも田村さんはああいう人ですから、もし困ったことがあったら、いつでも言ってね、美咲ちゃん。だって私たち、就職面接の時からの付き合いじゃない」

そうなのだった。この法人の採用試験を受けた時、三人の面接官のうち、一人は近藤さんだった。近藤さんが私を選んでくれたのだ。

「今日は、美咲ちゃんが何を考えているのか、わかって良かった。一緒に仕事していたこともあるけど、こういう話はしなかったじゃない。美咲ちゃんがそんな風に考えて仕事をしているってことがわかって、良かった」

近藤さんは親しみを込めて、私を美咲ちゃんと呼んだのだろう。私は胸が一杯になって、何も言わずに深く頭を下げた。言葉を発したら泣き出してしまいそうだった。

近藤さんと会ったことは、誰にも言わなかった。佐藤事務長も感づいていなかっただろう。

次に谷口さんがお金を受け取りに来た日、お小遣い帳をつけ終わり、予定の金額を渡すと、私は改まって話を切り出した。

「谷口さん、今まで後見人のことも、引っ越しのことも、なかなか本腰を入れてお手伝いできなくてごめんなさい。でもね、もうすぐ防災マップの仕事も終わります。ご存知だと思いますが、谷口さんへの支援は、私一人の判断で行っているのではないんです。私みたいな下っ端は、何かあった時に責任が取れないから、田村さんや佐藤事務長に相談や報告をして、指示を仰ぎながらやっているんです」

谷口さんは、こくこくと頷きながら聞いている。

「引っ越しをして環境が変わることを、とても心配する声もあります。でも私は、谷口さんは引っ越しをしても、ちゃんとやっていける人だと思っています。もちろん最初は、慣れない環境で眠れなかったり、イライラしたりするかもしれないけど。でもね、新しい部屋に引っ越したとして、もしまた隣の人とトラブルになって引っ越したいと言っても、その時はもう誰も聞いてくれないと思います。何故かと言うと、ぁまたかって思われちゃうからです。オオカミ少年の話、知ってますか？　あれと同じ。何だ、谷口さんはどこへ行ってもダメなんだって思われちゃう。それは、わかりますよね？」

谷口さんは当たり前だと言うように答えた。

「それはわかってますよ。アパートなんて、壁は薄いし、みんな生活時間だって違うし。でも今の隣の人みたいに、夜遅くに人を呼んできてどんちゃんやったり、人の家にわざとゴミを投げ込んだりはしないでしょ」

「それはわからないけど……。最初は良くても、だんだんと気になってくることもありますからね。すべてが思い通りにいくなんてこと、そうそうないとわかっていてくれれば、それでいいんです。あと、物件を探す時も、不動産屋に聞いてみるといいですよ。同じアパートに住んでる人たちがどういう人か。たとえば昼間仕事で不在がちの人が多いとか、子育て世代が多いとか、理由を話せば、答えられる範囲で、教えてくれると思いますから」

「はい、わかっています」

本当にどこまでわかっているのか、確証はない。でもこれだけ念を押しておけば、次は私たちの側に、彼の引っ越しを阻止する理由ができる。そのことが大事だった。嫌だから何となく引っ越しをするのではダメだ。これが最後のチャンスだと、谷口さんに思ってもらわなくては、この引っ越しも無駄になってしまう。

「よし！　じゃあ今度こそ本当に、引っ越しに向けて行動開始しましょう！　でもさっきも言った通り、私一人の力だけでは進めることがなかなか難しいの。だからちょっと小堀先生に相談してみようと思っています。それでいいですか？」

「いいですよ」

「じゃあ谷口さんは、引っ越したい物件の候補を絞り込んで来てください。これと思う物件の資料を、二、三件分集めて持って来てもらえますか」

「わかりました」

谷口さんのことだ。早ければ今日、明日中には資料を持ってくるだろう。

「せっかくお金貯まったんですものね。今を逃したら、またパチンコや競馬で使っちゃうかもしれないしね」

私が笑いながら言うと、谷口さんは、

「いや、それはないっすよ」

と笑ったが、私は怪しいものだなと思った。

翌朝の会議で、私は谷口さんの引っ越しを進めると宣言した。相談ではなく、決意表明だった。

「診療所で預かっているお金は、すでに二十万円を超えています。資金の面はクリアされています。引っ越しの理由についてですが、以前から訴えのある隣人からの嫌がらせというのは、正直怪しい面もあるとは思います。ですが、周囲の人からの話によると、隣人がどうも風変りな人物であることは間違いないようです。これは出入りしているヘルパーさんも証言してくれています。何よりここ数年、谷口さんの訴えには一貫性があります。その時の気分で訴えがコロコロ変わるのなら信頼性に欠けますが、これだけ訴えが一貫していると、それなりの根拠があって言っていると考えられます。この機会に引っ越しをして、環境を変えてみる価値は十分にあると思います。もし転居先でも同じような訴えが出てくれば、谷口さんの思い込みである可能性も出てきますから、もう引っ越しはできないと強く言うこともできます。でも試してもいない今の段階で、谷口さんの思い込みであるとは言い切れませんし、ましてや引っ越しをするなとは、言えないと思います」

田村さんが厳しい表情をしているのはわかっていたが、私は構わず話し続けた。理詰めで行くのだ。そのための準備は整えてきている。相手が付け入るすきのないくらい、正論で固めるのだ。それでダメなら、最後の最後は、近藤さんがついている。

「ここで問題となってくるのは、生活保護課の見解です。引っ越し費用として二十万円貯めてきたことは生活保護課も知っているはずですが、今後の関係もありますので、できれば事前に引っ越すことの了承を得ておいた方が良いと思います。そうなると、引っ越しをする正当な理由がなければいけないわけですが、その点は診療所の主治医が、必要であれば診断書を書いてくれると言っています。隣人からの嫌がらせが必ずしも彼の妄想とばかりも言えず、かなりの信ぴょう性があると思われること、そのせいで彼が精神的に不安定になっていること、引っ越して環境を変えれば良くなる可能性があることを、書いてくれるとのことです。アパートの家賃についても、現在よりもかなり抑えた物件を谷口さんは探してきています。その点でも、この引っ越しを認めてもらえる可能性は高いと思います」

田村さんは何も答えずに、厳しい目で一点を見つめて聞いている。ここからが切り札だった。

「ですが、生活保護課は立場上なかなかＯＫを出しづらいということもあるでしょう。それに引っ越しをしても問題ないというのは、あくまでも私個人の意見です。ですから一度この件について、小堀議員に相談申し上げ、ご助言と力添えをいただければと思うのです。小堀議員は私たちよりも長く谷口さんのことを知っています。その小堀議員が引っ越しは無理だとおっしゃれば、時期尚早なのかもしれません。ですが小堀議員も応援してくださるということになれば、小堀議員から生活保護課に話を通していただくこともできます。そうなれば、話は一層スムーズに進むと思うのです」

これは私たちの法人と協民党との政治的繋がりを利用した、私なりの戦略だった。谷口さんの引っ越しについて、小堀議員が簡単にうんと言うはずがない。しかし反対に、小堀議員さえうんと言ってしまえば、それに対して田村さんが文句を言うことはできなくなるはずだった。これは私の賭けだった。田村さんがこの提案に反対することなど、できるはずもない。もし必死になって阻止しようとすれば、それは小堀議員の手前、あまりにも不自然だ。私は田村さんの反応をうかがった。田村さんは怖い顔をして宙を睨んでいる。

「どうでしょうか。小堀議員に相談してみても、いいでしょうか」

田村さんはかろうじて笑顔を作って言った。

「じゃあ、小堀さんには私から話しておこうかね」

「いいえ、この件は私から相談します。すでに面識はありますし、携帯番号も教えていただいています。それに谷口さんの件に関しては、協力できることは何でもすると、言ってくださっています」

最初の切り札は使った。こういった強引な方法は、短期決戦でしか使えない。長くなれば田村さんの抵抗はどんどん強くなり、確執が深まることは目に見えていた。できるだけ早く、効率的に片付けていかなければ。

小堀議員のところへは、谷口さんと一緒に相談に行った。もしかしたら、田村さんから事前に何か聞いているかもしれない。だが小堀議員は公正な立場で話を聞いてくれるという確信があったからか、緊張はなかった。市役所の隣のビルの最上階、協民党市議団の事務所で、私たちは小堀議員と会った。こじんまりと居心地の良いその部屋は、大きな窓から日差しが入ってポカポカと暖かい。

小堀さんは穏やかな表情で、谷口さんの「引っ越したい」という訴えを聞いてくれた。この話を聞くのは、初めてではないはずである。谷口さんからも私からも、色々な形で今まで何度も聞いてきたはずだ。だが小堀さんは急かすことも遮ることもなく、静かに聞いていてくれた。谷口さんが話し終わるのを待ってから、小堀さんはいくつか質問をした。

「まずね、今までも何度も引っ越しの話は出てきたよね。今回は、今までの話とは、どう違うの？」

「お金が貯まったので」

谷口さんは答える。

「いくら貯まったの？」

「二十万円です」

「結構貯まったね。それ、君一人で貯めたの？」

「はい」

谷口さんは何の迷いもなく答えるが、小堀さんは訂正する。

「違うでしょう。野原さんが、お金が貯まるように、手伝ってくれたでしょう？」

「あ、はい、そうですね」

「君ね、自分一人で貯めたのなら、胸を張って引っ越すって言えると思うよ。でもこれは、野原さんに手伝ってもらって貯めたお金でしょう？　君、引っ越したらこのお金、ほとんどなくなっちゃうよ。これからちゃんとやっていけるの？」

「やっていけます」

決意のほどは伝わってくるが、谷口さんの答えはどうも軽い。今日は最初から一切口を挟まずに来た私だが、そろそろ口を開こうかと身を乗り出した時、小堀さんが私の方を見て言った。

「今回は、今までのとはちょっと違うのかな？　君の方から、ちょっと説明してくれる？」

私は数日前の朝礼で話したのと同じことを、小堀さんに向かって説明した。お金が貯まり谷口さんの気持ちも抑えきれなくなっていること、この機会に環境を変えてみるメリットがあると思えること、引っ越しを阻む理由が見当たらないこと、引っ越しを推し進められる条件は揃っていること。

小堀さんはソファの肘掛けに頬杖をついて、遠くを見つめながら聞いている。

「今までは色々な心配もあり、引っ越しは実現しなかったかもしれません。でも私は、今であれば試してみる価値はあると思っています。もちろん環境が変われば、谷口さんの気持ちも大きく揺れることが考えられます。ですが、そこを支えるために私たちがいるのです」

「そうだねぇ。野原さんの助けがあったとはいえ、よく頑張って貯めたよねぇ、これだけ」

小堀さんは、心の底から感心したように、しみじみと通帳を見ている。しばらくして小堀さんは通帳から顔を上げた。

「じゃあ、谷口君。引っ越ししてみようか」

「あ……？　はい？」

谷口さんは、何が起こったかわからないのか、気の抜けた声で返事をした。

「あれ？　大丈夫かなぁ、頼りない返事だなぁ」

小堀さんがからかうように言うと、谷口さんはやっと状況が飲み込めたようで、恥ずかしそうに笑った。やっぱり小堀さんならそう言ってくれると思っていた。何があっても受け止めてくれる器の大きさが、小堀さんにはあるのだ。

「ありがとうございます。良かったね、谷口さん。でも、一つ心配なことがあって」

「ん？　何？」

小堀さんが不思議そうな顔でこちらを見る。

「実は、田村さんなんですが……。田村さんは、この引っ越しに反対なんです」

私がそれだけ言うと、小堀さんは困ったように笑って言った。

「そうか。田村さんはきっと、谷口君のことが心配なんだよね。でもね、君の言うように、今が千載一遇のチャンスなのかもしれない。谷口君も落ち着いているしね。僕は、彼は必ずやっていけると思っているよ。まぁ、そう心配しなくても大丈夫だって、田村さんへは僕から言っておいてあげるよ」

「ありがとうございます！」

良かった。今日のことを自分で田村さんに報告するのは気が重かったので、小堀さんから言ってもらえるのは有り難かった。私は甘えついでに、図々しくもう一つの懸案事項についても相談してみることにした。

「あの、引っ越しの件、生活保護課にも報告しておいた方がいいですよね？　内緒でというわけにはいかないと思いますし」

「ああ、そうだね。じゃあ、今から生活保護課の課長に来てもらって、これからのことを打ち合わせしようか」

「え、今からですか？」

思っていた以上に話が急展開しそうで、私は一瞬尻込みをしそうになった。だが今は迷わずこの波に乗るべきだ。私は腹をくくった。

＊＊＊

十月中旬のある日、私は神山《かみやま》さんの家の前に来ていた。神山さんは八十一歳のおじいちゃんで、険しい坂道を登りきったところに建つ豪邸に、一人で住んでいる。この半年、私は何度もこの家に足を運んだ。一番最初はまだ桜の頃だった。神山さんの家は、担当地区の一番はずれにある。桜の花びらがはらはらと舞う中を、自転車を二十分漕ぎ続けて坂の下に辿り着いた。そこから急な坂道を見上げ、うんざりしたものだ。どう頑張っても自転車を漕いで登れる傾斜ではない。自転車を押して、よいしょ、よいしょ、と声を出しながら坂道を登った。あれから半年。自転車を漕ぎながら頬に感じる風は、もうひんやりと冷たい。

神山さんは、地域包括支援センターからの依頼で訪問を始めた方だった。奥さんと娘がいるが、神山さんの暴力により数十年前に家を出てしまったという。それ以来、神山さんはたった一人で、この立派な家に住んでいる。

半年前に訪問を開始したのは、実は別居している娘からの希望であった。暴力を恐れて住む場所は明かさず、定期的に外で会っていたようだが、ある時から父親がひどく痩せてきたことに気付き、心配して市役所に相談に来たのだという。そして神山さんの地区を担当している海乃辺在宅介護支援センターに、支援の依頼が来たというわけだった。

娘からの依頼であるということは決して明かさずに訪問して欲しい。そんな希望であったから、最初はひどく緊張した。だが、「市役所からの依頼で、この辺りの一人暮らしのお年寄りを訪問している」という口実で訪ねると、思いの外歓迎してくれ、それ以来月に一度くらいのペースで訪問を続けてきた。

二回目の訪問の時に、家に入れてもらうことができた。家の中は男性の一人暮らしとは思えないほど片付き、塵一つないほど綺麗だった。あの急坂を、買い物袋を提げて自転車を押して登ってくるのだと聞いた時には、負けたと思った。

神山さんは、冷蔵庫の中身まで見せてくれた。すべての食材がきっちりとラップに包まれ、小分けにして冷凍されていた。食事はほとんど手作りで、食べきれずに残った分は大切に冷蔵庫にしまってあった。一階から二階まで、すべての部屋を見せて回ってくれた。これが妻の部屋、これが娘の部屋、今は事情があって出て行ったけれどそのままにしてあるんだ、これがクローゼットの中、このスーツはすべて仕立ててもらったものだ、この箪笥も注文して作らせたんだ……。神山さんは次から次へと話し続けた。私が帰ろうとする素振りを見せても、それを無視して話し続けた。寂しいのかもしれないと思った。誰でも良いから、自分のことを知って欲しかったのかもしれない。

　神山さんの家に行くと、いつでもお茶やコーヒーを入れ、お茶菓子を出してくれた。食べきれないほど出してきて、余った分はお土産に持たせてくれる。私が断ると、仏さんにお供えするために買っているが自分では食べきれない、持ち帰らないなら捨てると言い張るので、結局いつも有り難くいただいて帰った。本当はいけないのだろうが、置いて帰るなんてできなかった。お客が帰った後に、せっかく用意したお茶やお菓子が手つかずで残されていることの寂しさを、私は知っている。それをたった一人で処分することの虚しさも。

　訪問を重ねるうち、神山さんが末期癌であることを聞かされた。ひどい痩せ方もそのせいなのだとわかった。だが彼は介護保険のサービスを受けることを頑なに断った。人が家に入ることが嫌なのだと言う。そんなことを言って、私が家に来ることは大喜びなくせに。そう思ったが、無理強いすることはできない。彼の心が溶けるまで待つしかなかった。

　そんな神山さんが、最近顕著に弱ってきている。買い物に行けないと言うようになった。それはそうであろう、身体は相当にきついはずである。それにこの坂だ。だからこの一か月は、あまり間を空けずに訪問するようにしていた。癌は急激に進行する。神山さんが音を上げるのを待っていたら、手遅れになる可能性がある。今日は介護保険サービスを利用するよう話をするために、神山さんの家に来たのだった。

門の前に立ち呼び鈴を押すと、大分長い間待たされてから、玄関のカギをガチャガチャと開ける音がした。

「あぁ、あんた。ほら、上がって」

神山さんは手招きする。

「お邪魔します」

私は門の扉を開け、芝生の短く刈られた庭を、玄関まで歩いて行った。そういえばこの庭も、盆栽と鉢植えの木がいくつか置かれているだけで殺風景だが、荒れていたことはない。

神山さんは、具合は悪いのだろうが、今日もきちんと洋服に着替えていた。彼がパジャマのままでいるのを見たことがない。だがズボンはぶかぶかになり、ベルトで締めてもまだ隙間が空くほど痩せてしまっていた。

いつもの部屋に通されると、すでに炬燵が出ている。

「これ、ご自分で出したんですか?」

びっくりして尋ねると、

「自分でできるうちにやろうと思って」

と答えが返ってきた。彼はこれから自分の具合がどんどん悪くなっていくのを知っている。それでも自分でできるうちにと、重い炬燵を出してきたのだ。彼は自分の置かれた状況に愚痴一つこぼさずに、自分のできることを黙々とこなしている。なぜ彼は妻と娘に暴力を振るったのだろう。この潔癖さ故だろうか。彼はそのことについて、一度も語ったことはなかった。本当は聞いてみたかった。それがたとえ何の役にも立たないとしても、私は神山さんの心を理解したいと思った。後悔をしているのだろうか。今の状況を、その報いと思って受け入れているのだろうか。寂しいのだろうか。本当は戻ってきて欲しいのだろうか。一人で死ぬのは怖いのだろうか……。

　冷蔵庫の中を見せてもらうと、納豆、しらす、ヨーグルト、味噌や醤油、マヨネーズなどの調味料が少し、冷凍庫の中には、刺身やいかそうめんなど、解凍すればすぐに食べられるものが数種類入っているだけである。

「食べるもの、これだけですか？」

「うん」

「大丈夫ですか？　これじゃあすぐになくなっちゃう。ヘルパーさん、入れましょうよ。買い物だけでも、してくれますよ」

「うん、でも自分で行ける。そんなに食べないから」

「だって、スーパーまで自転車じゃないと行けないでしょう？　今、自転車に乗れますか？」

「いや、下のコンビニなら、歩いて行ける」

神山さんらしくないと思った。元気な頃の神山さんは、ほとんど毎日市場に新鮮な食材を買いに行き、鍋やら煮魚やら、立派な料理を作って食卓に並べていた人だ。コーヒー豆はあの店でなきゃあダメだ、ヨーグルトに入れるドライフルーツはあの店のこの商品でなくちゃ、といった具合に、食には手を抜かないのだと誇らしげに語っていた。それなのに、コンビニで買ったもので済ませるなんて。

「じゃあ、あんた、買ってきてくれ」

そう来るのではないかと思っていた。ある意味チャンスかもしれない。私は慎重に言葉を選びながら話し始めた。

「神山さん。私はこうやってここに足を運ぶことはできますけど、買い物に行くとか掃除をするとか、そういうお手伝いはできないんです。そりゃ私も鬼じゃありませんから、本当に命が危ないとか、そういう時は、食べ物を持って来たり、救急車に一緒に乗って行ったり、することもありますよ。場合によっては。でも、いつもというわけにはいきません。継続的にお手伝いが必要な方には、やはり介護保険サービスを使ってもらうようになります」

「じゃあ、いい。このまま死ぬよ」

「そう簡単に死ねればいいですけどね。でも人間って、そう簡単には死ねないみたいですよ。私もたくさんの方を見てきましたけど、自分の予定通りにお迎えが来た人なんて、見たことないです。死ぬ死ぬと言っている人に限って、ものすごく長生きしたりしています。だから神山さんだって、この先どうなるかわからないですよ。ご飯も食べないでフラフラになった神山さんを、私はどうしたらいいんでしょう？　私一人で神山さんのこと、支えきれないですよ。困っちゃう」

神山さんは、黙って聞いている。

「介護保険サービスって、使い始めたら絶対にやめちゃいけないわけじゃないんです。嫌だったらやめてもいいし、お休みもできます。でもすぐに明日から使いたいと言っても、そう簡単にはいかないんです。だからまだ元気なうちに使い始めて、慣れておくのもいいと思いますよ。具合が悪くなってから、知らない人に家に入られるのも嫌でしょう？　まず試しに、使い始めてみませんか？　それで嫌だったら、私に文句を言って構いません。その時は別の方法を考えましょう。ね、一度は私の顔を立てると思って、試してみませんか？」

お願い、お願い、うんと言って。私は祈るような気持ちで言葉をつないだ。一言でも言い方を間違えたら、彼は心を閉ざしてしまうかもしれなかった。でもそれを怖がって口をつぐんでしまってはいけない。それでは何も伝わらない。お願い、私を助けると思って、うんと言って。

「嫌だったら本当にやめてもいいの？」

「そう、構わないんです。選ぶ権利は、神山さんにあります」

「だったら……。ヘルパーっていうの、使ってみようか。最初はあんたも一緒に来てくれる？」

「もちろん、来ます。来ますよ。気に入らなかったら、神山さんがすぐに文句を言えるように」


すぐにでもヘルパーを入れたかったが、まずは介護保険の申請をしなければならなかった。私はその日のうちに市役所に飛んで行き、申請書の代理提出までは済ませた。問題はここからである。私はケアマネージャーの資格を持っていない。誰かにケアマネージャーとして、担当についてもらう必要があった。こういう時、系列のケアマネージャー事務所があるというのは助かる。その流れで、ヘルパーもうちの法人のヘルパー事務所から派遣してもらおうと考えていた。緊急のケースの時、よく使うパターンだ。

次の日の朝礼で、誰かに担当ケアマネージャーをやって欲しいと募ったが、反応が鈍い。

「鎌田君に、やってもらえませんか。同じ男性同士ですし」

私が持ちかけても、洋ちゃんは渋い顔をしている。

「俺今、いっぱいいっぱいなんですよね。今月も二件新規で依頼が来てるし、そこまで急ぎとなると、正直自信ないっすね」

「では、鹿島さんはどうですか？」

「ん〜、私も今結構バタバタ動いてるケースが多いんだよね。毎日のように訪問してる人もいるし」

確かにそうだった。最近の朝礼では、大きく動いたケースの報告が多い。季節の変わり目のせいか、病状が不安定になっている人が多いようだ。少しの間沈黙が流れた。同じ空間を共有しているヘルパー事務所の人たちも、耳をそばだてて、事の成り行きを見守っているような気配がする。仕方がない。他の事業所のケアマネージャーを当たろう。そう思った時、沈黙を破ったのは田村さんだった。

「私がやろうかね」

よく通る高い声で、田村さんは言った。少し意外だった。いつもあちこちに「忙しい、忙しい」と言って回っている田村さんである。すぐに動けるのだろうか。私は不安になって聞いた。

「田村さん、お忙しいのではないですか。あの、二、三日中にはヘルパーを入れていただきたいのですが、大丈夫でしょうか？」

「うん、今日午後、時間空いてるよ。もしあなたが時間とれるなら、同行訪問しようか？」

「ありがとうございます。私は大丈夫です。すぐに神山さんに連絡を入れてみます」

その場で神山さんに電話を入れると、今日の午後は在宅しているという。田村さんとの同行訪問は正直憂鬱だったが、そうも言ってはいられなかった。昼食後の十三時半にここで待ち合わせ、田村さんと一緒に訪問することが決まった。


朝の会議の後、洋ちゃんが小声で話しかけてきた。

「ごめんね、野原さん。俺、本当に今、厳しいんだ」

「全然構わないよ。別に他の事業所を当たっても良かったんだ。すぐに動いてくれるケアマネさんは、いくらでもいるだろうからね。でも、ほら一応、経営上なるべくうちのケアマネやヘルパーを使うように言われてるから」

私も小声で返した。

「鹿島さんも今本当に忙しいみたいで、バタバタしているんだ。それにさ……」

洋ちゃんは何かを言いかけてから、言いにくそうに口をつぐんだ。

「え、なに？」

「いや、何でもない。今度話すよ」

洋ちゃんの言いかけたことは気になったが、私も朝のうちにしておかなければならないことがあった。私は併設のヘルパー事務所の方へ行き、サービス提供責任者の小峰さんに話しかけた。

「小峰さん、この前お話しした神山さんの件、ヘルパーさん、急ぎで入れられそうですか？」

「ん～、週二回くらいでいいんだっけ」

小峰さんは、ヘルパー派遣の予定表の書いてあるノートを広げながら答える。

「はい、最初はそのくらいだろうと踏んでます。あまり利用に積極的な方じゃありませんし、認定もどう出るかわかりませんので。最初は少なめに見積もってます」

「末期癌のおじいちゃんで、ちょっと気難しい感じの人だって言ってたのよね。最初は私か君塚さんが行こうかと思ってる。それに、すぐに入院になる可能性もあるもんね」

「はい。そう長い支援にはならないと思います」

昨日の感じだと、もうだいぶ具合が悪そうだった。いつ急変してもおかしくない。

「オッケー。曜日を選ばなければ、多分入れる。決まったら早めに言って」

「ありがとうございます。助かります」

「大変だね、野原ちゃん。頑張って」

小峰さんはねぎらうように言ってくれた。

「とんでもないです。こちらこそ無理を言って、すみません」

私は小峰さんに深く頭を下げ、ふと、最近どこへ行っても頭を下げっぱなしであることに気付いた。


神山さんは、私が連れてきた田村さんを無条件に受け入れたようだった。先ほどから息つく間もなく、田村さんに向けて話し続けている。今日の主役は神山さんと田村さんだと、私は少し離れたところから、口を挟まずに聞いていた。神山さんの話は、今まで私に話してきたことの繰り返しだった。自分の生い立ちから親兄弟のこと、若い頃のこと、仕事のこと、この家を建てた時のこと、現在の生活、思い付くままに話し続けている。田村さんもクライエントの前ではさすがに演説は控えるようで、今日はうん、うんと深く頷きながら、さも感銘を受けたように聞き入っていた。

いったん話をやめ、神山さんがお茶を入れに台所へ立つと、田村さんは私のそばにさっと寄ってきて、耳元で小声で言った。

「ありゃー大変だわ。あれはかなりの頑固者だね。今まで王様で来たんだろうけどさ。こりゃー、ヘルパー入れるのも一苦労だね」

私はその言動に、不快感を覚えた。私だって話を聞きながら相手を値踏みすることはあるが、これではあからさまだ。私は台所にいる神山さんに聞こえはしないかと心配になった。もうかなり高齢だから、聞こえることはないかもしれないが、自分のことを悪く言っている雰囲気はわかるものである。それに自分の思っていることは、思いの外相手に伝わってしまうものだ。だから私たちは、自分たちの先入観や価値観をなるべく追い出して、相手の話をそのまま受け止めようと努力する。今日の訪問で田村さんに対する不信感が芽生えてしまったら、せっかく進み始めたヘルパーの話がおじゃんになってしまう。私は気が気ではなかった。田村さんは、私のそんな思いにはまったく気付かぬように、戻ってきた神山さんに、

「あー、すみませんね。そんなにお気を遣わずに」

と、さも親しげに話しかけている。その手の平の返し方が、また私の気に障った。なんでも良いから、とにかく神山さんを怒らせないで。

神山さんがつむじを曲げる前に、早く話をつけてしまおう。私は本題に入ろうと切り出した。

「それで、神山さんはこうやって一人でしっかりと生活されてきたんですけれど、このところ癌が進行して、買い物に行くのが大変になってきたんです。先ほどの坂、すごかったでしょう？」

「そうだよね、ありゃー大変だ」

「ですので、本当はまだ一人でやれるとおっしゃるのを、私が無理に、ヘルパーを試してみるようお勧めしたんです。そんなに言うのならと、神山さんの方が折れてくださって、この度ヘルパー利用を始めてみることになったんです。ね、そうですよね?」

神山さんはうんうんと頷いた。

「そうですかー。ご立派ですよねー。まぁ、今までは野原が訪問してきたわけですけど、これからは私が担当させていただきますから。私は、野原の上司ですから」

田村さんは「上司」というところを強調した。私はまた不快感を覚えた。だが、今のところ神山さんは私を気に入ってくれている。その上司という立場が、神山さんの信頼を得るのに都合が良いのであれば、それはむしろ利用すべきであるとも思った。

私は一瞬感じた不快感を、心の奥底に押しとどめた。

「神山さん、田村さんは大ベテランです。介護保険のことなら、私より何倍もよく知っていますから、何でも相談してくださいね。もちろん、私も引き続き訪問させていただきます。ヘルパーさんとうまくいっているかどうか、ちゃんと見に来ますから、心配しないでくださいね」

私は田村さんを大げさに誉めた。誇大広告と思えなくもなかったが、今は神山さんに、田村さんを信頼してもらうことが先決である。私が手を引くわけではないのだと伝えることも忘れなかった。神山さんは安心したようで、近日中にヘルパー支援を開始することに同意してくれた。

田村さんに現状を知ってもらうため、私は神山さんに冷蔵庫の中身を見せてくれるように頼んだ。私の頼みとあらば、神山さんは快く見せてくれた。数日前に見た時と、また少し中身が変わっている。自分でコンビニまで買いに行ったのだろう。先日とは別の種類のヨーグルト、梅干し、納豆、めかぶ、豆腐、おかゆのなべ、冷凍庫には肉まん、アイス。食べられるものはそれくらいだった。

「おかゆ、自分で炊いたんですか?」

「うん、ちょっと気分が良かったからね。買ったおかゆはあんまり」

「これだけじゃ、ちょっと心細いですよね。なるべく早くヘルパーさん、手配してもらいましょうね。田村さん、よろしくお願いします」

「はい、わかりましたよ」

田村さんが自信たっぷりにそう言ったので、私はこれで一安心だと思った。

谷口さんの引っ越しはというと、少々問題が生じていた。安い物件はいくらでもある。保証人がいなくても借りられる物件もある。しかし、最終的に引っかかってくるのは、「緊急連絡先」なのであった。どの不動産屋からも、必ず「海乃辺診療所を緊急連絡先にしても良いですか？」と電話がかかってくる。答えは、ＮＯと言わざるを得なかった。「では、野原さんになっていただくことはできないでしょうか？」より一層ＮＯだ。「では、生活保護課の電話番号ではどうでしょう？」生活保護課には何度かけあっても、「それはできませんね」と取りつく島もなかった。

今更ながら、後見人の手続きをどんどん進めてしまわなかったことが悔やまれた。大岩さんだったら、緊急連絡先くらいにはなってくれたかもしれない。

しかし、今更悔やんでも仕方がない。谷口さんは、暇に任せて不動産屋を手当たり次第回っていた。彼のこういう時の行動力は凄いのだ。私は急を要するケースが立て込んで身動きが取れなかったから、物件探しは谷口さんに一人で頑張ってもらっていた。もし近隣の不動産屋すべてを当たってもらちが明かなければ、何か対策を講じよう。その時はそれくらいに考えていた。

田村さんと一緒に神山さん宅を訪問した日の、翌週の月曜日。診療所の事務所にいた私に、隣のケアマネージャー事務所から呼び出しの内線電話がかかってきた。

「野原さん？　あぁ良かった、つかまって。あのね、神山さんから電話がかかって来てるの。怒っているのよ、すごく。田村さんはつかまらないから、野原さんにと思って」

　緊迫した鹿島さんの声である。私はすぐにケアマネージャー事務所へ飛んで行った。

「何？　何て言ってますか？」

　事務所に飛び込むと、私は早口で聞いた。

「何だか、ヘルパーは来ないのかって言ってる。今日来てくれるはずじゃないのかって。ねぇ、どうなっているんだろう」

「田村さんから、何か聞いてますか？」

「よくわからないのよ。どこまで進んでるのか。携帯呼んでもつながらないし。小峰さんも、派遣の依頼は受けていないって」

　心配していたことが現実のものとなった。私は田村さんに任せたことを後悔した。だがそんなことを言っている場合ではない。私は保留にしてある受話器を取り上げた。

「あ、神山さん？　野原です」

　私が電話に出ると、神山さんは突然怒鳴った。

「ばかやろう！　ヘルパーが来てくれるって言ってたじゃないか！　もう、食べるものがないんだ。すぐに買い物に行ってくれないと困るんだよ。話が違うじゃないか」

「ごめんなさい、神山さん。ごめんなさい。あの後田村さんから連絡は行きましたか？」

「なに？　田村さん？　連絡なんて来ないよ。どうなってるんだ」

神山さんの怒鳴り声を聞きながら、私は神山さんがどうしてこのような勘違いをしたのか、瞬時に記憶を巡らせていた。そして、あぁ、あの時だと思い当たった。話の流れで、「来週あたりから、すぐにヘルパーさんに入ってもらいましょう」という言い方を、私は確かにした。「来週」「すぐに」というキーワードから、神山さんは今週頭の月曜日、つまり今日からヘルパーが来るのだと勘違いしてしまったのだろう。

「ごめんなさい、神山さん。今日からではないんです。私の言い方が悪かったですね。嫌な思いをさせてしまってごめんなさい。ちょっと待っててください。私で良ければ、これからすぐに行きますから」

「え、本当に？　あんたが来てくれるの？　だったら、それでもいいよ。じゃあ、待ってるから」

私が行くと聞き、神山さんの怒りは急に収まったようだった。だが私は気が気ではなかった。せっかく今まで私に寄せてくれていた信頼まで、失ってしまったかもしれない。こんな時に連絡のつかない田村さんに腹が立ったが、その時ふとおかしいことに気がついた。私が田村さんと一緒に神山さんの家を訪問したのは、木曜日である。

今日は月曜日。その間田村さんは、神山さんのヘルパー派遣について、何の手配もしなかったということだろうか。私は併設のヘルパー事務所の方へ行き、小峰さんに尋ねた。

「小峰さん、田村さんから、神山さんのヘルパー派遣について、依頼されていませんか？」

「いえ、依頼されていないわよ」

小峰さんは気まずそうに言った。

「本当に？　少しも？　何も聞いていませんか？」

「ごめん。聞いてない。先週、木曜日も金曜日も残業してたし、私は土曜日も出勤してたから、連絡があれば絶対私の耳に入っているはずなんだけど。そうよね、君塚さん」

「うん。私も聞いていないわよ。野原ちゃんからは前に聞いてたけど、田村さんからは聞いてない」

やっぱりそうか。私は悔しくて泣きたくなった。

「わかりました。あの、契約は後から遡ってするとして、今日、緊急でヘルプに入ってもらうことはできますか？」

「ごめんねぇ。入ってあげたいんだけど、私、これから別の人のヘルプに入らなきゃいけないの。君塚さんもよね？」

「そうなの。ごめんね……」

小峰さんも君塚さんも、すまなそうにしている。

「いいえ。お二人が謝ることじゃありません。大丈夫です。今日は私が買い物してきます」

私は泣きそうになるのをこらえながら、事務所を飛び出した。


神山さんは、思ったほど怒ってはいなかった。私がすぐに駆け付けたから機嫌が直ったのかと言えば、そうでもないらしい。最初から私を責める気はなかったようだ。かといって、田村さんやヘルパーを責めているのでもなさそうである。私以外の存在は、彼の中ではあまり認識されていないようだった。ではさっきのあの憤慨ぶりは一体何だったのだろう。私は彼の思考回路がさっぱり理解できなかったが、怒りが収まっていることと、まだ私を信頼してくれていることに、とにかく安堵した。

「ごめんなさい、神山さん。ヘルパーさんの手配が遅れてしまって」

私が息を切らしながら言うと、神山さんはいつもとまったく変わらない口調で、

「うん、あのね、これを買って来て欲しいんだ」

と震える字で書いたメモを差し出した。豆腐、大判焼き、ひよこ、明太子、すじ

こ、ブルーベリー……。

「え、大判焼き？　ひよこ？　ブルーベリー？」

「うん、大判焼きは、あんこ三つとクリーム二つ。デパートの地下に売ってる。ひよこは仏さんにあげるお供え。一番小さい包みのでいいから。明太子とすじこはデパートの地下の魚屋さんね。ブルーベリーは、一階のドライフルーツ売り場にある、丸い入れ物のやつ」

神山さんはメモを見ながら、すべて細かく説明した。食にうるさい神山さんだ。すべてお目当ての商品があるらしかった。

「あ、そうだ、あと、柿を二パック、ブドウを二パック、ミカンを二パック」

神山さんは私の手からメモを奪い取ると、震える手で一生懸命書き足した。

「これ、全部二パックずつ？　そんなに食べきれるんですか？」

「うん」

神山さんは、ただそう答えた。

「あ、そうか。次にいつヘルパーさんが来られるかわからないですもんね。仏さんにも、毎日違うものをお供えしているんですもんね。多めに買っておけば、安心ですよね」

私は妙に納得して、独り言のように言った。神山さんは、ただ頷いている。

「タクシーで、行ってきなさい」

「え、大丈夫ですよ。自転車で来ているし」

本当のところ、全然大丈夫ではなかった。今日の十四時から、診療所のカンファレンスに参加しなければならない。開始時刻までに戻れないかもしれないと告げては来たが、できれば間に合うように帰りたかった。それに外は、今にも雨が降りそうなほどの曇り空だ。

「いいから」

神山さんは私を無視して電話をかけ始めた。

「あ、あけぼのタクシーさん？　タクシー一台すぐにね」

「え？　名前も住所も言わなくていいんですか？」

「大丈夫なんだよ。うちはいつも使ってるから。電話番号だけでわかるようになってるんだ」

そうか、今時のタクシーは、ナンバーディスプレイの番号だけでお客さんを識別できるようになっているのか。私が変なところで感心しているうちに、神山さんはさっさと黒い小銭入れに一万円札を二枚入れている。

「これを持っていきなさい」

本当はこちらの落ち度もあるから、タクシーなど呼んでもらえる義理ではなかった。でも、今日だけは良いかな……。

「ありがとうございます」

私は神山さんの厚意に甘えることにした。


タクシーで街の中心部へと向かう道を走るうち、渋滞にはまり、車はまったく動かなくなってしまった。この辺りは信号のタイミングが悪く、よくこういった渋滞が起こる。どうしよう。私はまたしても泣きたくなってきた。私がさっきから体を前に乗り出して、車の列を確認しているのがわかっているのだろう。タクシーの運転手が、すまなそうに言った。

「お姉さん、なんだか今日は車が多いねぇ。この天気だから、みんな車使うのかね。この辺は抜け道があんまりないんだよなぁ」

「いえ、仕方ないですよね」

最近では、三十代半ばくらいでもみんなお姉さんて言ってくれるんだな。焦りながらもそんなことを考えていると、

「よし、お姉さん。これから通る道はちょっとまずいんだけど、今日僕がここを通ったことは、誰にも内緒だよ！」

タクシーの運転手はウインカーを出すと、すぐ脇の小道に左折した。そしてそこか

ら何度か右折と左折を繰り返し、最後に出た大通りは、市場に面した道だった。タクシーは市場の入り口へと向かっていく。

「本当はここは、関係者しか出入りしちゃいけないんだけどね。お姉さん、もしどこに行くのかって聞かれたら、郵便局に行くって答えといて。たいていは呼び止められることなんてないけどさ」

そしてタクシーはずんずんと市場の真ん中を通り抜け、反対側の出口を出ると、もうそこは見覚えのある、目的地のデパートへと続く道だった。あのまま素直に大通りで信号待ちをしていたら、ここに来るまでに一体何十分かかったことだろう。私は嬉しくなって、はしゃいで言った。

「すごい！　運転手さんの秘密の道ですね！」

「そうだよ。絶対誰にも言っちゃダメだよ。お姉さん、なんだか急いでいるみたいだから、今日は特別」

「ありがとうございます」

今日もこうやって助けてくれる人がいる。大丈夫、今日も乗り切れる。気付いたら心が元気になっていた。


買い物にはタクシーで行って正解だった。二つの買い物袋ははち切れそうなほど膨れ上がり、果物の量が多いせいで見た目以上に重い。この荷物を自転車に乗せて、山坂の多い道を自転車で帰るなんて、考えただけでもぞっとした。

神山さんの家に戻ると、すでに十三時半を回っていた。神山さんはお昼を食べずに待っていて、私も一緒に食べて行くようにと熱心に勧めてくれた。これから会議の予定があるからと断ると、さっき買ってきた大判焼きを二つお皿に出し、せめてこれだけは食べて行けと言って聞かない。正直お腹はぺこぺこだった。これだけならと思い私が食べ始めると、神山さんはその他の品も買い物袋から出し、点検し始めた。私は大判焼きを食べながらその様子を眺めた。ひよこの箱、ドライフルーツのブルーベリーが二つ、みかんが二パック、ブドウが二パック、柿も二パック。神山さんは、二パックずつ買ってきた果物を、一パックずつビニール袋に戻し始めた。果物でパンパンに膨れたビニール袋の一番上に、大判焼きの箱を乗せる。ここまできて、あれ？と思った。もしかして……。

じっと見ている私に、神山さんはその袋を無言で差し出した。

「神山さん。これ、なに？」

「あんたに。子供いるんでしょ？　子供たちにやって」

「え……。でも、こんなにいただくわけにはいかないの」

「でも一人じゃ食べきれないから。腐らして捨てるだけだ」

迂闊だった。すべて二つずつ買って来て欲しいと言ったあの時に、どうして気付かなかったのだろう。最初から私にくれるつもりで、二つずつ買ったのだ。

「でも、でも、本当にいけないの。こんなにたくさんもらったら、私、クビになっちゃう」

「自分で買ったって言えばいいだろう」

「でも……」

いつもとまるっきり同じパターンだ。こうなったら、置いては帰れない。神山さんの気持ちを、置き去りにすることはできなかった。

「ありがとう、神山さん。今日だけ、今回だけ、ありがたくいただきます。でも、これで最後にしてね。でないと私、もうここに来られなくなっちゃうから」

今まで断りきれずに受け取ってきた私が悪いのだ。私は申し訳なくて、まっすぐに神山さんの顔を見ることができなかった。神山さんは何も答えなかった。

私は診療所に着くと、誰にも会わないようにまっすぐロッカールームに向かい、自分のロッカーにもらってきた袋を押し込んだ。幸いカンファレンス中で、誰にも見られずに済んだ。昼食をとる間もなく、私はそのままカンファレンスの行われている部屋に向かった。

「遅かったね」

遅れて入ってきた私を見て、鈴木《すずき》看護師長が小声で話しかけてきた。私は何も言わずに頷いた。全身にどっと疲れを感じ、その日のカンファレンスは上の空だった。


次の日、ケアマネージャー事務所での朝のミーティングで、私は昨日の神山さんの出来事について報告した。昨日ヘルパーが来てくれると勘違いしていたこと、食べるものがないと不安になっていたこと、お隣のヘルパー事務所では対応できず私が訪問したこと、買い物にタクシーを使ったこと。その中のたくさんの品物を持たされて帰ってきたことは、黙っていた。

田村さんはその報告を聞くと、私に向かってニヤニヤと笑いながら言った。

「食べるものがないって言ったって、冷蔵庫に結構入っていたよなぁ」

私はカッと頭に血が昇り、自分の顔が熱くなるのを感じた。息が詰まり、顔がゆがんだ。それを気取られないように、私は急いで下を向いた。

あなたにとってはそうかもしれない。でも具合の悪い神山さんにとって、たったあれだけの食料しかなかったら、どんなに不安になることだろう。そんなこともわからないの!?　私は田村さんの言葉には答えず、必死の思いで顔を上げると、報告を続けた。

「昨日は、私も午後に会議の予定が入っていたので、神山さんの申し出に甘えて、タクシーを使わせてもらいました。今回は在宅介護支援センターの業務として、私が動けたから良かったですが、こういった業務を今後も続けていくことはできません。今回のことで、ヘルパー支援が必要なことは確認できましたし、すぐにでも導入することが必要と考えます」

喉が詰まり、うまく声が出ない。湧き上がる怒りを抑え、努めて冷静に話しているつもりだったが、言い方は自ずととげとげしくなった。

「それで神山さんは、田村さんから連絡は来ていないとおっしゃっていました。ヘルパー調整や、契約の日取りなどは、どうなっているのでしょうか?」

介護保険サービスは、本人が希望しただけでは使えない。最初にケアマネージャーと契約を交わし、そのケアマネージャーが本人に合ったプランを立て、それに基づいてサービスが開始される。サービスを提供する事業所、つまり今回はヘルパー事業所との契約も交わした後でないと、介護保険サービスはスタートできないのだった。

「まぁそうだね。サービスの導入はもちろん急ぐんだけどさ、あなたはその間、神山さんの生活アセスメントをしてみるといいね」

私は一瞬ポカンとしてしまった。怒っていたはずなのに、その瞬間怒りを忘れた。

生活アセスメント……?

そしてその後、さっきよりもさらに激しい怒りが、ぐわっとこみ上げてきた。

この期に及んで、生活アセスメントだって？　そんな悠長なことをしている場合ではないだろう。今まさに必要としているこの時に、すぐにでもサービスを入れなくては。

「生活アセスメント」とは、最近当法人のソーシャルワーカーたちの間でブームになっている方法であった。クライエントの出生から現在までの生活史をなるべく詳しく話してもらい、それを様々な側面から分析することによって、今のクライエントの置かれている状況の必然性を見出そうとするものである。クライエントとの信頼関係が築けなくて行き詰まったり、支援方法を模索している時などは、クライエントを深く理解することは有効と言える。だがこの生活アセスメントは、少なくとも数時間、場合によっては何日もかかることがあるほど、時間のかかるものだった。スピード勝負の今この時に必要なことだとは、どうしても思えなかった。私は何をどう考えて良いのかわからなかった。なかなか出てこない声をやっとのことで絞り出し、小さく「はい」と答えるのが精一杯だった。

ミーティングが終わると、私は呆然としたまま診療所に戻った。これからどうしたら良いのだろう。今この状況で、神山さんの生活アセスメントを始めるのか。しかし私が生活アセスメントをしなければ、田村さんは意地になって、余計にヘルパーの手続きを進めてくれないかもしれなかった。この際少しでも早く総括票（※生活アセスメントの結果をまとめたもの）を完成させた方が、得策なのだろうか。混乱したままの頭で診療所の玄関を入ると、診察室から出てきた鈴木看護師長が私を見つけ、突進してきた。

「良かった、野原さん、つかまって。あのさ、昨日のカンファレンスで話が出てた、伊東《いとう》さん。あそこのうちの対応、お願いしたいのよ」

「え、伊東さん？」

「そう、ほら、往診の患者さんで、二週間後にマンションが差し押さえられちゃうっていう、あのうち」

「はぁ……」

昨日は上の空で、正直まったく覚えていなかったが、私は曖昧に頷いた。

「ちょっと待ってて、今カルテ持ってくるから」

鈴木師長はバタバタと走って行ってしまった。私はぼんやりする頭をぶんぶんと振って、必死で意識の焦点を合わせようとした。どうしよう、こういう時に限って、次から次へと難しいケースが舞い込んで来る。困難なケースというのは、なぜか重なる。

鈴木師長の話だと、患者さん本人はまだ五十代で、脳梗塞で倒れ重度障害となり、収入が途絶えている。家計を支えているのは奥さんだが、パート収入だけではマンションのローンが払いきれず、このままだとあと二週間で差し押さえになってしまうというのだった。

「あれ？　でもおかしいですよね。普通住宅ローンって、本人が死亡したり重度障害になったら、その先の払い込みが免除される保険みたいなもの、ついてますよね。うちもそうですもん。あと、障害年金は？　もらえないんですかね？」

「もう〜、そういうことは私たちはよくわからないのよ。だからソーシャルワーカーさんにお願いしたいんだってば。野原さん、お願いしていい？」

嫌だなんて言うわけがない。私に断る権利などない。

「このお宅、私が直接電話しても大丈夫なんでしょうか？」

こういった複雑な事情を抱えているクライエントの場合、家庭のことに首を突っ込まれるのを嫌がり、支援を拒否する場合がある。

「あぁ〜、そうね。とりあえず私から連絡取ってみるわ」

「でもどうしてそんな事情がわかったんですか？」

「うん、往診の代金払ってくれなくてね、ずっと溜まっているのよ。それでよくよく聞いてみたら、そういう事情で払えないって」

二週間だなんて、こっちもスピード勝負だ。どうしよう、私なんかがうまく対処できるだろうか。私は心の中でため息をついた。

次の日の午前中、私は伊東さんの家を訪問した。昨日あの後すぐ鈴木看護師長から電話をすると、奥さんは「相談に乗ってくれるなら」とすんなり私の訪問を了承してくれた。奥さんは近くのファミレスで、パートタイムで働いているという。ランチの時間帯から夜まで仕事に出るというので、朝一番の九時に訪問する約束をした。

朝の空気はひんやりと冷たい。よく晴れてはいたが、十月中旬の今頃にもなると、朝晩の気温は、冷え性の私には寒いと感じられる。マフラーは大げさだが、せめて薄手のストールくらい巻いてくれれば良かった。この時期の服装にはいつも悩まされる。私は薄手のジャケットの襟もとを深く重ね合わせ、急ぎ足で伊東さんのマンションに向かった。

住所を頼りにその場所にたどりつき、私は唖然としてそのマンションを見上げた。思っていたよりずっと立派だ。表玄関を入ったロビーには小さな噴水が沸き出し、ところどころに間接照明が配置され、なんともゆったりとした余裕のある雰囲気が醸し出されている。こんなに洒落たマンションに、明日の運命をもわからない一家が住んでいるとは、誰が想像できよう。

伊東さんの家の中に入ってみて、私はさらに驚いた。暮らし向きが悪いようには、とても見えない。リビングの壁際に介護用ベッドが置かれ、そこに伊東さん本人が寝ている。孫の物と思われるおもちゃやぬいぐるみなどが床に点在しているが、それらは真新しく、結構な値段がしそうなものもある。対面式のカウンターキッチンには、コーヒーメーカーや食器類、レトルト食品の袋などが見えるが、それらはどれも、ある程度の生活水準が保たれているような印象を与える。さっきロビーで感じた「余裕」のようなものが、この家の中にも漂っているのであった。

「すみませんね。わざわざ来ていただいて」

そう話しながらお茶を出してくれる伊東さんの奥さんは、どこにでもいる「おばちゃん」といった感じの人だった。言い方は悪いが、どこか野暮ったさを感じさせる。

「いいえ、これが仕事ですから」

私はそう言ってしまってから、失敗したと思った。今の言い方は、往診代の取り立てと受け取られるのではないか。だが奥さんの表情を観察すると、何の屈託もない目でこちらを見ている。自分たちの相談に乗るために来てくれた人、と素直に受け取ってくれているようだ。私はホッとして、なるべく打ち解けた雰囲気を作り出そうと、へらっと笑って見せた。私はどうも真面目そうな印象を人に与えるようだと自覚している。だから人の気持ちを溶かしたい時には、にっこりではなく、へらっと笑うようにしていた。不謹慎だと怒られそうだが、この作戦はたいてい成功する。奥さんもそれにつられたのか、同じようにへらっと笑った。よし、第一段階クリア。

「看護師長から聞いたのですが、今とても大変な状況になっていらっしゃるようですね。私はソーシャルワーカーといって、患者さんやご家族の病気のこと、治療のことから、経済的なこと、家族関係など、生活のあらゆることに関してご相談に乗る仕事をしています。何故かと言うと、それらのことがうまくいっていないと、治療もうまくいかなくなってしまうことが多いからです」

私はソーシャルワーカーの仕事を理解し、私という存在を受け入れてもらえるように、言葉を選びながら説明した。奥さんは素直に頷きながら聞いている。

「このご自宅も、あと数日で差し押さえられてしまうということですね」

「そうなんです。ほら、これ見てください」

奥さんは封筒に入った便箋を取り出して見せてくれた。なるほど、二十五日までに一か月分の返済額を振り込まないと、差し押さえると書いてある。

「本当はもうすぐパート代が入るので、それがあれば払えるんです。だから店長に相談して、前借りしようかと思って」

「そんなことできるんですか?」

「はい、事情をよくわかってくれて、今回は何とかしてくれそうなんです」

「それは良かったですね」

それは伊東さんだけでなく、私にとっても朗報だった。二週間と思っていた期限だったが、それならもう一か月くらいは猶予があるということになる。

「でもこの先も、少しでも返済が遅れたら、即差し押さえになってしまうんですよね?」

「そうなんです」

その辺りの金融機関の事情が、私にはよくわからなかったが、記載されているのはよく聞く大手の銀行名だ。悪徳業者というのでもなさそうである。

「あの、住宅ローンって、死亡したり重度障害になったりしたら、その先の返済が免除される、生命保険みたいなのがついてますよね? それはどうなっているのですか?」

「あぁ、それ。この人ね、遊ぶお金が欲しくて、それを勝手に解約しちゃったみたいなんですよね」

「え? それは確かなんですか?」

「うん、何度もここに電話して聞いたんですけど、途中から切れてるって言われましたね」

「じゃあ、障害年金はどうでしょう。ご主人が倒れてから、障害年金の申請について、調べてみたことはありますか?」

「それもね、ダメですよ。だってこの人、年金ちゃんと掛けていないですもん。昔は会社に雇われていたから払っていたんでしょうけど、そのうち雇われているのが馬鹿らしい、自分で稼いだ方が金になるって、会社辞めて。それから自分で仕事始めて、一時は羽振りが良かったから年金なんて掛けるのも馬鹿らしかったんでしょうね。私もその時はそう思っていましたもん」

「お仕事って、何されていたんですか?」

「トラックの運転手。私もその頃はデパートのお惣菜屋さんで、パートの主任にまでなってね、現場で何人も人を使う立場だったんですよ」

奥さんは幾分誇らしげに、懐かしそうに話した。旦那さんはというと、介護用ベッドにあおむけに横たわり、ゴーゴーといびきをかいて眠っている。こんなに大変な状況だというのに、この部屋には、まったりとしたのどかなムードが流れている。これは、本当に、厄介かもしれない……。私の頭もこの部屋の空気に飲み込まれ、だんだんと眠たく、ぼんやりとしてくるようだった。

ぽかぽかと暖かい伊東さんの家のリビングで、私が眠りに落ちそうになったその時、奥のドアがガチャリと開いて、茶髪の若い女性が現れた。髪の毛はやや長めのショートカット、ジャージ素材の黒いハーフパンツに、長袖のよれよれのTシャツを着ている。私よりも十歳くらい若そうだ。

「あら、ケンちゃん、寝たの？」

奥さんがその女性に向かって声をかける。

「う〜ん、もうとっくに寝てた。私もケンと一緒に寝ちゃった」

彼女は頭をかきながらリビングの方に歩いてきた。

「おはようございます。私、海乃辺診療所の野原と申します。お邪魔しています」

私が自己紹介をすると、

「おはようございます。すいません、こんな格好で」

そう言いながら、彼女も話の輪に加わった。どうやら今日私が来ることは知っていたようだ。

「娘さんですか？」

「そう、愛梨《あいり》っていいます」

奥さんが紹介すると、愛梨さんはぺこりと頭を下げた。若い世代特有の軽さはあるものの、その中にもどこか誠実な匂いが感じられる。悪い人ではなさそうだ。

「娘さん夫婦と同居されているんですか？」

何となく意外な感じがして私が尋ねると、

「いえ、今ちょっとうちに帰って来てて……」

奥さんは言葉を濁して答えた。

「そうですか。大変な状況だから、ご両親を助けるために、帰って来てくれたんですか？　心強いですね」

私が辻褄を合わせるように適当なことを言うと、二人は顔を見合わせてにやにやと笑った。

「違うんです。今、旦那と別居してて。今まで住んでたアパート解約したんで、旦那は自分の実家にいて、私と子供はこっちにいて。あ、でもそのうち旦那の実家に一緒に住むことになってるんで、今だけ、ね」

愛梨さんはニヤニヤしたまま、何となく歯切れの悪い調子で説明した。なんだか、さらに厄介な事情がありそうだ。

だがまずは現状がどうなっているのかを、客観的に把握する必要がある。私は奥さんと愛梨さんから話を聞きながら、一つ一つ情報を整理していった。

「現在、収入は奥さんのパート収入だけですか？」

「はい。それと、内職もやってます。見てこれ」

奥さんは部屋の隅によけてあった段ボール箱の中身を見せてくれた。なんだかよくわからない金属のパーツに、これまたよくわからないパーツをピンセットではめ込むらしい。

「これ、いいのよー。テレビ見ながらできるから。でもちょっと油断すると、ほらすぐ外れちゃう。結構難しいのよ、これ。でも上手でしょ。ほら、ほら」

奥さんはケラケラと笑いながら、その早業を披露してくれた。愛梨さんも隣で一緒になって、「速い、速い」とケラケラ笑っている。私も一緒になってケラケラ笑いながら、頭の中では話を戻すきっかけを探していた。これはよほど心してかからないと、話がうまく進まないかもしれない。

「それで、この内職はいくらぐらいなんですか？」

ひとしきり笑い転げた後、私は話を戻すつもりで聞いてみた。

「この一箱で千円」

「え？　たったのそれだけ？」

私はすっ頓狂な声を上げた。それでは、一個でいくらになるのだろう。一個何銭の世界なのか。日本の産業は、どれほどこういった人たちの労働に支えられているのだろう。

「それじゃあ、あんまりお金にならないんですね」

びっくりしている私に、奥さんは何でもないことのように言った。

「いいのよ。空いた時間にできるから」

奥さんは納得してこの仕事をやっているらしい。私は気を取り直して、聞き取りを続けることにした。

「それで、収入は一か月どのくらいですか?」

「パートに休まず行って、内職もやって、だいたい十五万円くらい。それで一か月七万円のローンと、介護保険サービスのお金でしょ、あと食費、水道光熱費を賄わなきゃならない。足りないですよね。今までは貯金を切り崩していたんだけど、それももうなくなっちゃって」

「娘さんは働いていらっしゃるんですか?」

「子供が小さいからね、今は家のことをやってくれてる」

二人は顔を見合わせて頷き合っている。母と娘の間では、そのような役割分担になっているらしい。

「それでこれからのことは、どうしようとお考えですか?」

私はなるべくのんびりとした口調で、深刻でないことのように質問した。

「だからねぇ、パートを毎日に増やして、とは考えているんです。あと、実は主人の田舎の方に主人名義の土地があるんです。それを売ってお金にしようかと考えていて」

「そうですか。その土地、売れる目途は立っているのですか？」

「いいえ、全然。主人の実家の近くの不動産屋さんにお願いしているんだけどね。売れるからって言うんだけど、なかなか進まなくて。主人がこんなでしょう？　だから、本人の売るという意思が確認できないと進められないって。でもね、今度不動産屋の担当者が、主人に会いに来ることになっているんです。それで主人が売るって言えば、話を進めてくれるって言ってます」

「ご主人は、自分でそんな重大な判断や、意思表示ができますか？」

「うん、前は全然意思疎通できなかったんだけど、今は『うん』って答えることはできるようになってる。だからそれなら大丈夫だって、不動産屋さんは言ってました」

　正直、だいぶ怪しい話だなと思った。このご時世、そんなあやふやな意思確認で、土地の売買ができるのだろうか。私は頭の中がこんがらがってきた。私自身が頭を冷やす必要がある。

　そろそろ奥さんもパートに出かけなければならない時間のはずだった。

「色々聞かせていただいて、ありがとうございました。今日お聞きした情報をもとに、これからどうしたらいいか、私も考えてみますね。明日の朝、またご連絡してもよろしいですか？」

「はい、構いません。よろしくお願いします」

ひとまず今日は、これで切り上げることにした。

診療所に戻ると、谷口さんが待ち構えていた。私は「うぅっ」とうめき声をあげた。忘れていたわけではない。今日は確かに谷口さんと十一時に約束をしていた。だが伊東さん宅への訪問で頭がすっかり混乱し、今この瞬間、ついうっかり、ぽっかり、谷口さんとの約束のことが抜け落ちてしまっていた。谷口さんの顔を見た途端、私はどっと疲れを感じた。これからまた谷口さんに付き合わなければならないのか。

正直、最近の谷口さんは面倒臭かった。引っ越しの話がうまく進まないものだから、イライラしているし、お金遣いも荒くなっている。今日も、お金を多く出して欲しいと言い出した。いつものことだが、必要以上にお金を使わないように納得させるのが、これまたエネルギーを要する仕事だった。

「今日はどうしてお金が要るのですか?」

「下着とか、靴下とか、新しく買いたいんで」

「でもこの間、下着を買うお金、渡したばかりでしょう?」

「ああ、あれは、ちょっとどこかに落としちゃって」

おそらく競馬かパチンコか、やけになってお酒を飲んだか、そんなところであろう。

「でもせっかく貯めたお金、そんなにどんどん使ってしまったら、引っ越しできなくなってしまいますよ」

「どうせ引っ越しなんてできませんよ。緊急連絡先になってくれる人がいないんだから」

　診療所で預かっている残金は、二十万円を切ってしまっていた。このままいけば、本当にすぐになくなってしまう。今まで引っ越しを目標にお金を貯めては、あきらめて浪費する、そんなサイクルを何度となく繰り返してきた。そんな悪循環は、ここでいったん断ち切って欲しかった。

「下着ってもう全然使えないの？　穴空いちゃってるとか？」

「まぁ、そういうのもあるけど。でも靴下は、冬用のあったかいのが欲しいんです。これからどんどん寒くなるから。自分ち、小さい電気ストーブが一個だけしかないんで」

　私は谷口さんのがらんとしたアパートを思い出し、それは本当のことなのかもしれないと思った。私は去年買った男物の靴下が、自宅に眠っているのを思い出した。

「ねぇ、谷口さん。そうしたら、うちにある使っていない靴下、もらってくれませんか？」

「え、もらえるのなら、欲しいですけど。でも、いいんですか？」

谷口さんは身を乗り出してきた。本当に興味を持ってくれたらしい。さっきまでの荒んだ目の光が消えている。私はしめたと思った。

「あのね、去年夫が、仕事用に分厚い靴下が欲しいって言うから買ってきたんだけど、どうも厚すぎたみたいで、全然使ってくれないの。何足も買っちゃったのにタンスの肥やしになっていて、捨てるのも勿体ないし、でも邪魔だし、どうしようかと頭を悩ませていたの。谷口さんが使ってくれたら、私も助かるんだけど」

これは本音だった。谷口さんも、素直に喜んでくれているように見える。

「ものすごく分厚いけど、どうかしら、防寒にはうってつけだと思うの」

「はい、もらいます」

「良かった！　じゃあ、次にお会いする時に持ってきます。これで靴下のことは解決したから、下着はお店を見て回って、一番安いのがいくらか調べてきてもらえますか。その金額に合わせて、次回お金を出しましょう。それでいいですか？」

「はい、いいです」

谷口さんは素直に引き下がってくれた。これで無駄な出費が一回分減った。この分だと、素直に下着の値段を調べてきてくれるに違いない。その金額に合わせて、必要な額だけ渡せば良い。

谷口さんが帰ると、私は両手を広げて事務所の自分の机に突っ伏した。谷口さんの緊急連絡先については、さすがに何とかしなければならない時期に来ている。それに伊東さんの差し押さえの件、神山さんのヘルパー導入と生活アセスメント……。私は今日の午前中だけで、何日分も働いたような疲労を感じた。それも清々しい疲れではなく、重くのしかかるような、じっとりとした疲労感だった。

昼食後、私は頭の中を整理するため、机に向かった。現在解決すべき課題を思いつくままにずらずらと書き連ね、その優先順位を考えてみた。

①神山さんのヘルパー導入（田村さん次第）
②神山さんの生活アセスメント（一応）
③伊東さんの弁護士への相談
④伊東さん（だんなさん）の成年後見制度申請
⑤谷口さんの緊急連絡先問題解決↓引っ越し
⑥防災マップ完成

何度考えても、涙が出るほど、どれも同じくらい緊急性が高かった。仕方ない、その時の状況次第で多少微調整しながら、すべてを同時並行で行っていこう。

③と④は、伊東さん宅への訪問中、何となく頭に浮かんでいた解決策であった。住宅ローンや土地の売買など、法律的には一体どうなっているのか、本当に救済策はないのか、その辺りのことが専門でない私にはどうしてもわからないから、この点については弁護士に相談してみるしかないと思っていた。しかも一般論でなく、具体的に伊東さんの置かれている状況を詳しく説明した上で、相談しないとダメだと思った。土地を売るにしても、本人が果たして重要な決定を下せるものなのか、その意思表示ができるのか、私は正直厳しいと思っていた。だとすると、彼の代わりにその判断を下し、行動する代理人が必要になる。後見人の選任は、必須であると思われた。私はしばらく考えた後、小堀議員に電話をかけてみることにした。

まったく運の良いことに、最初の電話で小堀議員がつかまった。私があまりにも打ちのめされているものだから、ソーシャルワークの神様が救いの手を差し伸べてくださったのではないかと思えた。私は小堀議員に、知り合いの弁護士を紹介してもらおうと思っていた。顔の広い市議会議員先生のことだ。弁護士の一人や二人や三人や四人くらい、いくらでも紹介してくれそうだ。そしてもう一つ、別の課題である谷口さんのことについても、相談しておきたかった。

「やあ、野原さん。君か。どうかな、谷口君の様子は。彼、張り切って引っ越しの準備を進めてる？」

小堀さんは相変わらず気さくな優しい話し方で、電話に出てくれた。小堀さんが不機嫌で話しかけにくかったことは、そういえば今までに一度もない。

「それが、また問題が発生しておりまして。その件はまた後でご報告するとして、今日は別のお願いでお電話したのです」

「ん？　どうしたの？」

私は伊東さんの状況について詳しく説明し、このような家族の相談に乗ってくれる弁護士に心当たりはないかと尋ねた。小堀さんは即答した。

「それなら、A法律事務所がいいんじゃないかな。あそこは僕もよく人を紹介するんだが、悪い評判は聞いたことないね。女性の弁護士もいる。それにあそこなら、初回相談の三十分間は無料にしてくれる。僕の名前を出してくれて構わないから、相談してごらん」

さすが市議会議員先生だ。

「ありがとうございます。ではさっそく相談してみます。それと、谷口さんのことなのですが、どうも緊急連絡先になってくれる人が見つからずに苦労しているようです。そこがネックで、借りられる物件が見つかりません」

「彼、前はどうしていたんだろうねぇ」

「どうも大家さんの配慮で、同じアパートの住人同士を、お互いに緊急連絡先としていたようなんです。ですが今回そのアパートを出てしまうと、谷口さんには連絡先になってくれる友達もいないようで」

「なるほどね。彼にはたかってくる友達はいても、困った時に助けてくれる友達はいないってわけだな」

小堀さんは笑って言った。

「気の毒ですが、そうみたいですね。でもそこは、今連絡先になってくれている人に引き続き頼んでみてはどうかと、不動産屋が知恵を貸してくれたようで、谷口さんはこれからその人に交渉してみるそうです」

「なるほど。色々考えるもんだね」

「でももしその人に断られてしまったら……。今谷口さんは半分やけになっていて、引っ越しができないならと、せっかく貯めたお金をまた浪費し始めています。今回ダメだったら、次にお金が貯まるまで、何年かかるかわかりません。私もどうしたらいいのかわからなくて」

こんなことは、田村さんには相談できなかった。相談したところで、ほれ見たことかと大喜びされるだけだろう。小堀さんは、ははは……と笑ってさらりと言った。

「じゃあ、その人に断られたら、僕が緊急連絡先になるよ」

「え？　本当ですか？」

「うん。何せ僕は、彼が生活保護を受ける時に、住所がないからと、自分の住所を貸したくらいだからね。その方がスムーズだったという、あくまでも便宜的なことだがね。そのうち彼には後見人がつくんだろう？　それまでの間だけなら、いいよ。なってあげようじゃないか。でもね、このことはまだ谷口君には内緒だよ。彼にはちょっと、本気で頑張ってもらわなけりゃね」

　小堀さんとの電話を切った後、私は今度は嬉しくて机に突っ伏した。そして顔を隠したまま一人でニヤニヤと笑った。捨てる神あれば拾う神あり。究極的な側面に立たされた時、助けてくれる人は必ずいるものだ。ふと気づくと、さっきまでの疲労が嘘のように消えている。私は自分の現金さに我ながら呆れ、また一人でニヤニヤと笑ってしまった。


　翌日の木曜日。私はパート事務の葉田さんと一緒に、防災マップの試し刷りをしていた。

　海乃辺地区の防災マップは、あとは印刷を残すのみとなっている。印刷といっても、カラーコピーかモノクロコピーか、印刷機で刷るかの三者択一である。

　最初に「防災マッププロジェクト」を始動したばかりの頃は、パソコンで綺麗に作てみる方法はないものかと、パソコンが得意の葉田さんに相談して、一生懸命試してみた。しかし思考回路がアナログの私には、どうもうまくいかない。得意な人がそれなりのソフトを使って作れば、それは相応に立派なものが出来上がるに違いない。私の頭の中に、鮮やかなイメージはあるのだ。でもそれをどう実現するかとなると、思い描いているようにはうまくいかない。至極当然だが、私のパソコン技術相応の出来にしかならないのだった。

結局、手書きで地図を作り、その上にイラストやパソコンで打ち出した文字を切り貼りするという、極めて古風な方法に落ち着いた。

だがそうして出来上がった防災マップは、なんともかわいらしく、美しく、見やすく、親しみやすく、会心の出来に仕上がっていた。私はその仕上がりに大満足だった。高齢者には、絶対こういうのがウケるはずなのだ。

来月は、防災マップ作りの発端ともなった、この地域の在宅介護支援センターが集まる会議がある。その数日後には、海乃辺在宅介護支援センターと社会福祉協議会との合同会議もある。どちらの会議にも、出来上がった防災マップを持って行かなければならなかった。

葉田さんと一緒に、経費の面、今後の手直しのしやすさ、増刷のしやすさから何度も検討を重ねた結果、見本はカラーコピー、地域の高齢者に配る分は、色つきのコピー用紙に印刷機で印刷をする、という方法をとることに決めた。これも大分古風な印刷法であるが、こういったものはどんどん新しい情報に更新されていく必要があるから、最初はこの程度から始めて手直しを重ね、最終的な形が出来上がってから大量印刷するのが無難であろう。

それにしても、私の手掛けた仕事が初めて形になった。私はカラーで仕上がった見本、それと薄いクリーム色と水色のコピー用紙に刷られた二十枚ずつの地図を、とっかえひっかえ何度も眺めては、はぁ、とため息をついた。葉田さんがそんな私の様子をにこにこと見ている。

「野原さん、うれしそうですね」

「はい、すごくうれしいんです。思ったよりもよくできたな～なんて」

「本当に。よく手書きでそこまでできましたよね」

「それって誉めてるんですか？　パソコンが得意だったら、もっときれいにできるんですよね、きっと。でもそこまで勉強している余裕もなくて」

「むしろすごいですよ、パソコンで作るより。それが地域のご家庭に配られたら、感動しちゃいますね」

「本当に！」

私はもう一度自作のマップを眺め、大げさに頬ずりをした。葉田さんは声を上げて笑った。

「何それ！　自分の子供みたいじゃない、その可愛がりよう」

「そうですよ〜。私が産みの親みたいなものですもん。まぁ、洋ちゃんも少しは手伝ってくれたけど。となると、育ての親は地域の人ってわけか」

「うまいこと言う！　そうですね。みんなの意見が少しずつ加えられて、もっともっと良いマップになっていくといいですね」

「はい、本当に。葉田さんも、たくさん相談に乗ってくださって、ありがとうございました」

「いいえ、私はそんな。野原さんが頑張ったから、素敵なマップができたんですよ」

葉田さんはいつも、少し離れたところから控えめに見守ってくれていて、困ったときにはそっと助けてくれる。小石川さんがいない今、葉田さんの存在は心強かった。

翌日は金曜日で、午前中に谷口さんがお金を取りに来る日だった。私は約束通り、タンスの肥やしになっている靴下を持って来ていた。谷口さんは素直に喜んでいるようだった。いつもの生活費に加え、下着の購入費用千円を渡し、お小遣い帳もつけ終わり、これで全部終了と片付けようとしたとき、谷口さんがおずおずと言い出した。

「あの、それと、あと千円出してもらえませんか？」

「え？」

「えっと……、緊急連絡先になってくれるよう頼む時に、何か手土産を持って行った方がいいって、不動産屋が……」

なるほど、確かにそうかもしれない。

「その人は、引き受けてくれるって言っているのですか？」

「いや、頼んではいるけど、なんだかよくわからない返事で」

「きちんと引き受けてくれると、返事をもらってからの方がいいのではないですか？　せっかく手土産を持って行っても、引き受けてもらえなかったら、千円勿体ないでしょう」

ケチな私は、本当にそう思って言った。

「でも、不動産屋はその方がいいって」

谷口さんは嘘をついているようには見えなかった。不動産屋にそう言われたら、その言葉通りにしかできないのだろう。千円で緊急連絡先を引き受けてもらえるのなら、安いものかもしれない。谷口さんにはまだ言っていないが、これでダメなら小堀さんが緊急連絡先を引き受けてくれることになっている。このまま不必要な出費が続いていくこともないように思えた。私は言われるままにもう千円、谷口さんに渡すことにした。

その日の午後は、伊東さんの奥さんのパートが休みだというので、小堀議員の紹介してくれたA法律事務所に、私も一緒に相談に行った。もしかして何か救済策があるのではないかと期待して行ったのだが、そんなに都合の良い方法は、どうやらないようだった。住宅ローンについている団体信用生命保険というものは、それを別個で切り離して解約することもできるそうだ。当然のことながら、そうなるとたとえ重度の障害者になったとしても、何の保障も受けられない。銀行側の要求通り、期日までに支払いができないと、マンションの差し押さえは避けようがないとのことだった。弁護士も、土地を売るにしても、成年後見制度の申請を一刻も早く進めた方が良いとの意見だった。

私は弁護士事務所からの帰り道、伊東さんの奥さんに、成年後見制度の申請を勧めてみた。

「さきほど弁護士の先生がおっしゃっていたように、成年後見制度の申請を少しでも早く進めた方がいいと思うんです。奥さんが後見人になれば、ご主人の財産を処分したり、重要なことを決める時に、奥さんがご主人の代わりに決定を下すことができます。もちろん、ご主人のために、ということが前提になりますが。後見人が決まるまでに、二、三か月かかると言われています。いかがですか。私もお手伝いしますから、申請手続きを始めてみませんか」

しかし奥さんの反応はいまひとつだった。

「でもパートをもっと増やせば、ローンはなんとか払えると思うんです。それに不動産屋がこの週末に主人に会いに来て、主人がうんと言えば、土地を売ってくれると言っています。私の兄にも、お金を貸してくれるように頼んでいますし」

私はなぜこの一家がこのような状況に陥ってしまったのか、何となく理解できるような気がした。先日訪問した時にも感じた、危機感のなさ。それはこの家族の価値観の象徴なのだ。先を見通すことなく、その場しのぎの答えを出して生きている。パート代を前借りして、親戚から借金をして、それでローンを支払えば今月は済むだろう。だが来月からはどうするのだ。土地が売れなかったらどうするのか。本当はどうにもならないことなのに、どうにかなると思い込み、現実から目をそむけ、ケラケラと笑っている。

私がいくら言っても無駄なのだ。いつか気付く時が来るまでは。今しつこく言えば言うほど、伊東さんは心を閉ざしてしまうように思えた。今日はもう、これ以上しつこく言うのはやめよう。この週末に不動産屋が来ると言っていた。あの状態の本人を見れば、不動産屋も後見人が必要だとはっきり言ってくれるだろう。私は月曜日にまた連絡を取り合う約束をし、伊東さんと別れた。

診療所に戻ると、私の机の上にメモが置かれていた。

「神山ユキさんからＴＥＬあり。折り返し連絡お願いします。０９０-〇〇〇〇-〇〇〇〇」

私はハッとした。神山ユキさん……。神山さんのご家族だ！

私は急いで近くの電話の受話器を取り上げ、ユキさんの携帯番号に電話をかけた。

「神山ユキと言います。父がいつもお世話になっております」

ユキさんは子供のように高く甘ったるい声で、間延びした話し方をする人だった。電話の声だけを聞いていると、高校生が話しているようにしか聞こえない。だが神山さんの娘なのだから、私よりも十歳以上年上のはずだ。私はユキさんのイメージが定まらないまま、続く彼女の言葉を聞いた。

「実は、今朝父が入院いたしまして……」

「え？　入院ですか？」

私はハッとして聞き返した。もしかして、急変してしまったのだろうか。私の心配をよそに、ユキさんは変わらずのんびりとしたペースで話を続けた。

「はい。このところあまり食事がとれず、体力も落ちていたようです。今朝、思うように起き上がれず不安になったようで、母のところに電話が来ました。急いで父の家に、母と二人で様子を見に行きまして、そのまま救急車を呼んだんです。お医者様の話では、容体は心配するほどではないそうですが、このまましばらく入院して、抗がん剤の治療を行うとのことでした。激しい副作用がなければ、二週間ほどで退院できるとのことです」

私は少しほっとした。

「父から野原さんのことは聞いておりました。訪問してくれる人がいて、とても良くしてくれるのだと。父の財布から野原さんの名刺が出てきましたので、お電話をいたしました。私も母も、野原さんとお会いして、父の様子をお聞きしたいと思っております。どのような生活を送っていたのか。あの、一度お会いできませんか」

私は胸がいっぱいになった。

「実は私もずっと、ご家族にお会いしたいと思っていました。相談したいことがたくさんあるのです。ご連絡をいただいて、本当にうれしいです。ありがとうございます」

ユキさんは、父である神山さんから暴力を受けていた。そのため、もうだいぶ前に母親と一緒に家を出て、アパートを借りて住んでいる。住んでいる場所は神山さんには知らされておらず、住民票や戸籍もＤＶ被害者への支援措置が取られ、本人以外は見られないようになっている。神山さんの住んでいる家に行くのが怖くて、定期的に外で会っている……。

ここまでは市役所から訪問の依頼を受けた時に聞いていたが、この家族についてそれ以上のことは私も知らない。神山さんも、妻と娘がいるということは話すが、なぜ別居することになったのか、自分からは一切話さない。私が何も知らないと思っているのか、それともすべての事情を知ったうえで訪問していると思っているのか、私には読み取れなかった。

しかし私は、相手が話してくれるまで、何も知らないように振る舞った。それが市役所からの要請だったこともあるが、自分でもその方が良いような気がしたのだ。まっさらなところから、相手の語る内容と自分が受けた印象だけで、その人のイメージを形作っていく。それが一番、本当のその人の姿に近づけるような気がするのだ。

同様に娘のユキさんも、自分たち家族の過去のことは、一切語らなかった。私がすべてを知っていると、あるいは思っているのかも知れなかった。

父を怖がっているはずの娘が、父の容体を心配して、今まで出入りすらできなかった家に向かい、こうして私に電話をかけてきている。親子の情とは、何と奥深く、説明しがたいものなのであろうか。私は何とも言えない不思議な気持ちになった。今まで離れていた家族が、神山さんの最期が近づくにつれ、またつながり始めている。親子とは、家族とは、そう捨てたものでもないのかもしれない。

　ユキさんと神山さんの奥さんとは、翌週の月曜日に、神山さんの入院している病院で会うことになった。


　ユキさんはショートカットで清楚な感じの、ごく普通の女性だった。五十歳前後と思われる年齢からすると、だいぶ若く見える。未婚であることが、幼い印象を与えるのかもしれなかった。電話で聞くと子供のように聞こえるあのかわいらしい甘ったるい声も、直接会うと何の違和感もなく、ユキさんの外見にすっと溶け込む。私の中で定まらなかったユキさんのイメージが、すっぽり収まった。ユキさんは、優しく、飾らず、マイペースでのんびりした、そういう人なのだ。

「私、父に殺されそうになったことがあるんです」

　ユキさんは言った。

「私、病気してて、若い頃から学校に行けないことなどもよくあって。父はそういうのが許せなかったみたいなんです。それで私と母は、もう何十年も前に家を出て、アパートを借りて暮らしてます。どこに住んでいるかは言えないんですけど、すみません」

暴力の被害者が、居住場所を明かさないのは鉄則である。私は強い肯定の意味を込めて頷いた。

「私、今までずっと怖くて実家に近づくことができなかったんです。父の年金が振り込まれるので、父にはその中から生活費として、二か月に一回二十万円ずつ渡して、あとは私達が使っています」

「ではお父さんは一か月十万円で暮らしているのですか？」

「はい。それと、自分で貯めたお金もあるはずです。でもそれ以外のお金は、すべて私たちが管理しています」

「では奥さんと娘さんも、そう苦しい生活はしなくて済んだのですね」

「はい、お陰様で。父も若い頃は相当の収入がありましたから」

私は今までガチガチに固まっていた肩の力が、ふにゃふにゃと抜けていくような気がした。これがこの家族の在り方だったのか。なんだ、ちゃんと結びついているではないか。孤独だと思っていた神山さんを思ってくれる人が、ちゃんといたのだ。

本人が誇らしげに何度も話していたように、神山さんは若い頃から優秀だったのだろう。常に自分が正しく、失敗などない人生。それだけに、娘の姿が情けなく映り、許せなかったのだろう。私は逆上して暴力を振るう神山さんの気持ちを想像した。過去の暴力は、どのような理由があろうと、決して許されることではない。だがそれをわかっているからこそ、神山さんは文句ひとつ言わず病気と一人で闘い、その罰を受けていたのではないかと思った。自分が働いて得た年金を妻と娘に渡し、自分は月にたった十万円で暮らしている。貧しくはないが、あの豪邸には似つかわしくないほどつつましやかな生活ぶりだと、いつも感じていた。それはこういうことだったのだ。

そういえば神山さんを見ていて、寂しげではあるが、不幸だと感じたことは一度もなかった。それは彼が今の生活を受け入れているからであろう。自分が歩んできた人生の結果として。

今まで家に近づくこともできなかった娘が、父親の最期が近いと知り駆けつけてきてくれた。ユキさんにとっては、相当な覚悟が必要だったであろう。そして神山さんにとっては、これ以上嬉しいことは、きっとなかったに違いない。

「父は野原さんをとっても気に入っていて……。私と母は、今後も父と一緒に住むことはできません。ですから、これからも父のことをよろしくお願いします。私たちにできることは、何でもしますので」

私は心底からの思いを、ユキさんに伝えた。

「本当にご連絡くださったこと、感謝しています。これから先、どうやって神山さんを支えていったらいいのか、途方に暮れていたところだったんです。私たちはご本人の代わりに決定を下すことができません。ですからこれからは、重要なことはすべて、ユキさんと奥様にも相談させていただきたいのです。ご協力いただけますか？」

ユキさんは大きく頷いて言った。

「父も、その方が安心すると思います」

「良かった。それでは、早速で恐縮なのですが、お願いしたいことがあります。退院後、お父様が一人で生活するとなると、介護保険サービスを利用しなければ無理でしょう。介護保険の申請は先日すでに済ませてありますが、これから認定調査といって、役所の調査員がご本人に会いに来ます。入院してしまったので、もう一度日程の調整をし直す必要がありますが、それは私の方で行います。この分だと、入院中に病院で行うことになると思います。その際にご家族にも立ち会っていただきたいのです。もちろん私も、日頃のお父様の様子を知っている者として、立ち会わせていただきます。それともう一つ、認定調査が終わって二週間から一か月ほどで、新しい介護保険証が届きます。もし入院中に届いたら、私にご連絡いただけますか？」

私は一気にしゃべってしまってから、わかりにくかったかと心配になり、ユキさんの表情をうかがった。ユキさんは淡々とした様子で答えた。

「わかりました。では認定調査が何日の何時からか、決まったらお知らせください。この週のうちなら、いつでも大丈夫です。あとは、父の家の郵便受けをこまめに確認し、介護保険証が届いたらお知らせすればいいですか？」

「その通りです。それだけやっていただければ、とても助かります。ありがとうございます」

　ユキさんはのんびりマイペースのようだが、物事を整理して考える能力には長けているようだ。さすが優秀な神山さんの娘だ。

「それと、介護保険サービスを利用するには、いくつか契約が必要になります。まずはケアマネージャーといって介護サービスのプランを立てる人、それとサービス事業所との契約です。最初の契約はかなり時間もかかり、書いていただく書類も多くあります。具合の悪いご本人には相当にきつい作業だと思います。できれば、ご家族に代わりにやっていただけると良いと思うのですが」

「契約ですね。わかりました。それは私と母とで行います」

「ありがとうございます。それで、あの、ご本人から、田村の名前を聞いていらっしゃらないでしょうか？　神山さんのケアマネージャーをさせていただく者なのですが」

「田村さん？　さあ……。特にその方のことは、聞いていませんけれども……」

　やはりそうだった。神山さんの中で、田村さんの存在が認識されていないようだ。でも今後は、それでも大丈夫だろうと思った。ユキさんがいてくれれば、田村さんがケアマネージャーになったとしても、きっと何とかやっていける。

気になっていた神山さんのヘルパーの件が思わぬ形で解決しそうで、私は胸を撫で下ろした。

第五章　対　決

二〇一一年十月　下旬　月曜日

十八時。さっきまでの神山さん家族との面会の余韻に浸りながら、私は駅から家までの道を歩いていた。ブーン、ブーンと、マナーモードにしてある仕事用の携帯が震え、さっきまでの満たされた気分が一気に吹き飛んだ。嫌な予感がする。慌てて出ると、鹿島さんの緊迫した声が耳に飛び込んできた。

「あ、野原さん？　もう帰っちゃったよね？」

私は携帯を両手で握り直して、答えた。

「はい。ちょうどもうすぐ家に着くところです」

「そうだよね。これから保育園のお迎えだよね……」

「あの、どうしたんですか？」

「う～ん、あのねぇ……」

鹿島さんは言いにくそうにしている。きっと良くないことであるに違いないのに、私は早く聞きたくて気が急いた。

「実はね、今、地域包括支援センターから電話が来てるの。谷口さんがね、べろんべろんに酔っぱらって役所の窓口に来てるって。どうやら、海乃辺診療所の野原の対応が悪いとか、そういうことを言っているらしいのよ」

　私は顔がカッと熱くなった。

「え、なんで？」

　何が何だかよくわからなかった。確かに最近の谷口さんは荒れている。でもそんなにべろんべろんに酔って文句を言いに来るほど、怒らせるようなことをしただろうか。

「どうも変な人が苦情を言いに来ているって、いろんな課をたらい回しにされて、最終的に包括に回されてきたみたいなの。話を聞いて、野原さんがらみのケースだってすぐにわかったらしいんだけど。谷口さんは、今日夕方に野原さんと約束をしていたのにすっぽかされたって、そう言っているらしいの。ねぇ、何があったの？」

　それは何かの伝達ミスだ。私は頭を抱えてその場に座り込みたくなった。

「あぁ……。何でそうなっちゃったんでしょう。私は今日、谷口さんと約束はしていません。夕方は別の病院で患者さんのご家族と会う約束をしていて、遅い時間の約束だったので、病院からそのまま直帰するって言って出てきました。診療所の中で、伝達がうまくいっていなかったのかもしれません」

「そういうことなのね？　谷口さん、お昼頃に一度診療所に行ったんだけど、野原さんは午後には戻るから夕方にまた来てって、そう言われたみたい。そのことも聞いてなかった？」

「はい、全然。お昼過ぎに一度診療所に戻りましたけど、その時にはそんなこと、誰からも言われませんでした」

こういう伝達ミスは、たまにある。だからよほど注意して、職員同士コミュニケーションを取るよう心掛けているつもりなのに。

「そうか、そういうことなんだ。いろんなことがうまく伝わらなかったんだね。運が悪かったね。わかった、一応事情は説明しておく。今日のところは、包括職員に何とかうまく対処してもらうわ」

「すみません。お願いします。ありがとうございます」

私は道端で、携帯を両手で持ちながら、ぺこぺこと頭を下げた。

あぁ、一日の終わりに、なんて嫌なことが起こってしまったのだろう。今回のことは不可抗力だ。それなのに、谷口さんには責められ、役所では汚名を着せられるのだ。

しかしこれからは母親業の時間だ。落ち込んでいる時間も、悲しみに暮れている暇もなかった。明日方々へ謝って回るしかないだろう。そして谷口さんにも。私は携帯を鞄にしまうと、家までの道を全速力で走りだした。

翌朝のミーティングに、田村さんは厳しい顔をしてスーツ姿で来た。この後役所の各課を回って、昨日の件を謝るのだという。

「私、一緒に謝りに行きます」

私がそう言っても田村さんは、これは上司である自分の仕事だと言って聞かなかった。その割には、あんたのせいでこんな役回りを押し付けられたという不満が、顔や態度にありありと現れている。

私はこの対処の仕方に、納得がいかなかった。これでは完全に私が悪者ではないか。私のクライエントが、私との関係のことで役所に怒鳴り込み、騒がせて迷惑をかけてしまったのだ。真摯に謝ることによって、失ってしまった信用を少しでも取り戻したかったが、私にはそんなチャンスさえも与えられないのだろうか。

だが田村さんはまったく聞く耳を持ってくれなかった。

「これは問題を起こしたあなたが謝りに行くのではなく、上司である私が責任を取るべき問題です」

上司である田村さん自身が、完全に私のせいだと決めつけている。これでは、本当に私の対応が悪くて谷口さんを怒らせてしまったという印象を、周囲に与えるに違いなかった。だが今回このようなことになってしまったのは、診療所内での伝達ミスがあったからだ。その点を田村さんが周囲にきちんと説明してくれるとは、どうしても思えなかった。今回のことで、私の評判は一気に悪くなるであろう。

「だいたいね、普段から谷口さんとの信頼関係ができていれば、こんなことにはならなかったんだよ。あなたはいつも上から目線で、クライエントと同じ立場に立っていないから、信頼関係が出来ないんだよ」

田村さんは腹立たしげに続ける。私はこれにも言い返したかった。違う、今回のことはあきらかに谷口さんの八つ当たりだ。彼はきっと、すぐにでも聞いてほしいことがあったのだろう。それなのに私がつかまらないから、イライラしてお酒に手を出したのだろう。だいたい谷口さんは、缶ビール二本で記憶を失うほどべろべろに酔っぱらうことができる。めっぽうお酒に弱いくせに、きっと怒りにまかせて、お酒をがばがばと飲んだのだ。

だが今は何を言っても逆効果だろう。火に油を注ぐだけだ。私は言い訳も反論もせず、おとなしくしていた。

田村さんが役所に出かけてしまってから、鹿島さんはぽつりと言った。

「本当は当事者の野原さんが謝りに行かなきゃ、意味ないのにね。でも包括の人には、昨日事情を話しておいたから、わかってくれてると思う。大丈夫よ。こういうことはよくあるものね。クレーマーだってたくさんいるし。田村さんは多分、野原さんを守りたいんだと思うよ。だから野原さんを行かせないんだと思う。お優しい方だから」

お優しい方……。鹿島さんの目に、田村さんはそういう風に映っているのか。私はどう考えて良いのかわからず、何も答えなかった。洋ちゃんはこの日、終始うつむいたままで、何もしゃべらなかった。

小さな診療所の中では、噂はすぐに広まる。昨夕の谷口さんの事件は、もう誰しもが知っているようだった。私が朝のミーティングを終えて診療所に戻ると、なんとなく皆、私に気を遣っているのがわかる。いつもの谷口さんとのやり取りを見ている為、「ああいう人は本当にいやねぇ」とあからさまに私に同情的な態度を示してくる人もいれば、本当に私が谷口さんにひどい対応をしていたのではないかと、疑っている人もいるような気がした。こうなってしまった以上は仕方がない。今は誠実に仕事をこなし、ほとぼりが冷めるのを待つしかなかった。

ソーシャルワーカーなんて損な職業だ。普段どんなにクライエントのためを思って仕事をしているつもりでも、クライエントからの苦情ひとつですべてが覆されてしまう。第一、面接はプライバシーの観点から、密室で行われる。そこでクライエントから人権を侵害されたと訴えられたら、そうでないという証拠はどこにもないのだ。

私がこんなに大変な立場に置かれているにもかかわらず、次の日谷口さんは、いつもとまったく変わらない様子でお金を受け取りにやってきた。半分は予想していたことだったが、私は呆れ果て、怒る気もしなかった。

「谷口さん、月曜日はすみませんでした。夕方私のところに来たのに、私はもう帰った後だったんですよね」

「はい、そうですすね」

「ごめんなさい。あの日は夕方に約束があって、遅い時間だったので、そのまま家に帰ることになっていたんです。事務所の人には伝えて行ったんですけど、うまくみんなに伝わらなかったみたいで。それに谷口さんが午前中にいらしたことも、私、聞いていなかったんです。だから連絡もせず、本当にごめんなさいね」

「あ、いえ」

谷口さんからは、あの事件についての話は微塵も出てこない。私はさらりと聞いてみた。

「月曜日の夜のこと、覚えていますか?」

「いえ、特には」

彼はまったく悪びれる様子もない。私は確信した。予想した通り、谷口さんは自分が役所に怒鳴り込んだことなど、まったく覚えていないのだ。酔った勢いにまかせての、一時的な腹いせだったのだ。そうとわかると、ホッとしたと同時に怒りも沸き上がってきた。あなたのあんな行動のお陰で、私がどんなに大変な状況に追い込まれたか、わかっているの!?　よっぽど言ってやりたかったが、そんなことをしても、何の意味もない。要するにあの事件は、谷口さんにとって小さな子供が駄々をこねるような、そんな程度のものだったのである。

しかしそんなに怒ったということは、私に話さなければならない大事な用事があったはずだった。私はそれを聞き出すべく、質問をした。

「何か急ぎの用事があったのですか？」

「あのー、緊急連絡先を頼もうと思っていた人に頼みに行ったら、自分が男だからどうとか、なんかそんなことで断られて」

「男だからっていうのは？」

「いや、その人、女の人なんで、周りの人の目がどうとか、そういうこと言って」

なるほど、それでイライラしていたのか。

「それで、別の部屋の男の人にも頼んでみましたか？」

「いや、だってそれはできないでしょう。別に知り合いでもないし」

それで八方ふさがりになって、すぐにでも私に相談したかったのか。私は合点がいって、少しすっきりした。それならあまり根深い問題でもなさそうだ。

「そうでしたか。では谷口さんに、良いニュースがあります。実は小堀さんが、谷口さんの緊急連絡先を引き受けるって言って下さっているの」

「あ、そうなんですか」

相変わらず感情表現が下手である。もっと喜べば良いのに。

「だから、今度こそ本当に、引っ越しができますよ」

「あ、はい」

谷口さんのあまりの平坦な反応に、私はだいぶがっかりした。私から小堀さんに相談したから、引き受けてもらえたのに。何て苦労のし甲斐のないクライエントなんだろう、この人は。

今回のことで、私はまったくの損をしたような気がした。これまで散々駆けずり回って得たものと言えば、ガタ落ちになってしまった自分の評判だけである。でも、これで良いのだと思うことにした。本当に谷口さんの信頼を失ってしまったわけではなかったのだから。

翌日は木曜日。ケアマネージャー事務所での朝のミーティングの日である。

谷口さんの件はあれ以上大事には発展せず、そのまま沈静化しそうな気配だった。

私がおとなしくしていたのが良かったのか、田村さんの機嫌も戻りつつある。谷口さんの事件も一段落ついたので、今日は伊東さんの後見人の件について相談しようと思っていた。

伊東さんは、週末に不動産屋が来ると言ったきり、何の連絡も寄越さない。私も後見人の提案について拒否されたばかりとあって、あまりしつこくするのも気が引け、自分からは連絡していなかった。ミーティングの席で、後見人の申請について奥さんが消極的であることを報告すると、田村さんは大きく頷きながらこう言った。

「うん、それはさ、やっぱり後見人だよね」

「はい。私もそう思うんです。不動産屋が売れると言ったとおっしゃっていますが、向こうも商売ですから、少しでも売れそうな土地は確保しておきたいのだと思います。それで最終的に『やはり売れません』などと手を離されたら、困るのは伊東さんだと思うんです。ですからやはり、今の段階から成年後見制度の申請をして、後見人の判断で土地を処分できる道も残しておかないと」

「そうそう、そうだよねー」

「ですが、伊東さんの奥さんは、申請に対して消極的なんです。自分で申請すれば費用はさほど高額ではありませんから、奥さんの気が進まないのは、手続きが面倒で時間がかかるからだと思います。でも私は一刻も早く進めるべきだと思っています。どのようにお話ししたらいいでしょうか」

「今のご時世さ、成年後見制度は絶対に必要だよね。後見人がついていなけりゃ、その土地が売れるっていうのも、そりゃ怪しいよね。絶対後見人だよ」

だからそれはわかっている。どうしたら伊東さんに納得してもらえるか、知恵を貸してほしいと言っているのだ。私は少し苛々して、問い返した。

「ですが、伊東さんは後見人申請について、かなり抵抗を示しています。どういう風に説明したらわかっていただけるでしょうか。もしくは、何かもっと良い方法がありますか？　伊東さんには時間がありません。一か月後には、また次の支払い期限が迫ってきます。いつまでもその場しのぎの対応策では、いつかどうにもならなくなる時が来ます。未熟な私一人では、うまく支援できないんです」

「そりゃーあんた、生活アセスメントだよ」

え？　生活アセスメント……？

私は頭がくらくらした。デジャヴかと思った。こんなことが前にもあった気がする。そうだ、神山さんの時だ。そんなことを言っているうちに、神山さんは入院してしまった。また同じことを繰り返すのか……。

「生活アセスメントですか……」

「うん、そうだね。相手を理解するってことが、非常に大事だからね。なぜそんなにも拒否するのか、まず相手を理解してごらん」

それをすれば、良い解決策が見つかるとでも言うのか。もうたくさんだった。私はこれ以上質問することをやめた。


ミーティングの後、私が思い詰めた表情をしていたのだろう、鹿島さんが私を弁護するように言ってくれた。

「野原さんが今日聞きたかったのは、具体的に今、取れる方策があるかっていうことなのよね？　相手を理解することはもちろん大事だけど、今その時間があるのかって、そういうことでしょ？」

私はこっくりと頷いた。もう、返事をする気力もなかった。

「でも、十分でなくてもいいから、やってみたら？　時間がない中で、できる範囲でいいから」

洋ちゃんも、途方に暮れている私を見て気の毒に思ったか、遠慮がちに話しかけてきた。

「ここんとこさ、田村さんひどいんだよ。野原さんがいると、野原さんがターゲットになるけど、いない時は俺に集中攻撃なんだよね。なんか、俺ももう疲れちゃってさ。いつも田村さんがものすごい勢いで一人でしゃべって、俺は下向いて聞いてる感じだよ。途中から聞いてないけどね、頭ぼーっとしてきてさ。鹿島さんだって、こないだ怒鳴られてたんだよ。なんか最近おかしいよ」

「そうか、洋ちゃんも余裕ないって言ってたもんね」

私は神山さんのケースを洋ちゃんに頼もうとした時、断られたのを思い出した。洋ちゃんも、もうだいぶ前から精神的に追い詰められていたのかもしれない。

「こういうのってさ、倍疲れるよね。どうすんの？　生活アセスメント、やるの？」

洋ちゃんは、気の毒そうに聞いた。

「とりあえず、もう一度伊東さんに会ってきてみる。不動産屋とどういう話になったか、結果を聞かないといけないし。その時に、何気なく色々と聞いてみることにする。その内容で、総括票を起こしてみるよ」

洋ちゃん同様、私も自分に余裕がなくなっていると感じた。それは業務量のせいではなかった。精神的な負担が私の心を少しずつ押し潰し、侵食してくるようだった。

こちらから電話をかけるまで、伊東さんからは何の連絡もなかった。私はかなりの拒否反応を示されるのではないかと内心不安だったが、電話をかけてみると、何ということはない、いつもとまったく変わらない様子で奥さんは電話に出た。

「あら野原さん、こんにちは。週明けにローンのお金、銀行に振り込んできました。

色々相談に乗っていただいて、ありがとうございました。とりあえずは一安心です」

「そうですか、良かったですね。土地の方は、どうなりましたか？　不動産屋さん、来ましたか？」

「それがね、この前の週末はキャンセルになっちゃったんですよ。でもね、あの土地なら絶対売れるって、言ってくれてるんです。場所は悪くないからって。マンションのローンを全部払えるほどにはならないですけど」

「でもいつ頃までに売れるか、わからないんですよね。買いたいって人が、すでにいるんですか？」

「そういうわけではないでしょうけど」

　奥さんのガードが少し堅くなってきたのを感じる。私は話の切り口を変えてみることにした。

「あの、伊東さんご家族のこと、私程度の経験では知識も浅いですし、自信がなかったので、上司に相談してみたんです。そうしたらやはり、成年後見制度を利用された方が良いとアドバイスをもらいました」

「また後見人ですか？　それはまだいいって言ってるじゃないですか」

　上司の意見、というのは伊東さんには効き目が薄かったようだ。だんだん雲行きが怪しくなってきた。私は焦りながらも、それを気取られないように、なるべくのんびりと明るい口調で話すように努力した。

「後見人といっても、そんなに大層なものではないんですよ。私も手続きのお手伝いをさせていただきます。遅かれ早かれ、必ず後見人の必要な場面が出てくると思うんです。今手続きをしておけば、いざ必要になった時に、慌てずに済みますし」

「でもとても時間がかかるし、面倒臭いんでしょう？　私、来月からパートも内職も増やすことにしたんです。それに夜は主人のおむつ替えに起きなきゃならないでしょう？　時間がないんです」

「それはそうだと思います。でもご主人の状態では、後見人がついていなければ、土地を売るのも難しいと思います。最初は良くても、最終的な契約の段階になったら、後見人はどうしても必要になると思います。これは私だけの意見ではありません。弁護士の先生もおっしゃっていましたよね。それに私が上司や先輩に相談したところ、ぜひ後見人の手続きを進めるべきだとアドバイスされたのです」

　私はもう必死だった。だんだんと、言葉を選んでいる余裕がなくなってきた。ついに伊東さんの奥さんは怒りだしてしまった。

「もう、さっきから野原さんは何なんですか？　後見人、後見人って。何が言いたいんですか？　今はいいって言ってるんです。必要になったら手続きします。それでいいでしょう！」

「そうですか……。わかりました。ではまた何かご相談がありましたら、いつでもお電話ください」

引き下がるしかなかった。完全に失敗だった。クライエントが望まない以上、これ以上の支援はできない。あとは、向こうから相談してくるのを待つしかなかった。

電話の様子を聞いていた佐藤事務長が、まったりした声で聞いてきた。

「どうしたの〜。だいぶヒートアップしてたじゃない」

「ヒートアップしていましたか？　伊東さんの奥さんに、成年後見制度の手続きを断られちゃって。これを進めないと、この先どうにもならないと思うんですけど」

「まあ〜、しょうがないんじゃない？　本人が嫌だって言うんだから、これ以上はどうにもできないでしょ」

久々の敗北感、無力感であった。これで、生活アセスメントどころではなくなってしまった。そう思いかけたが、ふと気付いた。こうなってしまった今こそ、やってみようか。今持っている情報だけでも、総括票に落としてみよう。もしかしたら、伊東さん一家がまた相談したいと思う時が来るかもしれない。その時にはもう失敗するわけにはいかない。伊東さん一家のことを今よりも理解して、適切な支援ができるように、やってみようか……。

また紀花が咳をし始めた。わずかに喘鳴が聞こえる。空気が冷たくなるこの季節、朝晩の冷たい空気を吸うと、咳が出るようになってきていた。昨夜慌てて気管支拡張剤のテープを貼ったが、遅かったらしい。このところ忙しくて、あまり子供たちのことを気にかけてやれなかった。紀花ももう三歳になり、だいぶ丈夫になってきたと思っていたところだったが、その油断がいけなかったのだろう。

このところまったくかまってやれなかった罪悪感もあり、今日は仕事を休んで、かかりつけの診療所に連れて行くことにした。いつもはこの程度なら母に任せてしまうのだが、今日は何だか紀花を置いていくのが可哀そうな気がした。私自身が、少し仕事を離れたかったのかもしれない。

今日は午前中に、谷口さんがお金を取りに来る日だった。私は芽生、颯太、豪を送り出した後、出勤時間の八時四十五分少し前に海乃辺診療所に休みの連絡を入れ、八時四十五分ちょうどに今度はケアマネージャー事務所の方に電話をかけた。いつもなら鹿島さんか洋ちゃんが出るのに、珍しく田村さんが出た。私は少し緊張して、今日は休ませてほしいと伝えると、田村さんは

「いいよいいよ。具合の悪い時はそばにいてあげて」

と優しい言葉をかけてくれた。田村さんは、子供のことで突発的な休みをもらう時は、絶対に嫌な顔をしない。いつも快く休ませてくれる。そのことには本当に救われ

ていた。

「ありがとうございます。いつもご迷惑ばかりおかけして、本当にすみません」

私は心から言った。いつもこういう田村さんなら良いのに、ケースの話になると、どうしてあれほど人が変わってしまうのだろう。私の中の田村さん像は、最近ばらばらに崩壊し始めていた。田村さんがどういう人なのか、定まったイメージが持てない。

その後洋ちゃんに代わってもらい、谷口さんへの対応をお願いした。お金を渡して、お小遣い帳をつける。余分なお金を請求されたらよく理由を聞き、もっともだと思う出費以外は渡さない。話し合って納得してもらう。もし余分なお金を渡す場合にも、引っ越し費用の十八万円には手をつけずに残しておく。

洋ちゃんは「はい、はい」と相槌を打ちながら、谷口さんと私との間のルールをメモしてくれているようだった。田村さんは忙しいし、鹿島さんは谷口さんのことにはノータッチということもあり、こういうことは洋ちゃんに一番頼みやすかった。支援に関する価値観が、一番近いというのもあったのだろう。

これで今日一日休める段取りがついた。私はホッとして電話を切った。紀花はさっきから私の足元にまとわりつき、「ねぇ～、かみむすんで～」とせがんでいる。咳をしながらも、私の休みが特別で嬉しいようである。

「のんちゃん、お医者さんに行った後は、何しよっか。お昼ご飯、何にする？」

紀花は目を輝かせて言った。

「お医者さん行くの？　保育園お休み？　やったー!!」

我が家の子供たちは、かかりつけの診療所に行くのが大好きであった。優しいおじいちゃん先生であることに加え、良い子で診察を受けるとシールをもらえるからだ。

紀花は喜んでぴょんぴょんと跳ねた途端に、ゴホゴホと咳込んだ。

「ほらほら、おとなしくして。咳が出ちゃう。髪結ぶよー。じゃあお昼ご飯は、おにぎりにしようか？」

子供が喜ぶ手抜きパターンである。

「ホントに？　やったー！　おにぎり、おにぎり！　じゃあ、顔の形のおにぎりにして」

面倒な注文がついて、全然手抜きメニューではなくなった。でも今日はいいか。ゆっくり手をかける時間があるのだから。

「じゃあ、今日はおうちの中で遠足ね！　さあ、早くお医者さんに行ってきちゃおう！」

今日は休むことにして良かったな。私もウキウキして、出かける支度を始めた。

月曜日の朝、私が診療所の事務所に居ると、朝一で洋ちゃんから内線電話がかかってきた。

「ねぇ、今ちょっといい？」

「大丈夫だけど。急ぎ？」

「うん、谷口さんのこと。今日、まだ来てないよね？」

「十時に来る約束になっているから、まだ時間あるけど」

「良かった。じゃあ、こっちのミーティング終わったら、そっち行くね」

洋ちゃんが診療所に来ることなど珍しかったが、ケアマネージャー事務所では話しにくい内容なのだと思った。

九時半、洋ちゃんが診療所の事務所に現れた。佐藤事務長が洋ちゃんの姿を見つけ、嬉しそうに話しかけた。

「あ〜、鎌田く〜ん、久しぶりだね〜。近くにいるのに全然会わないもんな〜。どう、元気？　今度呑みに行こうよ〜」

洋ちゃんは若干迷惑そうに愛想笑いを作り、「そうっすね〜」などと適当に返事をしている。応接室が空いているのはさっき確認しておいた。私は洋ちゃんに目くばせをし、応接室の方へと促した。

私が応接室のドアをぴったりと閉めたのを確認すると、洋ちゃんは話し始めた。

「あのさ、金曜日のことなんだけど、谷口さんが来る前に伝えておこうと思って」

「あの日はありがとう。休めて助かった。何かあった？」

「いや……。まず、お小遣いはちゃんと渡したよ。余分に千円持ってったけど、まだ残金が十八万以上はあったから、いいかなと思って渡した。お小遣い帳もつけた。でもあの人ダメだね。全然自分ではつけられないね。全部俺が教えたもん」

「そうなのよ。でも続けることに意義があると思って。あれでも少～しは書き方覚えたのよ、少しは。それで？」

「ああ……。実は、絶対に野原さんには言わないでくれって言われたんだけど、耳に入れておいた方がいいと思って。あの人、アダルトビデオ借りてきて見てたんだって。そしたら、隣の人にうるさいって文句言われたって」

私は苦笑した。洋ちゃんも気まずそうに笑っている。

「谷口さん、そういうことするんだ。そりゃあ成人男性だから、普通といえば普通だけど。ちょっと意外。文句言われるほど、音大きくして見てたのかね」

「知らないよ」

「それで隣の人に文句言われちゃったんだ。それじゃあ、恥ずかしかったろうね」

「そうだね。それでさ、イライラしているんだよ。でもこんなこと恥ずかしいから絶対野原さんには言わないでって」

「今更そんな。高校生じゃあるまいし」

「まぁでも、野原さんはお母さんみたいな感じなんじゃないの？　それで俺は、友達かな」

洋ちゃんは歯切れの悪い笑い方をした。

「そんなこと言ってもねぇ……。担当の私が、何も知らないでいるわけに、いかないものねぇ……。わかった。私はその件に関しては、全然聞いてないふりをしていればいいのね？」

「うん、そうして」

洋ちゃんと私はもう一度顔を見合わせて、微妙な笑いを交わした。

しかし十時にやってきた谷口さんは、当たり前のように言った。

「鎌田さんから聞いてると思いますけど、隣の人とちょっとまたやっちゃって。家にいたくないからカプセルホテルにでも泊まろうかと思って。だって、うるさいって言うんですよ。音すごく小さくしてたのに」

私は知らないふりをして聞き返した。

「え？　何をしてたの？」

「だから、ビデオ見てたんですよ」

「何のビデオ？」

「だからそんなこと、言えるわけないでしょう！　普通のビデオじゃないんだから！」

谷口さんの話ぶりは、私が洋ちゃんからすべてを聞いていると、思い込んでいるようだった。自分で言うなと言っておきながら、何とまあ、相当にしたたかである。やはり彼は、守ってもらわなければならないほど弱い人ではない。彼は支援者が自分のために何をしてくれるのかを知っている。支援者をうまく使う術を知っている。これまでの経験の中で、無意識のうちにそれを獲得したのだろう。

「カプセルホテルに泊まるといっても、一泊二千円くらいかかっちゃうでしょう？早く引っ越しを進めましょう。物件はどちらに決めますか？」

「あの、銭湯に近い方」

「そうしたら、引っ越し業者に見積もりを頼んでください。少なくとも二社以上に見積もりを出してもらって、一番安いところに決めてくださいって、生活保護のケースワーカーさんが言っていました」

「わかりました。でもどうしても我慢できなかったら、またお金出してください」

「その時は、そうしましょう」

谷口さんが帰ってから、私は現状を整理してみた。神山さんは入院して、いったん休止状態になっている。ユキさんが登場してくれたおかげで、私の負担はグッと減った。伊東さんは拒否されてしまったことで、図らずも支援中断となっている。今このぽっかりと空いた空白の期間が、谷口さんの引っ越しを進める、絶好のチャンスかもしれない。私の中で、スイッチが入った。

翌朝のケアマネージャー事務所でのミーティングで、洋ちゃんから報告があった。谷口さんが金曜日に、私には言えないという悩みを打ち明けたこと、そのせいで谷口さんが、精神的に少し不安定になっているということ。田村さんは難しい顔をして、目を閉じてその報告を聞いていた。

「彼は、鎌田君にしか言えなかったんだね。彼のように不安定な人には、相談したい時に、いつでも相談できる体制を作らなければいけないね。これからは、ここのソーシャルワーカーの誰に相談してもいいってことを、彼に伝えなきゃならない。一度、みんなで面接する場を作ろうか」

「え、私もですか?」

鹿島さんが、あからさまに素っ頓狂な声を上げた。

「いや、鹿島さんは看護師であり、ケアマネージャーだから。今までも谷口さんの支援にはほとんど関わっていないでしょ。だから、ソーシャルワーカーだけでいいと思うんだ。つまり、私と、鎌田君と、野原さん」

私と洋ちゃんは、目をまん丸くして顔を見合わせた。

「いや、金曜日の件は、ちょっと女性には話しにくいということで、俺に打ち明けてくれたんですけど」

洋ちゃんは必死になって説明している。

「でもね、担当者に言えないってことは、やっぱりこれは問題よ。野原さんに言えないのなら、私だっているわけだから。この前の、役所に乗り込んだ件もそうだけれど、彼にはこれから、ここのみんなが関わっているんだってことを伝える必要があるね」

田村さんは、谷口さんが私を信頼していないということを言いたいのだ。谷口さんのことになると、いつもこうなのだった。谷口さんと私を、引き離そう、引き離そうとしているようにしか思えない。それが何故なのか、まったく理解できなかったが、多分理屈ではないように思えた。田村さんは、谷口さんが私への信頼を強めることを、意図的に、いや無意識に阻害している。いつも、いつも。

洋ちゃんと私は、口をぱくぱくさせながら顔を見合わせていた。こうなったら、誰にも文句は言えないのだ。

ミーティングが終わり、田村さんも鹿島さんもいなくなった部屋で、洋ちゃんと私はがっくりと肩を落として向かい合っていた。

「なんか、ごめんね、こんなことになって」

「野原さんが謝ることじゃないよ。何だよこれ、三人でって、何だよ」

「田村さんは、谷口さんが私のことを信頼していないって言いたいんだよ。でもさ、自己弁護に聞こえるかもしれないけど、こんなの逆効果だよ。谷口さん、もっと不安定になるよ」

　クライエントからの相談は、主となる担当者を一人決め、その人を窓口にするのが原則である。もちろん他の誰に相談しても良いのだが、それは全て窓口である担当者に集約される。もし担当者とクライエントの相性が悪ければ、担当者を変える。それが相談の基本だった。三人総出でクライエントの支援に当たるなんて、むちゃくちゃだ。もちろん例外的な事例はあるし、時代の流れで、様々な相談の現場で、複数担当制を取るところも増えてきている。だが、今このタイミングで、田村さんまでもが谷口さんの担当に加わらなければならない理由が、まったく、微塵も、私には理解できなかった。

「違うんだよ、逆なんだよ。谷口さんは野原さんに固執してるんだよ。だって、野原さんがいなくて、俺に話をして帰ることって、今までにも何度もあったでしょ。あの人、必ず言うんだよ。『海乃辺診療所の野原さんに、必ず伝えてくださいね』って。いつもいつも、しつこく確認するんだよ」

「本当？」

私には意外だった。谷口さんはいつも、私でなくても良いような顔をしている。谷口さんの口から前任の井上さんの話はよく出るが、私に固執しているとは、思ったことがなかった。私よりも井上さんの方が優しくて良かったんだろうと、いつも思ってきた。だが洋ちゃんの目には、そんな風に映っていたのか。私は少し自信が持てる気がした。洋ちゃんは力強く言った。

「そうだよ。だからこれからは三人に話していいなんて、谷口さん、余計に混乱するだけだよ。だいたい田村さんなんかに、本当の気持ちを話せるわけないじゃん！」

「そうそう、田村さん、ほとんど自分ばっかりしゃべってるじゃん！　あれでクライエントの話、聞いてるのかね？　クライエントのこと、理解できているのかね？」

「そうだよ。いつも、あんたはこうなんでしょ！　って決めつけるような言い方ばっかりしてさ。違うんだよって言ってやりたいよ！」

ここまでぼろくそに田村さんの悪口を言ってから、洋ちゃんと私は顔を見合わせて、はぁ、とため息をついた。本人のいないところでこんなことを言っても、何にもならない。田村さんを前にしたら、私たちはこんなこと、一言だって言えやしなくなるのだ。

　とにかく一度は四者面談を行うしかなかった。それがどういう結果を招くのか、私たちにはまったく予想もつかなかった。


　四者面談はそれから数日後に、診療所の会議室を借りて行われた。たった四人で使うには広すぎるその部屋で、洋ちゃんと私は、机を端に寄せて真ん中を広く空け、四つのパイプ椅子を丸く並べてお互いの顔が見えるように配置した。たったこれだけの会場セッティングは一分もかからずに終了し、私達は広い部屋の中をそわそわと歩き回りながら、谷口さんと田村さんを待った。約束の十六時ちょうどに現れた谷口さんは、くりくりとした目で落ち着きなく部屋の中を見回し、心もとなさそうに椅子の一つに座った。田村さんはいかにも重役っぽく、開始時刻をほんの少し遅れて、ふんぞり返って部屋の中に入ってきた。

　今日谷口さんを呼び出したのは私だった。そんなこともあり、この会の始まりは、何となく私が取り仕切る形で始まった。

「谷口さん、今日はわざわざ来ていただいてすみません。海乃辺診療所に、三人のソーシャルワーカーがいることはご存知ですよね。三人とも、話したことがありますよね。普段は私が主に診療所の相談を担当していて、こちらの二人はケアマネージャーの仕事をしているのですが、今日は私達三人から、谷口さんにお話ししたいことがあって、来ていただいたんです」

私はここまで話すと、田村さんにマイクを渡すつもりで、田村さんの顔を見た。田村さんはにこやかに話し始めた。

「谷口君、あなたと私たちとは、長い付き合いだね。お父さんもこの診療所の患者さんだったものね。井上さんが担当している時に、アパートを借りて、生活保護を受けることができるようになって、それから今まで、ここの診療所のソーシャルワーカーに相談しながら来たわけだけれども、どうかな、今何か心配なことは、あるかな？」

問いかけておきながら谷口さんの返事は待たず、子供に話すような猫なで声で、田村さんは話し続けた。

「引っ越しをしたいってずっと言ってたね。よくお金、貯まったよね。本当言うとね、みんなあなたのこと、とても心配していたんだよ。でもね、小堀さんが、あなたなら大丈夫って言ってくれて、緊急連絡先を引き受けてくれることになったから、引っ越しができるんだね」

谷口さんはおどおどした目で、細かく頷きながら、田村さんの話を聞いている。たまに私の方をちらりと見ることがあったが、そんな時は、大丈夫ですよ、というメッセージを込めて、小さく頷いて見せた。

「いつもは野原さんにお金の使い方の指導を受けて、困ったことがあったら相談をして、生活していると思うけど、私たちはみんなここのソーシャルワーカーだからね。いつでも、誰にでも相談していいんだよ。ほら、鎌田君もいるし、私もいるからね。私たちみんなで、あなたのことを支えていくからね」

田村さんの使った「指導」という言葉が、私を不快にさせた。私が普段絶対に使わないようにしている、大嫌いな言葉だ。私はそんなに偉くない。それなのにその言葉を、私を言い表す言葉として平然と使われたことに、私は腹立たしさを感じた。私に対する当てつけだろうか。それとも私のしていることは、田村さんから見たら本当に指導に見えるのだろうか。だとしたら、それも耐え難かった。

この四者面談の九割五分の時間を、田村さんは一人で演説し続けた。他の三人のしたことと言えば、頷くことと、何度か「はい」と言ったこと、それくらいだろうか。私にとってこの面談は、その場さえやり過ごしてしまえば田村さんは満足して、またいつもと変わらない日々が訪れるのだろうと、それくらいの意味しか持たなかった。だが谷口さんにとっては、違ったのだ。私が予想もしなかったくらい、彼の心は大きく揺れてしまった。ふらふらと彷徨う心を表すかのように、数日後、彼は家出をした。

十一月に入って数日が過ぎたその日、空は高く澄みきって、物悲しくなるほどに晴れ渡っていた。秋もすっかり深まり、空気は冷たい。その日の午後、ぽかぽかと暖かい診療所の事務所に居ると、谷口さんらしい人から電話だと、私に回されてきた。谷口さんはいつも、携帯か公衆電話から電話をかけてくる。その電話は声が遠く、聞き取りづらかった。ビュービューゴーゴーという雑音が大きく聞こえる。

「もしもし、谷口さんなの？　電話遠いよ！　全然聞こえないよ！」

私が受話器に向かってほとんど叫ぶように言うと、しばらくして急に雑音が消え、突然谷口さんの声が耳に飛び込んできた。

「もしもし、野原さん？　谷口です。あの、今、川に来てます。このまま遠くに歩いて行こうかなって」

「は？」

私はまったく訳がわからずに、間抜けな声を出した。

「だから、もう家には帰りません。そのことを伝えようと思って」

私はその頃になってやっと状況が飲み込め、慌てふためいた。

「え？　ちょっと、どういうこと？　家出しちゃったの？　どうして？」

「もう、あの家にいるのが嫌なんです。それにもう、俺なんか生きていても仕方ないし」

「え？　で、どこに行くつもり？」

「いや、どこも行く当てないんで。もうどうなってもいいかなって」

「え、ちょっと。だって、お金、足りないでしょ？　いくら持ってるの？」

「いや、今朝もらった分だけですよ」

「だって、何があったの？　どうするつもり？」

「いや、もう嫌になっただけですよ。俺、どうなるかわかりませんよ。じゃあ、そういうことなんで。電話代かかるんで、切ります」

本当に死ぬ気があれば、電話代の心配などするはずがない。八割方、「気にかけて欲しいアピール」であろうと思った。それでも私の胸はドキドキと、大きく速く、鼓動を打っていた。大丈夫だとは思うが、万が一ということもある。こちらの気を引くために自殺の真似事をして、うっかり本当に死んでしまうことだってあるかもしれない。

やっぱり、やっぱり、こういうことになってしまったじゃないか！　私は、大声でわめきたい気分だった。無理に谷口さんを引き離そうとするから、余計にこちらを試すようなことをするんじゃないか！

一緒に事務所にいたパートの事務員さんが、ただ事ではない雰囲気を察して、話しかけてきた。

「どうしたの？　谷口さんでしょ？　なんだって？」

「なんか、谷口さん、家出しちゃったみたいで……。もう帰らないって言ってて……。自分はどうなるかわからないって。死ぬかもしれないってことを、言いたいみたいなんですけど……」

「ええ？　何それ？　本当に死ぬ気なんてないんでしょう？　あの人が死ぬわけないじゃない。そんなに心配して欲しいのかしらね」

彼女は心配そうではあるが、のんびりとした口調で言う。私も自分が担当しているクライエントでなければ、その程度の心配しかしなかったかもしれない。でももし万が一のことがあったらと思うと、私は気が気ではなかった。第一、彼をこんな精神状態に追い込んでしまったのは、間違いなく私たちだ。

「どうしよう、どうしよう。あ～、どうしたらいい？」

頭を抱えて独り言を言いながら、その辺を歩き回る私を見て、事務員さんは気の毒そうに言った。

「あーあ、それじゃあまるで、お母さんみたいね……」

その日の夕方、田村さん、鹿島さん、洋ちゃん、私の四人は、ケアマネージャー事務所に集まり、谷口さんの家出にどう対処するかを検討していた。すぐに田村さんがつかまったのは運が良かった。私が田村さんの携帯に電話をし、谷口さんが家出をしたと伝えると、田村さんはすぐに訪問先から戻ってきた。洋ちゃんと鹿島さんも呼び戻された。二人は、とばっちりだと言わんばかりの迷惑そうな表情で戻ってきた。すでに退勤時刻を過ぎたというのに、何の結論も出ないまま、私たちは少しも建設的でない意見を交わしていた。

「電話代がかかるとか言うもので、私、何度かこちらからかけてみてるんです。谷口さん、何回かに一回は出るんですけど、もう家には戻らないと言って、洗濯機も冷蔵庫も売っちゃったって言うんです」

「は？　そんなもん、本当に売れたんですかね？　川って、どの辺りの川？　本当に死ぬ気はないでしょうけどね」

鹿島さんは、勘弁してくれといったうんざりした様子で文句を言っている。洋ちゃんは同じ男同士というのもあるのか、一番冷静である。

「さっき俺、谷口さんに電話をかけてみたんですよ。本当に川にいるのかどうかはわからないけど、外なのかなっていう感じはしましたね」

外はもう真っ暗で、風が強い。電話の向こうでも風の音が鳴っていた。河川敷なんかにいたら、どんなに寒いだろう。

「ねぇ、寒いだろうね、谷口さん。一晩どうやって過ごすんだろう。迎えに行きたいくらいの気分だよ。でも、そんなことできないし」

私がおろおろして言うと、洋ちゃんは案外冷たい口調で言った。

「大丈夫でしょう。あの人、ホームレスやってたんだから。橋の下でも何でも、一晩くらい過ごせるよ。いいんじゃないですか。それに、野原さんからもらった靴下を持ってきたから寒くないとかどうとか、言ってましたよ」

それを聞いて私はハッとした。

「え、私があげた靴下持ってきたって、そう言ったの？」

「うん、言ってた」

すると、田村さんが鬼のような顔をして私を睨みつけてきた。

「あんた、谷口さんに靴下なんかあげたの？」

「はい、靴下を買いたいと言うので。家に間違って買ってしまった男物の靴下があって、誰も使わないので、谷口さんにあげたんです」

すると田村さんは興奮した声で言った。

「あんたねぇ。クライエントに物をあげるなんて、それこそ見下している証拠だよ！物をあげるなんて、そんな、ねえ？」

田村さんは鹿島さんの顔を見て、同意を求めるように言い、鹿島さんもびっくりしたような表情で小さく頷いた。

「とにかくね、こういう時は、私たちがうろたえちゃいけないんだ。私たちがどっしりと構えていなけりゃ……」

そう言う田村さんが一番うろたえて、どうして良いのかわからないように見えた。

「今私たちがしなければならないことは、谷口さんがいつ帰ってきてもいいように、待っていることだよ。帰ってきた時に、よく帰って来たねって、受け入れてあげることだよ」

田村さんは大きく頷きながら、独り言のように言った。まるで自分自身に言い聞かせているようだった。

「谷口さん、本当は迎えに来て欲しいんだと思うんです。でも、ダメですよね。それだけは、ダメですよね」

私が呪文のように言うと、

「ダメだよ。連絡も、しない方がいい」

洋ちゃんがきっぱりと答えた。

「それで何が起こったとしても、俺たちは待っていればいいんだと思う」

いつも頼りない洋ちゃんにしては、やけにきっぱりとした言い方だった。洋ちゃんのその言葉で、私はおろおろせずに待っている覚悟ができた。

谷口さん家出対策緊急会議が終わり、田村さんはこの後抜けられない勉強会があるのだと言って帰ってしまったが、鹿島さんと洋ちゃんと私は、まだ事務所に残っていた。鹿島さんがぽつりと言った。

「田村さん、心配でしょうね。だって田村さんは、谷口さんと何年もの付き合いなんでしょう？　いわば、お母さんみたいなものですよね。田村さんがお母さんで、小堀議員がお父さん」

え……？　私は耳を疑った。

「田村さんが、お母さんですか？」

「うん、そうよね。だからあんなに心配されて。本当は田村さんが探しに行きたいくらいだと思う。私、心配だよ。今夜、田村さんは本当に探しに行ってしまうんじゃないかって」

私と洋ちゃんは、顔を見合わせた。考えていることは、多分一緒だろうと思った。

洋ちゃんがさっき言っていた谷口さんの言葉。

「野原さんにもらった靴下を持ってきた」

これは谷口さんからのメッセージだと思った。谷口さんは、私に気にかけて欲しかったのだ。ちゃんと自分のことを考えてくれているのか？　そう言いたかったのだ。

だからきっと、彼は死なない。必ずここに戻ってくるだろう。谷口さんが私に抱いている感情は、恋愛感情とも違うと思っていた。鹿島さんはだいぶトンチンカンな勘違いをしている。谷口さんにとってのお母さんは私で、お父さんは小堀議員、そして友達が洋ちゃん。

では、田村さんは……？　多分何者でもなかった。彼の中で田村さんの存在は、自分にとって重要な人物だとは認識されていない。神山さんがそうであったように。

その日の夜、私は豪に今日の出来事を報告していた。残業で帰りが遅くなってしまったので、豪が帰るまでにキッチンの後片付けが終わらなかった。私はダイニングで紅茶のカップを手に座り、豪はキッチンで夕食の後片付けをしながら私の話を聞いていた。

「それで、田村さんに怒鳴られて、美咲は文句言わなかったの？」

豪は不満そうに言った。

「だってあの状況で文句なんて言ったら、それこそもっと大変だもの」

「ふぅん。でもその家出した奴も、どうしようもないなぁ」

「仕方ないよ。だって中身は小学校五年生なんだもん」

「でもその田村って人、美咲が何も文句言わないから、つけ上がっているんじゃないのか？　そういう奴は、一度びしっと言ってやると、びっくりしておとなしくなるかもよ。いいか、こういう時はな、相手にあることないこと言ってやるんだよ。あんたあの時こうだったじゃないですか！　って。そうすると、相手もあんまり覚えていなかったりするから、自信がなくて言い返せなかったりするんだ。ケンカってのは、そうやってするもんだ」

豪は得意そうにしゃべっている。相変わらず過激なことを言う人だ。彼は上司の胸ぐらをつかんで喧嘩をしたことがあると、武勇伝のように語る人だ。あなたのようなやり方が通用する世界ばかりではないと言ってやりたいが、田村さんの件に関しては、豪の言うことも一理あるように思えた。もう私が何を言っても、田村さんはまったく聞く耳を持たない。それならば一度くらい言い返してみれば、関係性が変わって来るのかもしれない。

「そうだね。じゃあ今度また理不尽なことで怒られたら、思い切って言い返してみようかな」

「あとなぁ、本当に嫌だったら、いつでも辞めていいんだからな。そう思っていれば、少しは辛くなくなるよ」

豪は私が仕事を辞めることに関しては寛大であった。もともと一昔前風の考え方をする人である。自分の稼ぎが少ないから美咲も働いてくれと口では言うが、私が仕事を辞めたいと言えば、二つ返事で賛成するはずだった。現に私が仕事をせずに家にいた時の方が、豪は機嫌が良かった。本当は私に専業主婦になって欲しいのだろうと、いつも思う。それでもこうやって、私が疲れている時には嫌がらずに家事をしてくれるのだから、良い夫の部類に入るのだろう、多分。

「ごめんね。今日は疲れちゃったから、先に寝ていいかな」

私が聞くと、

「いいよいいよ。あと、洗濯も夜のうちにやっとくよ」

と、豪は機嫌良く答えた。

布団に入ると、私はそっと祈った。明日、谷口さんが無事に帰って来てくれますように……。

翌朝、ケアマネージャー事務所で、私たち四人は思い詰めた表情で顔を突き合わせていた。お隣のヘルパー事務所の小峰さんと君塚さんも、心配そうな顔でこちらを見ている。昨夜は谷口さんから電話はかかってこなかった。このケアマネージャー事務所は、在宅介護支援センターとしての機能も併せ持つため、二十四時間電話対応を行っている。職員が交代で携帯電話を持ち歩き、不在時はその携帯に電話が転送されるようになっているのだ。昨夜は田村さんが転送当番だったが、谷口さんからの電話はかかってこなかったという。着信履歴も残っていない。

「電話、かかってきますかね」

重苦しい空気に耐えられなくなって私が口を開くと、

「かかってくるでしょう」

洋ちゃんが迷いのない表情できっぱりと言った。

「本当は、迎えに来て欲しいんだと思います。一緒に帰ろうねって、言って欲しいんだと思います」

黙っていることに耐えられなくて、私はまた言葉を発した。

「私たちがうろたえてどうするの。こういう時は、どっしりと構えて、待つのよ」

田村さんは、昨日と同じことを言った。

待つ……。教科書的な回答だ。でもソーシャルワークの「待つ」とは、何もせずに待つこととは違うと思った。私たちはいつでもここで待っている、決してあなたを見捨てたりはしない。そんなメッセージがクライエントに伝わっていてこそ、待つ意味がある。今回の場合、谷口さんに対するメッセージが足りないように、私には思えた。

「谷口さんは、田村さんに待ってて欲しいんでしょうね。お母さんみたいなものだから」

鹿島さんがまたトンチンカンな発言をし、田村さんはうんうんと頷いて言った。

「誰のところに電話をかけてくるかが、問題だね。一番信頼している人のところに、帰ってくるはずだね。こういう時はね。何があっても動じずに待っている。そして帰ってきた時には、よく帰って来たねーって、すべてを受け入れてあげるんだよ。今必要なのは、『待つ』ということなんだよ」

本当にそう思っているのだろうか。それでももし谷口さんが自殺でもしたら、この人はどうするのだろうか。その先のことは、容易に想像できる気がした。もしそうなったとしたら、すべての責任を私に押し付けるのだろう。担当者だった私の対応が悪いからこうなったのだと、そう言うのだろう。

「そんな綺麗事では、済まないと思います」

低い声で私は言った。

「え……？　きれいごと？」

田村さんがゆっくりと私を見た。眼鏡の奥から、大きな目で私を見ている。この数か月、こんな風にまっすぐに田村さんの目を見たことはなかった。田村さんの目って、こんなに大きかったんだ。そう思うほど、彼女の眼は大きく見開き、私を見据えた。

「そう、綺麗事です」

私はもう一度はっきりと言った。

「どういうこと？」

田村さんは低く響き渡る声で言った。私は怖かった。全身が震えるほど怖かった。でも、言わなければ……。今、言わなければ……。

「谷口さんは、心配して欲しいんだと思います。本気で心配して欲しいんだと思います。正しい支援方法がどうとか、今はそんなこと問題ではありません。私たちにジタバタして欲しいんだと思います。谷口さんのために、本気でジタバタして欲しいんだと思います！」

私は一気に言った。一度でも言い淀んだら、もう先が続かなくなりそうだったから、勢いに任せて一気に言い放った。田村さんは、一瞬びっくりしたような顔で私を見た。だがそれはほんのわずかな時間で、田村さんの大きな目は、だんだんと憎しみを込めた鋭い目つきに変わっていった。

「ああ、そうだろうね。彼はあんたに抱いて欲しいんだよ。抱きしめて欲しいんだよ！」

その表現のあまりの生々しさに、私は一瞬くらくらと床が回るような錯覚に陥った。でも半分は当たっている。あなただって、本当はわかっているんじゃないか。谷口さんが求めているのは、あなたじゃないってことを。

「そんなこと、わかっています。彼を抱きしめてあげたら、本当にすべてのことが解決するかもしれません。でも私は、彼のお母さんになることも、恋人になることも、家族になることもできません。それはソーシャルワークの支援ではありません!!」

私は立ち上がり、ほとんど叫ぶように言った。

鹿島さんも、洋ちゃんも、お隣のヘルパー事務所の人たちも、凍りついた表情で私と田村さんを見ている。長い長い沈黙が流れた。私は床を見つめたまま、突っ立っていた。仁王立ちになって、何も言わずに、身動きもせずに。

やがて田村さんが吐き捨てるように言った。

「あぁ、そう。あなたの好きにすればいい」

診療所の事務所へと続く階段を駆け上がりながら、私は呟いていた。やった、やった、言ってやった、ついに言ってやった!

私が診療所に戻ると間もなく、谷口さん担当の生活保護ケースワーカーから電話がかかってきた。

「あ、野原さん？　おはようございます。昨日はお疲れ様でした。あのね、いましたよ、谷口さん」

「え、本当ですか？　どこに!?」

私は受話器にかじりついて聞き返した。

「自分の家に」

「は？　家？」

私は受話器を耳に当てたまま、ぱっくりと口を開け、何度も瞬きをした。

「え……、なんで、いつから……？」

「さあ。場合によっては、昨日の夜には戻っていたかもしれませんね。僕、昨日野原さんに連絡もらってから、谷口さんの家に行ってみたんですよ。確かにその時点では家にいなかった。電話もかけてみましたけど、電話の向こうで風の音が聞こえました。その時は、外にいたんだと思いますよ。でもね」

「でも？」

「夜にまた電話したんですよ。そしたら、すごく静かでしたよ。室内にいるような感じ。だから、そう心配することもないなと思っていたんです。で、今日朝イチで彼の家に行ってみたら、ドアが開いてたんです。で、中をのぞいてみたら、いたんですよ、彼が」

「それ、間違いなく谷口さんですか？　空き巣とかじゃなくて？」

担当ケースワーカーは笑って言った。

「間違いないですよ。気付かれないように、声はかけずに帰ってきましたけどね」

「えー。じゃあ、洗濯機はありましたか？」

「ええありましたよ、いつも通りの場所に、ちゃんと」

「じゃあ、冷蔵庫もありますね、多分」

「多分ね」

谷口さんの家は、玄関の脇に洗濯機の設置スペースがある。そこに洗濯機があるということは、売りとばしたというのは嘘で、多分冷蔵庫も家の中にちゃんとあるだろう。

すっかり谷口さんにハメられてしまった。彼の思惑通りだ。私は彼の期待通りに、心配し、振り回され、ジタバタしたわけだ。

だが、だまされた私が偉そうなことは言えないが、そこは詰めの甘い谷口さんだ。冷蔵庫も洗濯機も、売ったなんて嘘は、家を見に行けば一瞬にしてバレてしまう。どうしてそんなにわかりやすい嘘をつくのだろうか。そこが谷口さんらしさでもあるのだった。騙すことが目的ではなく、心配してもらうことが目的だったのだから、目的が達成されれば、自分のついた嘘などきれいさっぱり忘れてしまえるのだろう。小学校五年生程度の知能と言うが、五年生の方が谷口さんよりも、もう少しマシな嘘をつきそうである。

だが、何でも良かった。無事なら言うことはない。私は心底ほっとして、すると今度は、谷口さんがこの後どのような行動をとるのか、興味がわいてきた。私は今度は、本当にどっしりと構えて、彼を待つことにした。


その日の午後、谷口さんから電話がかかってきた。

「あのー、今駅にいます。帰ってきたんです」

何事もなかったかのような、いつも通りの口調である。

「本当に？　良かった！　心配しましたよ。寒かったでしょう？　風邪ひかなかった？」

私は谷口さんの言葉をさも信じているといった風な、おおげさな口調で答えた。

「大丈夫です。あの、野原さんにもらった靴下持ってきたんで」

「そうなの？　良かった。あれ、もこもこであったかいから、ちょうど良かったかもしれないですね」

「はい。それで、これからそっち行きたいんですけど、いいですか？　お金、ほとんど使っちゃって」

「いいですよ。お待ちしていますね」

そしてその十分後、彼はすぐに診療所に現れた。疲れた顔も、汚れた身体もしていない。昨夜は自宅で眠ったのだろう。

「昨日、寒かったでしょう？　風、強かったから」

私はわざと聞いてみた。

「いえ、大丈夫です。外で寝るのは慣れてますから」

「どの辺りの川にいたの？」

「桜見川《さくらみがわ》」

「いつ冷蔵庫と洗濯機、売っちゃったんですか？　ああいうのって、本当に売れるの？」

私はちょっと意地悪をしたくなって聞いてみた。

「売れますよ」

「だって、これから引っ越しで物要りじゃない。売っちゃったら困るじゃない」

「まぁ、何とかなりますよ」

彼は少しも動じなかった。この程度の嘘をつくことを、彼は少しも悪いと思っていない。バレたら困るなんて、思ってもいない。完全に私の負けだった。もういいや。無事に帰ってきたんだから。

「良かった！　もう、本当に心配したんだから。田村さんも、鎌田君も、鹿島さんもね。もう家出なんてしないでね」

私が念を押すように言うと、谷口さんは照れたように笑った。

谷口さんが帰ると、私は田村さんの携帯に電話をかけた。谷口さんのことが気になっていたに違いない。めったに携帯に出ない田村さんが、一発で出た。

「お疲れ様です。谷口さんが無事に戻ってきました。診療所に電話があって、それからすぐにお金を取りに来ました。怪我もなく元気でした。生活保護ケースワーカーの話によると、どうやら昨夜のうちに、家に戻っていた可能性が高いようです。無事に帰ってきて、ホッとしました」

「そう～。良かったね～。あなたとの信頼関係ができていたから、帰ってきたんだね～。とにかく、大事に至らなくて良かったね～」

田村さんはわざとらしいほど感情をこめて言った。

「はい。お騒がせしました。色々とありがとうございました」

「は～い、お疲れ様～」

妙に愛想の良い話し方だった。私は何とも言い難い違和感を感じたが、今朝私に噛みつかれて懲りたか、それとも大事に至らずホッとしたのだろうと、その時はそのくらいにしか思わなかった。

だが、報復は思わぬ形で襲ってきた。

谷口さん家出事件の一週間後、私はまた仕事を休んでしまった。紀花の喘息発作が悪化したせいだった。今回の発作はタチが悪い。入院は免れたものの、吸入器を借りて、自宅で毎日吸入をすることになった。仕事が忙しくなると、どうも良くない。子供たちに十分気が回らなくなる。数日前から紀花の体調が悪いことには気付いていたが、大丈夫だろうとやり過ごしてしまった。いつもだったら、きっと受診させていたはずなのに。

いつもにこにこしている紀花が、ニコリともせずにゼーゼーと苦しそうにしているのは、可哀そうで見ていられない。自分が兆候を見逃したせいで悪化させてしまったという罪悪感があった私は、紀花の状態が少し良くなるまで、数日間仕事を休ませてもらうことにした。

ちょうど私が休んでいる間に、市役所で、地域包括支援センターと在宅介護支援センターの会議が行われることになっていた。防災マップを作ろうという提案が出された会議だ。発案からすでに半年近くが経過し、いよいよ今回の会議で各担当地区の防災マップを持ち寄り、どのような仕上がりになったかを報告し合うことになっていた。日頃から突発的な休みをもらうことが多かった私は、マップの印刷が仕上がるとすぐ、いつでも会議に持っていけるように準備し、診療所の机の上に用意してあった。何せ渾身の力作だ。このマップへの思い入れは強い。私は洋ちゃんにそれを託すことにした。

「ごめんね洋ちゃん。いつもお願いばっかりしちゃって」

「いいよいいよ。それで防災マップはどこにあるの？」

休みの電話を入れたついでに、私は洋ちゃんに防災マップについて事細かに説明をした。

「ええと、診療所の私の机、わかるでしょ？　そこに、黄色いクリアファイルに入れて置いてある。クリアファイルの中にマップが何種類か入っているんだけど、一番上のカラーが見本、その下に色紙に印刷したのがあって、それが会議で配る分。カラーのやつは、見本として見せるだけ。ケチくさいけど、予算は限られているから。付箋を貼って説明を書いておいたから、見てもらえればわかるはず」

「さすがだね、野原さん。わかった、行って見てみる」

「ごめんね。みんな忙しいのに。今日の会議、誰が出てくれるんだろう？」

「うーん、まだわからないけど、俺か田村さんかな。鹿島さんは今ケースが立て込んでて、無理みたいだから」

「そうか。わからないことがあったら、すぐに連絡して。それから、私は今日から数日間お休みをもらっちゃうけど、その間に私の担当しているケースで何かあったら、すぐに連絡ちょうだい。母に子供を見てもらって、行けそうなら行くから」

「了解でっす。あ、野原さんちょっと待って、田村さんがかわってって」

田村さんが改まって私に何の用だろうと思ったが、電話をかわると、田村さんは妙に優しい声で言った。

「あ、野原さん？　お子さん大丈夫？　あのね、次、いつ出てくるだろうと思って」

「すみません、ご迷惑おかけして。吸入を続ければ数日で良くなるはずですので、そうしたら母に預けて出勤しようと思っています。三、四日、お休みをいただきたいと考えています」

「そう〜。こっちは大丈夫だからね〜。お大事にね〜」

子供に話すようなその間延びした猫なで声が、私は何故か気になったが、そう大した用事でもないらしい。私はあまり気にしないようにして、仕事のことは頭から追い出すことにした。

結局職場の厚意に甘え、私は仕事を一週間休んだ。休み明け、「すみません、すみません」とあいさつをして回る私に、誰しもが「お子さん、大丈夫?」とか、「気にしなくていいよ」などと優しい言葉をかけてくれた。私は気恥ずかしいような、幾分フワフワとした気分で、一日を過ごした。もうそろそろ一日も終わろうという夕方、私は佐藤事務長に声をかけられた。

「野原さん、ちょっといいかな?」

「はい」

私が返事をすると、佐藤事務長は、

「ちょっと、こっち」

と人目を気にする様子で手招きをした。その事務長の仕草を見て、私は「何かある」と直感した。何か良くないことだ。私の心は急にそわそわと騒ぎ始めた。何だろう……? 嫌な予感をぬぐいきれないまま、私は事務長について会議室まで歩いて行った。以前に谷口さんとの四者面談を行った会議室だ。部屋に入ると、一番近くにあった机と椅子を指さして、事務長が言った。

「ちょっと、そこに座って」

私は事務長に言われるままに椅子に座った。今日の会議室は、長机がロの字型に置かれ、その周りにパイプ椅子が配置されている。会議の時に一番よく使われる配置だ。出入り口に近い一番手前の机と椅子は、ほかの机とは少し離れた位置に異動してあり、椅子も机を挟んで向かい合って座れるように、いくつか置かれている。何を言われるのだろうとドキドキしながら周囲に目を泳がせていると、会議室のドアがガチャリと開き、田村さんが入ってきた。

え……？

田村さんはむすっとした顔で、幾分ふんぞり返った姿勢で部屋に入ってきた。手に小さな茶封筒を持っている。田村さんと事務長が私に向かい合う形で座ると、事務長がその茶封筒の中から二枚の便箋を取り出し、私に見えるように机の上に置いた。

「野原さん、これ、心当たりある？」

私は差し出された便箋の文字を読んだ。

　私は、先日、そちらの診療所の相談員から、ひどい扱いをうけました。相談員は、わたしの質問に答えてくれず、馬鹿にした態度をとりました。私は、自分より若い者から、上から見られ、どうしても許すことができませんでした。他の病院に行って質問したところ、親切におしえてくれました。もう、そちらの診療所には参りません。お世話になった先生方、看護婦さんたちには申し訳なく思います。これが、私の言いたいことです。

私はその手紙を読むうちに、全身が熱くなっていくような気がした。まったく、微塵も思い当たらない。どう曲解しても、この手紙に書かれている内容に少しでも当てはまるような出来事があったかと言えば、まったく以てNOであった。他の病院に聞きに行けば教えてもらえるようなことで、私のところに相談に来た人は、この二、三か月の間、一人もいなかった。それにこの手紙には、私の名前が書かれていない。それが何よりも腑に落ちない点であった。私は相談に来た人には、必ず名刺を渡すようにしている。仮に名刺を切らしていたとしても、メモ用紙か何かに自分の名前と連絡先を書いて、必ず渡しているはずだ。もしここに書かれているほどに私に恨みを感じているとしたら、私の名前を書かないはずはないと思った。はっきりと名指しで苦情を書くであろう。私だったらそうする。

「もう、誰のことかわかっているかもしれないけど」

佐藤事務長は神妙な顔つきで言った。

「いえ、わかりません。まったく思い当たりません」

私は上ずった声で答えた。事務長と田村さんは、顔を見合わせている。

「あの、もう少しよく見せていただいていいですか?」

私はその手紙を手に取って、じっと見つめた。その手紙の内容に、心当たりはない。だがその手紙を見た最初の瞬間から、私には何か感じるものがあった。私は何を感じていたのか。私は必死になって、その手紙の中に手がかりを見出そうとした。

「あの、封筒も見せてもらっていいですか？」

「どうぞ」

事務長は茶封筒を差し出した。私はそれを受け取り、まじまじと見つめた。表面には、診療所の住所、そして「海乃辺診療所御中」と書かれている。投函した場所から住所が割り出せるかと思ったが、消印はかすれて読み取れなかった。裏面に差出人の住所はなく、左下に震える文字で、「患者」とだけ書かれている。

私はこの字をどこかで見たことがある。谷口さん？　彼が文字を書くのを、私は目の前で何度も見てきた。いや違う、彼の字はもっと大きく揺れている。それに彼はこんなに多くの漢字を書けないはずだ。では誰だろう？　最近誰の文字を、私は見ただろう？　ここ最近、いやもっと前から、相談に来たことのあるクライエントたちの顔を思い浮かべながら、私は必死で思い出そうとした。そして一つ、ある恐ろしい事実に気がついた。

私はこの文字を知っている。そう、あの人の字だ……。

でも、確証がなかった。この文字は明らかに筆跡を変えて書かれている。文字の途中で不自然に途切れている部分が多く見られる。自然に書いた文字ではなく、意図的に形を変えようとして、不自然な力の入れ方をしているような、そんな印象を受ける。

黙って手紙を見つめている私を見て、事務長と田村さんは困ったような顔をしている。

「本当に、心当たりはないの？」

事務長に再度聞かれ、私はもう一度、「はい」と答えた。

「うーん、それなら仕方ないね。でもこの件は、ちょっと対応を検討させてもらうよ。野原さんも、何か思い出すことがあったら、すぐに教えてね」

「はい……」

話を終えて立ち上がった田村さんの顔は、かすかに笑っているように見えた。錯覚かもしれない。でも、満足そうに優越感に浸った笑みを必死で隠しているように、私には見えた。

事務長と田村さんとの面談が終わった時には、定時をとっくに回っていたが、私はどうしてもすぐに帰る気になれなかった。私は部屋を出て行った田村さんを追いかけた。

「すみません。ちょっとお話、いいですか?」

田村さんは意外そうな顔をしたが、「ああ、いいよ」と応じてくれた。田村さんと私は会議室に戻った。

「あの手紙の件、私はどうすればいいでしょう?」

私は素直な気持ちで聞いていた。藁にもすがりたい思いだった。あの手紙について、半分は私を陥れようとする悪意によるものだと思っていた。でももう半分は、もしかしたら本当なのかもしれないとも思っていた。あの手紙に書いてあるようなことは、断じてしていない。でも、自分の気付かないところで、患者さんを怒らせるようなことをしていたのかもしれない。だからありもしないことをでっち上げて、私が困れば良いと思って、あの手紙を送りつけてきたのかもしれない。

「そうだねぇ……。思い当たらないとすれば、自分の気付かないところで、人を上から見ているのかもしれないってことだね」

田村さんは、優しい顔で言った。

本当にそうなのかもしれない。私がしてきた支援は、すべて独りよがりだったのかもしれない。あまりにも哀しい考えに支配され、私はどうして良いかわからなくなった。

「もしそうだとしたら、どうしたらいいでしょう。私、変わることは怖くはありません。今までの自分を否定することは、苦しいことです。でも本当に自分が間違っているのなら、新しい自分に生まれ変わることは、怖くはありません。その方が、これからの人生が豊かになると思うからです」

私は本心から言っていた。私が今まで田村さんに対しておかしいと思ってきたこと。それらは私の方が間違っていたのだとしたら、私は田村さんに助けて欲しかった。田村さんは温かい口調で言った。

「あなたは、多分自分の葛藤と向き合えていないんだね。あなたは過去に、何か苦しい出来事があったね？　その思いを、まだ乗り越えられていないんじゃない？　でもね、そんなに虚勢を張らなくてもいいんだよ。それを語れるようになったら、あなたは変われるよ」

本当にそうかもしれない、と思った。確かに私には、傷ついた経験がある。だいぶ底の方まで、落ちた経験がある。だが私は自分の過去を、絶対に人には話さない。夫である豪にも、話したことはない。それは、その経験＝私というレッテルを貼られたくないからだ。人は、辛い経験をした人間ほど成熟していると、錯覚する傾向がある。でも本当は、辛い経験などしていなくても、どん底まで落ちなくても、人は成熟できなくてはいけないのだ。だから私は、辛い経験などしていなくても成熟している、そんな風に見える人になりたかった。でももしそれが私の鎧であるというのならば、脱ぎ捨てても構わない。

「本当にそうかもしれません。私には、絶対に人には話さない過去があります。それを乗り越えていないと言われれば、その通りかもしれません」

田村さんは、大きな目をじっとこちらに向けて聞いている。

私は話してしまおうかと思った。そうすれば、田村さんは助けてくれる。私は生まれ変われる……。

でも、話さなかった。何故か、話してはいけないと思った。

私は涙を拭いて言った。

「あの……、助けていただけますか？」

田村さんはにっこりと笑って言った。

「そうだね。じゃあ、あなたに足りないものは何か、じっくりとスーパービジョン（※社会福祉の分野などで、未熟な実践者が熟練した先輩や指導者から、指導や教育を受けること）をしていこうか。定期的に、私とあなたとで、あなたの担当ケースについて、検討していこう。今までそういう機会が少なかったからね。少し、やってみようか」

真っ暗な帰り道、自転車を思いきり漕ぎながら、私は考えていた。田村さんにスーパービジョンを受けるということは、全面降伏をするということ……。負けることは、まったく構わなかった。勝つことには興味がない。ただ、田村さんが私に求めることは、自分をすべて捨てることだと思った。私の価値観、私の大事にしてきたこと、それらをすべて捨てなければ、田村さんの気に入る私にはならない。

急な上り坂に差し掛かり、私はペダルの上に立ち上がって、思い切り漕ぎ始めた。全身の力を込めてペダルを漕ぐうち、私はだんだんおかしくなって、声を出して笑い始めた。

なんだこれは。洗脳じゃないか。

大声で笑ううち、私の頭の中は、また健康な思考で満たされていくようだった。あの極限状態で、自分の過去を話さずに踏みとどまったのは、最後の一線だった。あの時ほんのわずかな理性によって、私はその一線を越えずに済んだ。私はまだ大丈夫だ。

上り坂を自転車で無理して登りきったのと、大きな声で笑ったのとが重なり、私はぜいぜいと荒い息をして自転車から降りた。しばらく立ち止まり、肩で息をしながら、私はだんだんと清々しい気持ちになっていった。

そう、洗脳されちゃいけない。私は私の感覚を取り戻さなくちゃいけない。自分の勘を無視して良い方向に向かったことなど、今まで一度もなかった。だから、自分の勘を研ぎ澄まさなければ……。

私はしばらくその場で立ち止まったまま呼吸を整えると、勢いよく自転車に飛び乗り、自転車を漕ぎ始めた。早く子供たちに会いたいと思った。

翌日、私はもう一つの可能性を検証するため、行動を起こすことを心に決めていた。朝、診療所でのミーティングが終わり、各職員が持ち場に散っていくと、私は事務所に残り機会をうかがった。朝は外来診療が始まる忙しい時間帯だ。事務所に残る人は比較的少ない。十時頃ぽっかりと、佐藤事務長と私だけになる時間ができた。チャンスだ。正直、行動に移すことは容易ではなかった。何度も二の足を踏んだ。しかし先に引き延ばせばそれだけ、私の状況は不利になる。早くしないと誰か人が来てしまうかもしれない。すぐにでも行動しなければ、せっかくのチャンスを逃してしまうかもしれなかった。私は勇気を奮い起こして、事務長の机の前に立った。事務所はしんとして、誰かが入ってくる気配はない。事務長はちょうど法人の機関誌を読んでいるところだった。

「あの……、すみません」

私がそこに立っていることを知りながら、事務長は顔を上げずに、「ん」と不明瞭な返事をした。

「あの……、昨日の手紙、まだお手元にありますか？」

私は声が震えてしまわないよう、なるべく毅然とした態度に見えるよう、努力をして言った。

「ん？　あるよ」

事務長は感情の読み取れない平坦な声で言った。

「それって、もう一度見せていただくことはできますか？」

私はドキドキした。事務長の答え次第で、私の未来の明暗が分かれてしまう。私は運を天に任せて、事務長の答えを待った。

だが事務長は何の抵抗もなく、一言「いいよ」と言った。そして机の上に乗っている書類の入った引き出しの一つを開け、見覚えのある茶封筒を取り出すと、ポンと私に手渡した。

いいのだろうか？　これは重要な証拠となる物である。それをこんなに簡単に当事者と思われる人物に渡してしまって、良いものなのだろうか？　あまりにあっさりと手に入ってしまったため、私は逆に不安になったが、今を逃してはもうチャンスは来ないかもしれない。迷っている暇はなかった。私は思い切って、もう一つ踏み込んだ質問をした。

「これ、コピーを取らせていただいてもいいですか？　これが誰からの手紙なのか、少し自分で考えてみたいんです」

「いいよ」

事務長は今度もあっさりと承諾した。私の顔を見もせずに、この行動の意味を探ろうともせずに。

私にとって、だがこれはラッキーであった。もう少し慎重な人が事務長であったら、私の計画は失敗したかもしれない。私は急いでコピー機まで行き、誰にも見られないように、手紙と、封筒の表と裏のコピーをとった。念のため、二部ずつとった。

「ありがとうございました」

手紙を丁寧に折りたたみ封筒に戻すと、私はそれをすぐに事務長に返しに行った。事務長はやはり顔も上げず、「ん」と言って手紙を受け取ると、さっきと同じ引き出しにしまった。

なんだろう、この管理のずさんさは。私は少し腹が立ったが、この事態を予想していたからこそ、私はこの行動を計画したのだった。それにもっときちんとした組織だったら、自分でこんなことをしなくても、上がきちんと対処してくれたかもしれない。

さあ、ここまでは神様が味方してくれた。私は次なる行動に移ることにした。

私はお隣の棟のケアマネージャー事務所へと向かった。月の下旬に差し掛かる今頃は、ケアマネージャー達は訪問に追われている時期である。

「こんにちは」

事務所の扉をそろそろと開けると、事務所にはパート事務の葉田さんしかいなかった。

「あら野原さん、こんにちは。この間は大変でしたね。谷口さん、家出しちゃったんでしょう?」

田村さんと私とのバトルの場に、葉田さんはいなかったが、当然他の人から聞いているのだろう。私はへへへ……と曖昧に笑うと、ケース記録をしまってある棚へと向かった。葉田さんはパソコンに向かって仕事をしている。勘の良い葉田さんだが、今なら大丈夫だろう。私は葉田さんと適当に世間話をしながら、何気ない風にケース記録をいくつか抜き出し、ぱらぱらとめくっていった。そしてその中の数ページを、さり気なくコピーした。

ケース記録を棚に戻すと、私は今コピーした資料を注意深くクリアファイルにしまい、

「では、失礼しま~す」

と葉田さんに声をかけた。

「え？　もう行っちゃうんですか？　寂しいなぁ」

葉田さんはパソコンの画面を見つめたまま、笑って言った。私も笑いながら、

「お疲れ様で〜す」

と明るく言って、ケアマネージャー事務所を出た。

診療所へと戻ると、佐藤事務長は机に向かって何かやら事務仕事をしている。

「戻りましたー」

私はなるべくあっさりとした口調で言うと、自分の机に戻り、はっとため息をついた。これで資料は揃った。溜まっているケース記録はあったが、今日はその他に取り立てて急ぎの仕事はなかった。これも神様の計らいかもしれない。私は別の仕事をしているふりをして、今コピーしてきた資料と、昨日の手紙のコピーを机の上に並べ、じっくりと見比べ始めた。


私はまず、昨日の手紙を端から端までじっくりと見ていった。最初にこの手紙を見た時から、私はこの文字をどこかで見たことがあると思った。だがこの文字は、筆跡が変えられている。私が「同じ」だと感じた、その客観的な「証拠」を見つけ出さなければならない。私は一つ一つの文字を、隅から隅まで目で追っていった。そして、

ある特徴に気付いた。

手紙の主は、「し」の書き方に特徴があった。その人の「し」は大部分、上に跳ね上がっていないまっすぐな棒状の「し」である。だが最初に出てくる「し」は、棒状にはらったところから再度線が付け足され、右上に跳ね上げられていた。つまり手紙の主は、自分の「し」が棒状であることに気づき、意識的に形を変えて書き足したのだろう。この手紙の中には、棒状の「し」と、跳ね上がった「し」とが混在しており、手紙の主が注意を払った部分と、うっかり自然に書いてしまった部分とで、バラつきが出ているように思えた。

そうやって見ていくと、「し」の他に「な」、「ら」、「の」にも大きく特徴が現れているように思えた。「な」は右上の点がない。「ら」と「の」は、その丸みが独特の個性的な曲線で書かれている。

私はこれらの文字の特徴を目にしっかりと焼き付けると、さっきコピーしてきた資料へと目を移した。そしてそれらの特徴的な四文字を探し、私の目に焼き付いている文字と重ね合わせてみた。

「し」……。「な」……。「ら」……。「の」……。

そして突如、私の身体の奥底から笑いが込み上げてきた。私はフッと声を出して笑いそうになり、慌てて両手で口を塞いだ。私は口を押さえたまま、声を殺して笑った。なんだ、やっぱりそうだったのか。どこかで見たことがあると思った字。見慣れているると思った字。それもそのはずだ。だってこれは、田村さんの字なのだから……。

私はケアマネージャー事務所で、田村さんの担当ケースの記録をコピーしてきたのだった。パソコン入力が主流の記録とはいえ、役所に提出したものや手書きで作成した資料など、筆跡のわかる資料もまだまだ多いのがケアマネジメント記録だ。念のため、鹿島さんと洋ちゃんの記録にも目を通したが、開いた瞬間に他人とわかる筆跡だったため、田村さんの記録だけをコピーして診療所へ戻ってきたのだった。

なんだろう、これは……。

私は笑いをかみ殺しながら思った。テレビドラマじゃあるまいし、こんなことが現実に起こるなんて。だが笑っている場合ではないこともわかっていた。こんなに馬鹿馬鹿しいことで、私は破滅に追い込まれようとしている。この手紙を書いたのが田村さんであると客観的に立証できなければ、私の方が抹消されるかもしれないのだ。そして事実、今はその可能性の方が圧倒的に高いのだった。

私は筆跡が同じだと認められる部分に、赤や青のペンでしるしをつけていった。だがこれだけでは、証拠とするのにはまだ弱い気がした。

私は海乃辺診療所に配属されてから自分がメモとして使ってきたノートを、すべて引っ張り出してみた。そこには、私のかけた電話や面談の記録が、殴り書きだがすべて記載されていた。ソーシャルワーカーは常に一つ所でじっとデスクワークをする仕事ではないので、私はいつもノートを持ち歩き、必要なことはすべてそこにメモしていた。そして何かが起きた時の資料として、すべて破棄せずに取っておいたのだ。それがこんな形で役に立つ日が来るとは、夢にも思わなかった。私は直近の記録から、相談に来たクライエントの名前と相談内容を、すべて書き出して行った。小さな診療所だから、数年分の記録などそれほど膨大な量ではない。私は自分の持っているノートに書いてある名前を、すべてコピー用紙に書き写した。そのリストは、全部で三枚になった。そしてその名前を、もう一度端からチェックして行った。何度見直しても、あの手紙の内容と重なる人物は、見当たらなかった。

私はこの名前の一覧も、最終兵器の証拠品として、手紙と田村さんの筆跡のコピーと一緒に大切にクリアファイルに入れ、カギのかかる引き出しにしまった。

ここまでやって、ちょうど正午だった。思ったよりもスムーズに作業が進んだ。私宛ての電話が一本も入ってこなかったことも、患者さんからの相談が入らなかったことも、その一助となっていたであろう。やはり神様の計らいかもしれない。

私はちらりと事務長を見た。彼は今度は、何やら本を取り出して読んでいた。仕事の本だか、趣味の本だかわからない。この分なら、今日私が何をしていたのか、気付いた人は誰一人いないだろう。

「お昼、行ってきまーす」

私はもう一度机の引き出しにカギがかかっていることを確認し、お弁当袋を提げて、何食わぬ顔をして事務所を出た。


昼食を終えて机に戻ると、さすがに溜まっているケース記録をつけなければいけないと思った。机の左隅に重ねてあった書類の山をバラバラとチェックしていくと、だいぶ下の方に、防災マップの束があった。防災マップがらみのクリアファイルを、すべて一緒にクリップで留めた束だ。そういえばこの数日のごたごたで、このマップのことをすっかり忘れていたが、会議での反応はどうだったのだろう。そんなことを考えながらその束を抜き取り、次の瞬間、あっと息を飲んだ。会議に持って行くはずだった黄色いクリアファイルが、そのまま残っている。

「どうして？」

会議には何を持って行ったのだろうか？　私は急いでケアマネージャー事務所に内線電話をかけた。洋ちゃんは食事中だったが、構わず電話口に呼び出してもらい、私は興奮して尋ねた。

「ねえ、この間私が休んだ時、会議に持って行ってくれるように頼んだ防災マップ、あれ、どれを持って行ったの？」

「ああ、それ。白黒コピーのやつです」

洋ちゃんは食事中に慌てて電話に出たせいで、まだ口の中に何か入っているらしく、もごもごと答えた。

「会議用のクリアファイル、マップの束の一番上に乗せてあったと思うんだけど、わからなかった？　残念、せっかくちゃんとしたやつ印刷してあったんだけどな……」

私がさも残念そうに言ったのだろう。洋ちゃんがすまなそうに説明を始めた。

「ごめん、俺が取りに行けばよかったんだけど、あの日田村さんが診療所に行く用事があるって言うから、お願いしちゃったんだ。野原さんから電話で聞いたメモを渡して。白黒コピーのマップを持ってきたから、おかしいなとは思ったんだけど、俺も確認に行く時間なくて。やっぱり、違ったのかな？」

「今ね、机の上を整理してたら、会議に持って行ってもらうはずだった、カラー印刷のマップが出てきたの。それでびっくりしちゃって。わからなかったのなら仕方ないんだけど、でもおかしいなと思って。一番上に乗せてクリップで留めておいたから、目につくと思うんだけど」

私はまだ諦めがつかずに、洋ちゃんを相手にぶつぶつと話し続けた。

「本当にごめん。俺が取りに行けばよかった」

洋ちゃんは心底申し訳なさそうに言う。いけない、これでは洋ちゃんが責任を感じてしまっている。私ははっと気が付いて、慌てて言った。

「いいよ、いいよ、仕方ないよ。休んでた私が悪いんだもん。ごめんね、なんだか気になって電話しちゃった。食事中だったのに、失礼しました。次の合同会議の時は、絶対にカラー版のを持って行くから。みんなの意見を聞いて、早く完成させないと！」

私は何だか洋ちゃんが可哀そうになって明るく言ったが、電話を切った後も何か引っかかるものがあった。私はもう一度、マップを用意した時のことを思い出してみた。

見本のカラー版数枚と、色つきのコピー用紙に印刷したものを、一緒に黄色いクリアファイルに入れたのは覚えている。それと、修正を加えながら何度か作り直した原版数枚をすべて入れたクリアファイル。マップを作る過程で集めた資料を、すべてまとめて入れたクリアファイル。あとは田村さんが持って行った、ただの白黒コピーの入ったクリアファイル。それらをすべてひとまとめにし、会議に持って行く黄色いクリアファイルを一番上にして大きめのクリップで留めた。念のため、黄色いクリアファイルの外側に、「会議用」と書いた大きめの付箋も貼っておいた。そこまで思い出して、私はもう一度「会議用」のクリアファイルを見た。外側に貼っておいたはずの付箋が、内側のマップの上に貼られている。もしかして……、と思った。もしかして田村さんは、「会議用」のクリアファイルも中身を取り出して見たのではないか。その時にうっかり、付箋を内側のマップの上に貼り換えてしまった。そして意図的に、白黒の方のマップを持って行った。わからなかったふりをして。

そんな考えに至ると、私はふつふつと怒りが込み上げてくるのを感じた。私の勝手な想像でしかなかったが、もう田村さんが意図的にやったとしか思えなくなっていた。だがもう済んでしまったことだし、100%確信犯だと決まったわけではない。私は怒りを胸の奥底に押しとどめ、ケース記録の作成に取り掛かることにした。いつまでも田村さんのことばかりを考えているわけにもいかない。そんなことにエネルギーを費やしていたら、田村さんと同じレベルにまで自分を貶めることになる。私はあの人とは違う、あの人のような人間には絶対にならない。私はそう思うことで何とか自分を保ち、仕事に集中しようと努力した。田村さんを軽蔑することで、私は自分自身を必死で支えていた。

その夜帰ってきた豪に、手紙と田村さんの筆跡のコピーを見せると、彼は驚きと呆れと嫌悪感と興味とが入り混じったような、複雑な反応を示した。

「すげぇな、これ。間違いないよ」

「でしょ。絶対間違いないよね。でも問題は、それをどうやって立証するかよ。筆跡鑑定でもしてもらうか。でもどれくらいお金がかかるんだろう。悔しいじゃない、私は悪くないのに、大金かけて無罪を証明するなんて」

「まぁな。でもそんなこと言ってられないしな。よし、筆跡鑑定について、俺ちょっと調べてみるよ。俺の知り合いに探偵がいるから、そういうことに詳しいかもしれない。いざとなったら会社の経費で落としてやらぁ」

相変わらずその場のノリで適当なことを言う人だ。こんなもの、どうやって経費で落とすのかと疑問に思ったが、それでもそう言ってくれるだけで気が楽になった。

「うん、ありがとう。いざとなったらね。でもその前に、自分でできるところまでやってみる」

「でもこいつ、馬鹿だよなぁ。こんなの、本当に筆跡鑑定でもされたら、絶対ばれるのに。パソコンで打つとか、他にいくらでも方法はあっただろう」

豪は首を傾げながら、しみじみと言った。それは私も腑に落ちない点であった。

「そうなのよ。それは私も思ったの。でももしかして、パソコンを使えない高齢者を想定して書いたのかなと思ったりして。あとは私の名前が書いてないでしょう？　それも不思議なのよね。本当に私を陥れるつもりなら、はっきりと名前を書きそうなものだけど」

「まあでも、周りを巻き込むのが狙いなら、はっきり書かない方がいいんじゃない？みんなで誰だろうって考えるわけだから」

「そうか」

こういうことをする人の考えることは、理解できないものなのかもしれない。それにまだ、田村さんの仕業だと決まったわけではなかった。本当に苦情の手紙である可能性も、捨てきれていない。どちらにせよ、私に恨みを持つ人の犯行であることは間違いなさそうである。私はこれからは、細心の注意を払って行動しなければならないと思った。

翌朝、ケアマネージャー事務所でのミーティングで、私は昨日の防災マップの件を確認してみることにした。

「先日は会議に代わりに出ていただいて、ありがとうございました。あのマップに関して、他のセンターの方から何か意見などがありましたら、聞かせていただけますか。それらを受けて、最終的に完成形に持っていきたいと思います。実は、会議に持って行くはずだったマップが、昨日出てきたんです。本当は白黒コピーじゃなくて、カラーで印刷したのがあったんです。鎌田君には電話で説明しておいたのですが、田村さん、わからなかったみたいで」

私は田村さんの反応を見たくてそのような言い方をした。本当にわからなかったのか、それともわざと置いて行ったのか。多少嫌みっぽく聞こえたかもしれない。田村さんは言い訳もせず、

「ごめんなさい」

としょんぼりとうつむいて言った。

するとと鹿島さんがイライラした口調で言った。

「ねぇ野原さん。その言い方ってないんじゃない？　そりゃあ、一生懸命作った地図だから、使って欲しかったのか何だか知らないけど、そういう言い方されると、朝からムードが悪くなるんだよね」

鹿島さんがそんな言い方をしたのは初めてだった。私はびっくりして鹿島さんを見た。鹿島さんは最初から私が悪いと決めてかかっているみたいだ。状況をよく聞きもしないで。田村さんは、申し訳なさそうにうつむいている。これでは、気の弱い上司に気の強い部下が楯突いているという構図が出来上がってしまっている。洋ちゃんはいたたまれない様子で、何も言わずに下を向いていた。圧倒的に私が不利であった。私は唇をかんで、床を睨んだ。今私が何を言っても、私についての悪いイメージが増幅するだけであろう。私は小さな深呼吸を一つして、

「すみません」

と言った。しゅんとしてうつむいているはずの田村さんの顔に、一瞬満足げな色が浮かんだように見えた。

その日の午後、佐藤事務長に、昨日自分のノートから書き出したクライエントのリストを渡すと、彼はあっさりとこう言った。

「ふーん、ご苦労様。じゃあこれ、同じものを田村さんにも渡しておいてね。一応、こういうことしたよって」

その日のうちに、田村さんは診療所にやってきた。最近やけに診療所への出入りが多い。今まではどんなに携帯を鳴らしても、ほとんどつかまらなかったのに。私を陥れるための策略を張り巡らしているのだろうかと想像してしまうが、あながち妄想とも言い切れないかもしれなかった。

「田村さん、すみません。ちょっとだけ、いいですか?」

私は田村さんが現れるとすぐにつかまえた。

「んー、何ー?」

朝のしゅんとした感じはとうに消えて、いつもの豪快な田村さんに戻っている。

「あの苦情の手紙についてなんです。どうしても思い当たらないので、私が今までにこの診療所で関わったクライエントの名前を、すべて書き出してみました。この方たちの相談内容について調べれば、どの方が該当者なのか、わかるかもしれないと思いまして。あの、一応コピーをお渡ししておきます」

　私が三枚のリストを渡すと、田村さんは気にも留めない風に機嫌良く、

「あーそう。ご苦労様ね」

　と言って受け取った。もっと警戒した態度をとるかと思っていた私は、あまりの能天気さに拍子抜けした。何も感じないのだろうか。このリストは、自分を破滅へと導くかもしれないものなのに。


　そして夕方。外来診療が終わり、事務所の机で事務仕事をしている鈴木看護師長に、私は声をかけた。

「あの、すみません。お忙しいところ申し訳ないのですが、少しお時間よろしいですか？」

　鈴木師長は手を止めて私を見上げた。そして頷くと、ついてくるようにと合図した。鈴木師長はそのまま応接室の方へと歩いて行った。私は遅れないように早足でついて行き、鈴木師長に続いて応接室に入ると、ぴったりとドアを閉めた。

「あの、お忙しいところ申し訳ありません。実はちょっと、聞いていただきたいことがありまして。あの……、私に対する苦情の手紙が来たことはご存知ですよね」

「ええ、幹部会議で聞いているわ」

鈴木師長は頷きながら答えた。幹部会議とは、この診療所の主任以上の職員が集まって、週に一回行っている会議のことである。ということはつまり、あの手紙のことは、この診療所のすべてのセクションの長が知っているということだった。

「そのことで、私どうしても思い当たらなくて、今まで自分が関わってきたすべてのクライエントを洗い出してみたんです」

私は自分のノートから書き出した、クライエントの名前のリストを鈴木師長に差し出した。鈴木師長はそれを受け取ると、リストにちらりと目を落とし、すぐに私に視線を戻した。

「そのリストは、私がこの診療所に異動してきてから今日までに関わった、すべてのクライエントの名前です。その方たちについて、どういった相談内容であったかすべて確認してみましたが、どうしても、手紙の差出人に該当すると思われる人がいませんでした」

私がそこまで言うと、鈴木師長は今度は三枚のリストにぱらぱらと目を通し、

「そういうことじゃないのよ」

と言った。

「そういうことじゃないの。もっと自分の身に起こった出来事を、素直に受け止めな

さい。あなたはいつもそうなんでしょう。田村さんの言うことも、そうやっていつも、素直に聞かないのね。誰が書いたかなんて問題じゃない。このことを、そのまま素直に受け止めなさい」

違うのに……。私は涙が出てきた。もうダメだ。鈴木師長までこんなことを言うのでは、もうダメなんだ……。

鈴木師長は、私の頬にこぼれた涙を優しく拭き取って言った。

「ほら、もう起こってしまったことは仕方ない。そしてねぇ、気にしない！　気にしないの！　最近の野原さん、元気ないわよ。笑顔が少ないって、みんな心配してるのよ。ほら、そんな顔しないで」

その言い方があまりにも優しくて、この人は私の味方なんじゃないかと思った。その味方がこんな風に言うのだから、これが正しいに決まっている。

帰り道、急な上り坂に差し掛かり、私は今日もまた力を込めてペダルを漕ぎ始めた。不思議なことに、そうするうち、それまでと違う世界が見えてくるのだ。

今日もそうだった。この場所に辿り着くまで、私は絶望的な気持ちで自転車を漕いでいた。もういい、もう辞めよう。もうこの組織では無理だ。もう闘えない。

でもこの坂道に差し掛かり、自転車が止まらないように必死でペダルを漕ぐうちに、私はまたしても笑い出したくなっていた。昨日と同じだった。こうやって思い切りペダルを漕いでいると、すべてのことがちっぽけに思えてくるのだ。

　辞めようと決めたのなら、もうこの組織で私が失うものは何もないはずだ。だとしたら、もっとできるはずだった。人間死ぬ気になれば何でもできるというではないか。私はまだ、思い付くすべてのことを実行に移してはいない。波風を立てても、ぐちゃぐちゃにかき回しても構わない。自分の気が済むまで、やってみよう。

　私の心は、嘘のように吹っ切れていた。人と対立することが苦手で、じゃんけんすら、トランプゲームですら好きでないこの私が、こんな風に誰かと闘うことになるなんて。他人のために闘うことの方が、ずっとたやすかった。でも私はソーシャルワーカーだ。人の権利を守る仕事をしている私が、自分の権利を守れなくてどうする。私は生まれて初めて、自分のために闘おうと思った。

最終章　運　命

日曜日の朝、私は近藤さんに宛ててメールを打った。

「おはようございます。お休みの日にすみません。実は、できるだけ早くご相談したいことがあります。お電話をさせていただきたいのですが、ご都合のよろしい時間帯を教えてください。どうぞよろしくお願いいたします。　野原」

するとと間もなく、返信があった。

「おはようございます。私も野原さんのことは心配していました。今日は午後から出張なので、午前中は大丈夫ですよ。お電話お待ちしています」

豪は昨日から出張で不在にしている。私は洗濯と掃除を急いで済ませ、子供たちが電話の邪魔をしないように、お気に入りのアニメのＤＶＤを再生すると、携帯を手にしてダイニングの椅子に座った。

近藤さんの携帯に電話をかけ、数回コールすると、近藤さんが出た。

「おはようございます。野原です。今、大丈夫ですか？」

「おはようございます。電話ありがとう。実は私も気になっていたのよ。前に相談を受けてから。どうしたの？」

近藤さんは落ち着いた声で尋ねた。ここから先、私はまったく未知の領域に足を踏み入れなければならなかった。この先どうなるのか、まったく予想がつかない。怖いような気もした。でも進むと決めたのだ。ダメだと悟ったら、その時は辞めれば良い。私は覚悟を決めて話し始めた。

「あの……。一週間ほど前です。診療所宛てに、私のことと思われる苦情の手紙が来ました。ですが、私はその内容にまったく心当たりがありません。どんなに曲解しても、思い当たる出来事がないんです。それで、それで……」

私は続けて良いものなのかどうか迷った。どう伝えれば良いのだろう。

「それで？」

近藤さんは勇気づけるように言ってくれた。私はそれで少し気が楽になり、先を続けた。

「それで私、その手紙の文字に見覚えがあるような気がして、それで、疑ってはいけないと思ったんですけど、あの……。田村さんの筆跡と、照らし合わせてみたんです。そうしたら、多分同じなんです。特徴的な部分があるんです。手紙の文字は変えてありますが、でも、絶対に同じ筆跡だと思われる部分があるんです。だって、絶対におかしいんです。私、クライエントには必ず名刺をお渡しするようにしているのに、手紙には私の名前が書いていないし、それに……」

言葉が後から後からまとまりなく出てきた。泣きそうな声になっているのがわかった。近藤さんがそんな私を遮って言った。

「野原さん、落ち着いて。あのね、実はその件は、田村さんから直接聞いているの。

あのね、実は私も、おかしいと思っているのよ。田村さん、興奮して電話をかけてきたの。野原さんがとんでもないことをしたと言って」

なんてことだろう。やはり田村さんは、近藤さんにまで手を回していたのだ。

「それで……？」

私は震える声で尋ねた。

「それでね、その手紙の内容は本当なのか、きちんと検証したのか、本人の言い分は聞いたのかって、田村さんに突き返したんだけど」

「あの、先日田村さんと佐藤事務長と、面談をしました。そして、思い当たらないと言ったら、自分では気付かずに相手を傷つけているんだろうって言われました」

「え？　そんなことを言ったの？　私が野原さんと話をするようにと言ったのは、そういう意味ではなかったんだけどね」

「それで、鈴木看護師長にも相談したんですが、やはり同じように言われました。この手紙の内容を、素直に受け止めなさいって」

近藤さんはため息をついた。

「鈴木さんまで？　一体どうなっているのかしら」

「それで私、どうしてもおかしいと思って、その手紙を事務長にお借りして、コピーさせてもらったんです。近藤さん、手紙を見ましたか？」

「それが、見ていないのよ。その手紙を持ってくるようにと言ったんだけど、そうしたらその後はふっつりと連絡して来なくなって」

「私、その手紙と田村さんの書いた記録とを、じっくり見比べてみたんです。そうしたら、どうしてもクセの抜けきらない特徴的な文字がありました。それで、その手紙を書いたのは田村さんなんじゃないかと思いました。でも、筆跡鑑定をしたわけでもないので、確証はありません。私の話を信じていただけるかどうか、それはもう、近藤さんにお任せするしかありません」

近藤さんは私の話を黙って聞いていてくれた。そして、意外なことを言った。

「野原さん、これから言うことは、口外しないでもらえる？　実はね、田村さんから電話があった時、すぐにおかしいと思ったの。はっきり言って、話している内容がめちゃくちゃで支離滅裂。もちろん苦情の手紙が来たことは大変なことだけど、そんなに興奮して話すことでもないのに。しかも問題の分析がまるでできていない。第一、その手紙には野原さんの名前は一つも書いていないわけでしょう？　それなのに野原さんだと決めつけて話をしている。田村さんはね、この件をソーシャルワーカー会議で取り上げるべきだと言ったの。でもそれは私がストップした。そんなこと、取り上げるべき問題じゃないって。そうしたら、全然連絡して来なくなったわ。それにね、この件をおかしいと思っている人は、私以外にもいるの。だから安心して。おかしいと思っている人は、あなただけじゃない」

　私はホッとして、全身の力が抜けるような気がした。

「ありがとうございます。良かったです。思い切って近藤さんに相談して、本当に良かったです……」

「だって野原さんには、これからも元気で働いて欲しいもの」

　近藤さんは、私の話を聞いてくれた。私を切り捨てなかった。そのことは私にとって、唯一の命綱だった。私はまだここで、やっていけるのかもしれない。その可能性をさらに確実なものにするためには、私の揃えた証拠を、確実に近藤さんに届ける必要があった。

「手紙のコピーと、田村さんの筆跡のコピーが、手元にあります。それと、私が今までに海乃辺診療所で関わって来た、すべてのクライエントのリストも作成しました。必要であれば、その人たちのケース記録を、証拠として提出することができます。手紙の内容と相談内容とが一致するかどうかは、調べればわかります」

　私は自分にやましいところがないということを証明するため、そのリストを近藤さんに渡しておきたいと考えていた。近藤さんは即座に答えた。

「そうですね。それらの資料を、私の自宅に書留で送ってください。職場では、誰かの目に留まる可能性があり危険です。それと、今後この件についての野原さんとのメールのやり取りは、念のため、読んだらすべて削除します。すべてのことが片付くまで、誰にも知られない方がいい。私は私で動きますから、野原さんも何か不審な動きに気づいたら、私に連絡をください」

最後の切り札は使った。それは同時に、私にはもう後がないという意味でもあった。私の手元に、もうカードはない。

それにしても不思議なことに、田村さんには何故か、人を惹きつける力があるのだった。鹿島さんといい、鈴木看護師長といい、不思議なほど田村さんの言うことを丸ごと信じているようだ。それは今回の件だけに限らず、今までにも何度も感じてきた疑問だった。

確かに田村さんの実績は称賛すべきものだ。何十年もソーシャルワーカーとしてやってきて、例えば行政に長年働きかけを続けたことが、制度の改善に結びついたり、どこかの大学で講師を務めたり、この界隈の社会福祉の現場では、「田村さんといえば凄い人」という空気が流れていて、田村さんのことを「ソーシャルワークの神様」と呼ぶ人もいる。では実際に人望が厚いかというと、そうとも言えるし、そうでないとも言えた。矛盾するようだが、表立っては誰も文句は言えないが、田村さんのことをあまりよく思っていない人も、実は結構いるのだった。私の中にも、田村さんのすることがすべて正しいとは思えないという反発もあれば、それでもやはり凄い人だという素直な尊敬の気持ちが共存している。実際の中身はどうあれ、何故だか他人に「凄い」と思わせてしまう何かが、田村さんにはあるようなのだった。

その有無を言わさぬ求心力の正体は、一体何なのだろう。思いを巡らせてみると、その源はあの独特の自信に満ちた話し方にあるように思えた。田村さんが話すと、何事もドラマチックで壮大で、いかにも凄いことのように聞こえてしまう。普通の人なら恥ずかしくなってしまうような大げさな表現も、自分の功績をアピールするあの大演説も、田村さんは平気でやってのける。だが果たしてそれは本当に凄いことなのだろうか。よく考えてみれば、実際は田村さんくらいの経験年数のあるソーシャルワーカーなら、誰でもそれくらいの実績はあるのかもしれなかった。だが大部分の人は、自分の功績をこれ見よがしにひけらかさない。田村さんの年代の日本人は、特にそうだろう。だからこそあのように自信に満ちた、誰にも口を挟ませない勢いで演説をされると、聞く人はそれがさも凄いことのように、暗示にかけられてしまうのかもしれなかった。

だが異常なほどの自己主張の強さは同時に、自信のなさの表れのようにも感じられた。普通だったら、あれだけ周りから尊敬され功績を認められれば、それ以上自分の存在を誇示する必要などないはずだ。だが田村さんの「認められたい欲求」は、とどまるところを知らないようだった。だから私が１００％田村さんに洗脳されない限り、それを敏感に感じとり、あらゆる手段を使って私の存在を打ち消そうとするのだろう。

私からしたら、最初から田村さんと張り合うつもりも、追い越すつもりも毛頭なかった。闘わずして喜んで負けを認める。だが田村さんは、最初から格下の私をわざわざ自分の土俵に引きずり出し、闘いを挑んでくるのである。私にはそのことの意味が、どうも理解できなかった。どうせやるなら、格上の相手に闘いを挑んだら良いものを。

しかし、望むと望まざるとにかかわらず、私の立場は今後もっと厳しくなるであろう。私がどんなに逃げようとしても、田村さんはどこまでも追って来て、同じ土俵に引きずり出そうとする。そして私の周りからは、どんどん味方が減っていくように思えた。近藤さんがどういう手を打ってくれるのかわからないが、その効果が現れるまで、私は一人で闘わなければならないだろう。それがいつになるのか、皆目見当もつかなかった。私の精神力が限界を迎えるのも時間の問題で、そう遠い将来ではないだろう。私はいつ終わるともわからない闘いに、疲れ始めていた。

＊　＊　＊

二〇一一年十二月

あれ以来、あの手紙について私に何かを言ってくる人はいない。このままいけば、暗黙のうちにすべて私のせいにされ、私がひどいソーシャルワーカーであるとの噂が広まってしまうだろう。一度だけ近藤さんから、

「資料無事に受け取りました。私と家族以外、誰の目にも触れていません。安心してください」

というメールが届いたが、それ以降は連絡もなければ、特に目立った動きもない。私は生殺しのような状態で毎日を過ごしていた。日々言葉を交わす人、一緒に仕事をする人の中で、誰が味方で誰がそうでないのか、まったくわからない。洋ちゃんでさえ、手紙の事件があってから、よそよそしいような気がする。私は一日一日をやり過ごすだけで精一杯だった。

そんなある日、谷口さんがまた家出をした。二度目なので、私はもうさほど動揺しなかったが、これでまた私への風当たりが強くなるだろうと思うと憂鬱だった。今回の彼の行先は、「樹海」だった。富士山の裾野の、あの自殺の名所である。

「野原さん、山梨県の警察からお電話です。何か、谷口さんを保護してるとか何とかで」

電話を取り次がれた時には、また何をしでかしたのだろうとドキリとしたが、電話に出たおまわりさんの声はのんびりとしていて、どうも大事ではなさそうだった。

「あのー、すみません。山梨県の、河口湖駅近くの交番です。実はですね、谷口さんという方を保護していまして、どうもそちらの野原さんという方に連絡して欲しいとおっしゃるもんですから、お電話した次第で。あのー、何か、ご家族とか、ご親戚とか、何か、そういうご関係で？」

「いいえ、ただのかかりつけ診療所の、相談員です」

迎えに来いとか、無理難題を言われると困るので、私はわざとそっけなく言った。

「あ〜、そうですか〜……。まぁ、ご本人がですね、そちらに電話すれば話がわかるとかなんとかおっしゃるもんですから……。あー、そうですかー……」

おまわりさんも困ったような声を出している。

「じゃあ、迎えに来るとかそういうのも、もちろん無理なわけですよね？」

「当然です。一人で帰してください」

私はきっぱりとはねつけた。断られたおまわりさんも困るだろうが、私も慈善事業をしているわけではない。一人でそこまで行けたのだから、当然一人で帰って来られるはずであった。

「は～、そうですよねー、やっぱりねー」

「あの、どういういきさつでそちらに保護されたのですか？」

事の成り行きはこうだった。彼は河口湖駅に降り立ち、駅の窓口で「富士の樹海に行きたいから、行き方を教えて欲しい」と聞いたそうである。駅員は不審に思い、何をしに行くのかと問うと、彼は「これから自殺しに行く」と答えたのだそうだ。いかにも谷口さんらしいパフォーマンスだ。当然それなら行き方は教えられないということになり、交番に届けられた、という顛末らしかった。このシナリオは、最初から谷口さんによるプロデュースであっただろうと、容易に想像できる。

「どうしますか。本人とかわりますか」

おまわりさんはぜひとも本人と話して欲しそうだったが、私は、

「いいえ、結構です。それと、私は迎えには行けないので、自分で帰ってくるように本人に伝えてください」

と冷たく電話を切った。これで大丈夫だろう、谷口さんはのこのこと帰ってくるはずだ。

夕方、彼は診療所にやってきた。電車賃に生活費を使ってしまったので、またお金を出して欲しいというのだ。それは疑う余地もなかったから、私はすぐにお金を渡した。

「谷口さん、今日はどうしたの？　もう、明後日には引っ越しじゃない。何かあったの？」

私は聞いてみた。

「いや、もうあの家にいるのが耐えられなかっただけです。それに、新しい家でもちゃんとやっていけるか不安で……」

「そりゃ大丈夫よ。だって、小堀議員が大丈夫って言ってくれたじゃない。それに、田村さんも、鎌田君も」

すると谷口さんは思い詰めたような表情で私を見た。

「いや、自分は、野原さんの意見が聞きたいんです。みんなの意見じゃなく、野原さん個人としての意見を聞きたいんです。野原さんは、どう思っているんですか？　自分が、引っ越しをして、やっていけると思っていますか？」

彼はあまりに真剣な表情をしていた。私は息が詰まるような思いがして、涙が出そうになった。この人も苦しんできたんだ。担当者である私は、自分ではなく上司の顔色ばかりをうかがっている。きっとずっと前から、こうやって聞きたかったのだろう。私は谷口さんに伝わるようにと願いをこめて、本心から言った。

「はい、思っています。私は、谷口さんは引っ越しをしても大丈夫だと、ずっと前から思っています。新しい場所でも、ちゃんとやっていけるって、思っています。私がいなくても大丈夫だって、思っています」

最後の言葉は、私の予感だった。私はもうすぐ、この診療所からいなくなる。でも私がいなくなっても、あなたは大丈夫。

谷口さんは丸い大きな目をきょろっとさせて、

「わかりました」

と言った。

その日の夕方、私は予想通り田村さんに呼び出された。二人きりの応接室で、私は田村さんと向かい合って座っていた。この診療所に配属された時、最初に田村さんと面談をしたのも、この応接室だった。あの時とはまた違った息苦しさを、私は感じていた。

「今日も谷口さん、遠くへ行こうとしたんだって？」

「はい……」

私が頷くと、田村さんは諭すような口ぶりで話し始めた。

「あのね、これはどういうことだと思う？　前にも言ったけれど、あなたは上から目線なのよね。クライエントと同じ立場に立っていない。だからこういうことが起こる。それにね、最近他の事業所からも言われてるのよ、海乃辺診療所に相談しにくいって」

「それは、どういうことですか？」

私は思わず聞き返した。本当にそうなのだとすれば、私のどういうところが他人にそう思わせるのか、私は素直に知りたかった。

「あなた、他の事業所のケアマネージャーに書類を作成して欲しいって言われて、断ったでしょう。以前はそんなことなかったのにって、言われちゃったのよ。それにこの前、精神科の薬を出して欲しいって相談された時、他の精神科の病院に行くよう勧めたっていうじゃない。それは患者さんにとって、医者に見捨てられたのと同じことよ。他の医者に行けなんて、この診療所のソーシャルワーカーとして、絶対に言ってはいけないことじゃない」

私はもう、言葉を発する意欲さえ失っていた。田村さんの言った出来事は、確かに覚えがあったが、どちらも理由があってしたことだった。ケアマネージャーからの書類作成依頼は、私がすべき内容ではないと判断したから、お断りしたのだった。精神科に行くようアドバイスしたのは、内科医が下手に精神科の薬を処方すると、かえって悪い結果を招くことが多々あるからだ。以前に精神科で働いていた時、内科医が中途半端に処方した精神科薬のせいで、かえって患者さんの回復を妨げているケースを、それこそ数えきれないほど見てきた。精神科医がいるわけでもないのに、中途半端な治療をする方が、よほど無責任ではないか……。要するに、今までなあなあで通ってきたものが、私が来てから通らなくなったから、その愚痴を田村さんにこぼしたということなのだろう。

私が今何を言っても、すべて上げ足取りの材料に使われてしまうに違いなかった。私は一言も反論せずに、黙って聞いていた。田村さんはそれも気に入らないらしく、だんだんと声が大きくなる。もう私のことなど、あんた呼ばわりだ。

「それにねぇあんた、院長先生に反論したらしいじゃない。医者にたてつくなんて、何様のつもり？

それにこないだ、防災マップを持って行かなかったって、あんたが私を責めた時。あの時ね、鎌田君がへこんじゃったのよ。あんたにきつく言われて、僕が悪いんだって。あんたはね、同僚にまでそう思われてるのよ。みんなにそう思われているのよ」

そうか。それで洋ちゃんは、最近何だかよそよそしかったんだ。ごめんね、洋ちゃん。そんなつもりじゃなかったんだ。

「それはつまり、周りの人にそんな思いをさせてしまうということは、つまり、私にソーシャルワーカーとしての適性が、ないってことですよね……」

私は一言一言、吐き出すように言った。田村さんは答えない。

「わかりました。よく考えてみます。自分のこれからのことについて」


応接室という密室での面談が終わると、私は誰もいない廊下の隅っこで、近藤さんの携帯に電話をかけていた。

「もしもし」

近藤さんの声が聞こえると、私は夢中で話し始めた。

「すみません、野原です。あの、私、もうダメです。もうここにはいられません。お願いです。すぐにでも、異動させてください」

私が堰を切ったように言うと、近藤さんは低い平坦な声で、

「ごめん、今、仕事中」

と言った。その言葉に、私はハッと我に返った。

「すみません。そうですよね、お仕事中ですよね」

私が力なく言うと、近藤さんは慌てて気を遣うように、

「ごめんね、夜なら大丈夫。こっちから電話するから」

と言って切ってしまった。

私はついに一人ぼっちになってしまったような気がした。近藤さんにとって、私の身に起こったことなど、その程度のことだったのだ。結局は他人事で、いざとなったら私は切り捨てられるのだ。


もう定時をとっくに過ぎていた。私は帰り支度をしてタイムカードを押すと、自転車置き場へと向かった。道路に面した暗い自転車置き場で、自転車を引っ張り出そうとしていると、遠くに車のライトが光るのが見えた。その車はまっすぐにこちらに向かってくる。その瞬間、私は背筋がすっと寒くなるのを感じ、言いようのない恐怖に襲われた。車はスピードを落とさずに、こちらを目がけて進んでくる。あの車はもしかして、田村さんが私をひき殺そうとして雇った車なのではないか。そんな思いに突然取りつかれ、私はさっとその場を離れ、建物の陰に身を隠した。

車は自転車置き場の前を通り過ぎ、少し先の角を曲がって行ってしまった。

私は自分のその妄想を、馬鹿げていると思った。でもさっきの凍りつくような恐怖心は、私をなかなか解放してはくれなかった。田村さんは、私を消すためなら、何を

するかわからない。普通なら考えられないようなことも、するかもしれない。もしかしたら近藤さんもグルになって、私を陥れようとしているのかもしれない。組織を守るために、私が邪魔になったら、平気で消そうとするかもしれない。

　馬鹿馬鹿しいとはわかっていた。でも細心の注意を払おうと思った。私は急いで自転車を引っ張り出し、辺りに注意しながら、自転車を漕ぎ始めた。


　真っ暗な中で黙々と自転車を漕いでいると、どこかで私を呼ぶ声が聞こえたような気がした。気のせいかと思い、そのまま自転車を漕ぎ続けたが、やはりまた、誰かに呼ばれたような気がする。私は自転車を止め、振り返って暗闇に目を凝らした。

「野原さ〜ん！」

　今度ははっきりと聞こえた。暗闇の中から、必死で自転車を漕いでこちらに向かってくる人影が見える。

　洋ちゃんだ！　洋ちゃんは私の前で自転車を止めると、大きく肩で息をしながら言った。

「速いね、野原さん。全然追いつかなかった。いつもこの道、通ってるの？」

「うん、そう。洋ちゃんは？　もう遅いけど、訪問の帰り？」

「そうだよ。いつもこんな感じ。でも、すごい偶然だね」

「本当。今まで訪問中に会ったこと、一度もなかったもんね。やだー、運命だ」

私が笑って言うと、洋ちゃんも笑った。

「何それ、運命って」

それはいつもの洋ちゃんの笑顔だった。街灯の薄暗い光の中でも、それははっきりとわかった。私は今日一日の緊張がすべて解けるほどにホッとした。

運命、と言ったのは冗談ではなかった。今ここで出会ったことが、私たちにとって何か重要な意味を持つような気がしたのだ。今なら誰も聞いていない。私は注意深く辺りを見回してから、思い切って切り出した。

「ねぇ洋ちゃん、診療所に来た、私に対する苦情の手紙、知ってる？」

「うん……」

洋ちゃんは曖昧に答えた。やはり聞いていた。その歯切れの悪さからして、誰からどんなふうに聞かされているのか、知れたものではないと思った。私は一瞬迷った。この人は信用して大丈夫なのだろうか。だが、もう失うものはないはずだった。洋ちゃんが私から離れていったとして、それを恐れる必要があるだろうか。私は思い切って言ってみた。

「あの手紙ね、変なの。私、手紙を見せてもらったんだけど、何度読み返しても、少しも心当たりがないの」

洋ちゃんは、考えるように少し間を置いてから、口を開いた。

「俺、その手紙の内容について、詳しいことは何も聞いていないんだ。それ、どういう内容だったの？」

「うん、あのね。診療所の相談員に相談したら、教えてくれずに馬鹿にした態度をとりました。だから他の病院に相談に行ったら、親切に教えてくれました。もう診療所には行きませんって」

洋ちゃんは苦笑した。

「いや、それさ、野原さんがそんなことするわけないじゃん。それにさ、他の病院って、この辺りで海乃辺診療所より親切に教えてくれる病院なんて、そうそうないと思うよ」

それは私にも自信があった。患者さんに対して私が関わる時は、どこよりもわかりやすく丁寧に対応しようと心がけている。だからこそ、腑に落ちなかった。多少の手落ちがあったとしても、ここまで恨まれるような態度をとったのだろうかと。

「それにね、その手紙には、患者さんの名前も書いてないし、私の名前も書いてない」

「え？　野原さんの名前、書いてないの？　患者さんの名前も？　じゃあさ、いたずらとか、嫌がらせの可能性とかも、あるんじゃないの？」

洋ちゃんは呆れたように言った。

「まぁ、診療所の相談員って言ったら、誰しも私を思い浮かべるだろうからね、疑われても仕方ないけど。でもね、それにしてもやっぱりおかしい。だって私、必ず名刺を渡すもの。今まで渡さなかったことなんて、一度もない。そんなに私に恨みを持っているのなら、名前を書かないのはおかしくない？」

「そうだよね……」

ここまでの洋ちゃんの反応を見て、私は筆跡のことも話そうと決めた。私はもう一度辺りを見回し、洋ちゃんに出来るだけ近づいて言った。

「それにね、その手紙の文字も、見覚えがあるの。似てるのよ、誰かさんの字に。誰の字だと思う？」

「……、誰？」

洋ちゃんは、予想がついているのにわざとわからないふりをしているような、そんな聞き方をした。

「……、田村さん！」

私もわかりきっているであろう答えを、さも意外な種明かしでもするように披露した。予想がついていたであろうその答えを聞いて、洋ちゃんがどう思ったのか、私にはわからなかった。洋ちゃんは私の答えについては触れずに言った。

「俺もさぁ、最近わかんないんだ。色んな人が、色んなことを言う。でも、何が本当か、全然わからないんだ。あの手紙のことだって、谷口さんのゴタゴタが色々あって、その直後に届いたでしょ？　なんか、タイミングがおかしすぎるでしょう。それなのに、当事者の野原さんを抜きにして、周りで勝手に色んなことを言っている。もう、何を信じていいのかわからないよ……」

洋ちゃんはきっと私の知らないところで、色々なことを聞かされたのだろう。私はさっきの田村さんの言葉を思い出して、言ってみた。

「ねぇ洋ちゃん。ごめんね。なんか私、洋ちゃんのこと傷つけちゃったみたいで。あのマップのこと、私にきつく言われて洋ちゃんが落ち込んじゃったって、田村さんが言ってた。ごめんね。全然責めるつもりはなかったんだけど」

するとと洋ちゃんはびっくりしたように手を振って言った。

「え？　俺が？　なんで？　全然落ち込んでないよ。何それ？」

やっぱりそうだったんだ。私は安心すると、今度はおかしくなって、声を立てて笑い出してしまった。

「なんだ～。良かった！　もう、本気にしちゃった！　だって洋ちゃん、ここんとこ元気なかったし。でも田村さん、そんな嘘ついて、どういうつもりなんだろう。洋ちゃんに聞いたら、一発で嘘だってわかっちゃうのに」

私が言うと、洋ちゃんはわかりきっているという風に言った。

「俺と野原さんがこんなに仲いいって、わかってないよ、あの人。鹿島さんだって、気付いていないと思う」

「なんかさ、みんな鈍いね。ちょっと頭を働かせれば、すぐにわかることなのに」

疑心暗鬼になって凝り固まっていた私の心が、少しずつほどけていくようだった。洋ちゃんも私と同じだったのかもしれない。いくら自分の感覚を信じようと思っても、あまりにも色々なことを周りから聞かされるうちに、自分の方が間違っているのかもしれないと思い始めてしまう。洋ちゃんも孤独だったのかもしれなかった。でも今日ここで会えたことで、私たちはまた、自分の感覚を取り戻し始めていた。

「野原さん、もう帰らなきゃならないでしょ？」

洋ちゃんは思い出したように言った。

「そうそう、早く帰らなきゃ。子供たちがお腹をすかして待ってるのよ。ここんとこ残業続きだったし」

「またさ、情報交換しようね。俺も何か気付いたことがあったら、すぐに連絡するから」

「ありがとう。私も。じゃあ、またね」

「お疲れっす！」

私たちは互いの右手をバンッと勢いよく打ち合わせると、自転車に乗って、別々の方向へと漕ぎ出した。


十九時半。子供たちに夕食を食べさせていると、携帯が鳴った。近藤さんからだった。

「野原さん、忙しい時間にごめんなさい。今大丈夫かしら」

本当は子供たちの世話でてんやわんやの時間帯だった。だが、なるべく早く話をしておきたいというのも本音だった。私は子供たちに、自分たちで食べているようにと身振りで伝えると、

「はい、大丈夫です」

と言った。

「さっきはごめんなさい。ちょっと手を離せない打ち合わせをしていたの。後から反省したわ。あんな風に電話をかけてくるなんて、きっとよほどのことがあったはずなのに。ごめんなさいね。それで、何があったの？　詳しく聞かせてくれる？」

私は夕方の田村さんとの面談のことを話した。

「私には理由があってしていることでも、田村さんはすべて私が悪いというように曲解して非難します。反論をしようものなら、もっとひどい事態になるので、何も言わずに聞いていますが、そうするとどんどんエスカレートします。本当はそこで話され

たことを、誰かに聞いていて欲しいくらいなんです。でも密室ですから、証人がいません。ボイスレコーダーでもあれば、どんなにいいかと思いました。周囲の人も、皆私をよく思っていないというようなことも言われました。海乃辺診療所では、皆田村さんの言うことの方を信じます。私が何を言っても、それは言い訳や口答えとしか受け取ってくれません。私、もう海乃辺診療所ではやっていけません。本当にわがままなお願いだとは思いますが、できるだけ早く、どこか他の部署に異動させてください。それが無理なら、私、辞めさせていただきたいと思います。もう無理なんです。自分が間違っていないと思うのなら、自分の無実が証明されるまでここで闘うのが、本当なのだと思います。でも、もうこれ以上頑張れません。今だって毎日針のむしろで、気がおかしくなりそうなんです。自分の精神がおかしくなるくらいなら、私は逃げることを選択します」

近藤さんは静かに言った。

「野原さん、それは逃げることとは違うと思うわ。私は野原さんが元気に働いてくれるのが、一番だと思ってる。ごめんなさいね、連絡もせず今まで放っておいて。言い訳にしかならないけれど、私もこのところ忙しくて、まったく余裕がなかったの。でもその間辛い思いをさせてしまったことは、本当に申し訳なく思います。田村さんはああいう人だから、私も細心の注意を払いながら行動しているの。だからなかなか思うように動けなくて。でもね、近日中に動きがあると思う。法人の人事部の人が、田村さんと野原さんと、面談をしようと準備をしています。もちろん個別にね。私の信頼する、田辺《たなべ》さんという人です。彼は両方の言い分を公正に聞いてくれる人だと信じています。だからもう少し辛抱して、彼からの連絡を待ってください。

それでもし、野原さんの無実が証明されたとして、それでも異動を希望しますか?」

私は迷いなく言った。

「はい。ぜひ、お願いします。今回のことで、私の話を聞こうとしてくれた人は、海乃辺診療所にはいませんでした。私は一生懸命に仕事をしてきたつもりでした。でもそんなこと、誰にも伝わっていなかったんです。それが何よりも悲しくて仕方がないんです。私の態度が悪いと言う人もいます。でも患者さんの権利を守るためなら、たとえ目上の人にだって意見することはあります。そういうこともすべてごっちゃにされて、あなたのそういうところがダメなんだと言われます。一生懸命仕事をしていれば必ず認めてもらえるなんて、幻想でした。やっぱり目上の人のご機嫌取りをした人が認められるんです。そんな職場で、これ以上やっていくことはできません。私のことをそんな風に扱った人たちと、これからも何事もなかったように一緒に仕事をしていくなんて、私はそんなにできた人間ではありません」

「わかりました。ではすぐにでも対応を考えます」

「それと……。鎌田君も、田村さんの態度には辛い思いをしてきたと思うんです。今まで二人で、愚痴をこぼしたり相談し合ったりしながらやってきました。鎌田君もたくさん悩んできたと思います。だから田村さんと私だけでなく、鎌田君の話も聞いていただけませんか」

「そう……。そうね、わかりました。ではそのように田辺さんに伝えておきましょう」

「ありがとうございます。よろしくお願いします」

電話を終えると、芽衣が心配そうに尋ねた。

「ママ……、お仕事大変なの？」

最近帰りが遅いことが多く、思い詰めた表情をしたり、夜遅くまで豪と話したりしているのをちゃんと見ているのだろう。何か重大な出来事に見舞われていると、芽衣は感じているらしい。下手に隠すと、余計に心配させるような気がした。私はなるべくわかりやすい言葉を選ぶようにして、話して聞かせた。

「実はね、今ママのお仕事で、ママに意地悪をする人がいるの。ママがその人の言う通りにしないと、ママは悪い人だって、周りの人に言いふらすの。たとえばね、芽衣がお友達から何か命令されたとして、それは間違っているからできないって断ったとするでしょ。そうしたらそのお友達は、芽衣ちゃんはひどい人です、こんなことも、あんなこともしましたって、芽衣がしてもいないことを周りの人たちに言いふらしちゃうの。そういうこと」

「えー！　いじめじゃん！」

「そうなのよー！　ひどいでしょ？　でもね、間違っていると思うことなのに、その人に言われたからって、言うことを聞けるわけないでしょ？　だからどうやって対抗するか、パパと相談したり、さっきみたいに職場の人に相談したりしているの」

「ふーん。ママ、大丈夫？」

「うん、大丈夫。だってママには、メーも、颯太も、のんちゃんも、パパもついているもの。応援してくれる？」

「うん。当たり前じゃん！　頑張ってね、ママ」

芽衣はにっこり笑って言った。そう、今の私に、この家族を失うこと以上に怖いものなんて、何もないのだった。私はこの笑顔を守るためなら、何だってできる。だから、まだまだ大丈夫だ。


翌朝、自転車にまたがって、たくさんの高校生たちに交じり信号待ちをしていると、

「野原さん！」

と声をかける人がいた。声の方を向くと、訪問看護部の看護師長だった。私の顔を確認すると、看護師長は明るく言った。

「やっぱり野原さん。このピンクのジャンパーは絶対そうだって思ってたけど、なかなか追いつかなくて。野原さん、速いわね」

昨夕、洋ちゃんにも同じことを言われた。私は白い息を吐いて笑った。

「何言ってるんですか。下り坂だったからですよ」

「それでも速いわよ。勢いが違う。私なんて、電動よ」

下を見ると、本当に看護師長の自転車にはバッテリーがついている。あはは……と笑いながら、私は考えていた。この人も幹部会議で、あの手紙のことを聞いているはずだ。それなのにこうやって、私にわざわざ声をかけてくれている。

信号が変わる前に……。私は勇気をふりしぼって聞いてみた。

「あの、幹部会議でお聞きになってますか？　あの手紙のこと」

彼女は苦い表情で笑って言った。

「ああ、あれね……」

「あの手紙、どう思いますか？」

私は言葉を選ぶ余裕もなく、勢いよく聞いた。

「ううん……」

その時信号が青に変わった。

「ほら、遅刻しちゃうよ、遅刻！」

彼女は私の背中をバンと叩いた。

「痛い！　電動自転車は先に行ってください！」

私が言うと、

「ダメよ〜。野原さんの方が速いんだから。ほら、速く速く！」

そう言われると、期待を裏切ってはいけないような気になる。私は「お先に！」と言い、思い切りペダルを踏み込んだ。本当に彼女は私に追いついてこなかった。彼女は、本当はどう思っているんだろう？　私はそのまま朝の空気を吸い込みながら、ぐんぐんとスピードを上げていった。


不思議なことに、その日の昼間も、訪問の途中でばったり洋ちゃんに会った。私たちは自転車を止め、顔を見合わせると、笑い出してしまった。

「何だよ〜、これ。運命だ」

今日は洋ちゃんが先に「運命説」を唱えた。

「本当、まさかの二日連続」

二人でひとしきり笑った後、私たちはキョロキョロと辺りを見回した。

「大丈夫だね、誰もいない」

「うん、誰もいない」

人気の少ない路地裏の細い道である。私たちの視界に入らないところからこの場所を見るのは、民家の窓からでもない限り、不可能と思われた。

「何で私たち、こんなに人目を忍んでいるんだろう」

私がおかしくなって言うと、

「密会だね、密会」

洋ちゃんもにやっと笑った。

「あのね、誰にも言わないでほしいんだけど、近いうちに人事部の人から呼び出しがかかると思う。私と田村さんは確実だけど、もしかしたら洋ちゃんも」

「え、マジ？　なんで？」

「まだ詳しいことは言えないけど、ある人に相談したの」

「近藤さん？」

「秘密」

「ふうん……。で、何を話せばいいのかな」

そういえば、何をどこまで話して良いのだろう？

「私はね、もうここでは失うものはないと思ってる。だから、思っていることを全部言う。でも、洋ちゃんは洋ちゃんの立場があると思うから、自分が納得するように行動すればいいと思う」

私たちは数秒間沈黙した。

「あ、ほら、時間大丈夫？」

「あ、やべ。約束してるんだ」

「じゃあ！」

「じゃあ！」

私たちは手を挙げて別れた。

運命が私たちをゆっくりとどこかへ運んでいく。それは何も、大袈裟なことではないと思うのだった。自分の意思とは別の次元で働いている大きな力。それを運命とか、縁とか、巡りあわせとか、神様とか、人は様々な呼び方をするのだろう。その流れは今、確実に私たちを良い方向へと導いてくれているように感じた。それは田村さんにとっても同じはずだった。それなのにどうして、あの人にはわからないのだろう。憎しみ、嫉妬、見栄……。そういったものばかりに心を奪われていると、運命の流れが見えなくなる。田村さんの流れは、今確実に田村さんの人生を飲み込もうとしているように思えた。自ら濁流に向かっていることに気付かずに、田村さんは泳ぎ続けている。可哀そうな人だと思った。でも、近づいたら自分も巻き込まれるだけだ。

私は少しでも安全な場所まで離れるしかなかった。

予告通り数日後、田辺さんという人から連絡があった。あの手紙の件に加え、日頃の業務で悩んでいることも聞き取りたいという。それと前後して、どうやら洋ちゃんと田村さんにも面談の申し入れがあったようだった。その頃を境に、田村さんの態度が明らかに変わった。焦点の定まらない目つきで、上の空でぼーっと歩いている姿をよく見かけるようになった。「おはようございます」と挨拶をすると、今まではむすっとして返事もしなかったのが、妙に明るく挨拶を返してくるようになった。朝のミーティングでは、気味が悪いほどの猫なで声で、手の平を返したように私を誉め始めた。

「あなたはね、前から思っていたけれど、本っ当に人を差別しない。それはあなたの本っ当に良いところだね」

今までの評価と真逆である。鹿島さんは呆気にとられたような顔で田村さんを見つめ、洋ちゃんも私も、白けたムードでその田村さん節を聞いていた。

面談は、田辺さんと佐藤事務長と私の三者で行われた。田辺さんは温厚そうな五十歳前後の男性で、確かに人を公正に評価してくれそうな雰囲気ではあった。１００％

信用したわけではなかったが、今の私に選択肢はない。とにかく彼に賭けてみるしかなかった。それはそれとして、私はこの面談に佐藤事務長が同席することに納得がいかなかった。佐藤事務長がこの場にいることで、私のメリットになることなど何一つないように思える。だが人事部の田辺さんが、今までの経験から英知を結集して、この条件を設定してくれたのだろうと信じ、おとなしく運命を委ねることにした。

だだっ広い会議室で机を挟んで向かい合い、私は田辺さんに対して馬鹿丁寧に挨拶をした。第一印象を悪く持たれては不利だ。手落ちのないようにと思えば思うほど、不自然に丁寧な態度になってしまうように思えたが、これぱかりは自分の意志ではコントロール不能だった。

「はじめまして。野原と申します。この度はわざわざこのような機会を設けてくださいまして、ありがとうございます。本当に感謝いたしております。本日はどうぞよろしくお願いいたします」

私は入社試験のようなぎこちのない敬語を使い、不必要なほど深々とお辞儀をした。

「あ、人事部の田辺と申します。えーと、早速ですが、まず、この手紙のことはご存知ですよね？　このことについて、何かお感じになっていることがあれば、すべておっしゃってください」

田辺さんは意外とあっさり本題に入った。

「はい。この手紙を見せられた時、最初から違和感がありました。まずは、内容にまったく心当たりがなかったからです。ここに書かれている状況に該当する相談は、ここ数か月、覚えがありません。少しでも近い状況があったかと、何度も思い返してみましたが、どう曲解しても、この状況に近い相談はありませんでした。それに関して自分で調査した資料は、佐藤事務長、田村さん、それと近藤さんに提出してあります」

「はい」

田辺さんは承知しているという風に頷いた。

「それと、もう一つ違和感があったことは、この手紙の筆跡のことです。最初に見た瞬間から、私はこの文字に見覚えがあるような気がしました。でも誰の文字か、すぐには思い出せませんでした。ですので、ここ最近クライエントに書いてもらった書類や署名などを手当たり次第ひっくり返してみましたが、似ている筆跡はありませんでした。ですが、ただ一人、同一人物と思われる筆跡が見つかりました。筆跡鑑定をしたわけではありませんが、素人の私が分析しただけでも、明らかに特徴的なクセがいくつも見つかりました。その方の書いた文字のコピーも、資料として近藤さんに提出してあります」

田辺さんも佐藤事務長も、うんうんと頷いた。

「そしてもう一つ、腑に落ちない点がありました。田村さんは普段から、私のすることはことごとく認めてくださらない傾向がありました。それは私が未熟だから仕方ないのだろうと、最初は思っていましたが、谷口さんという方の支援については、どうしても田村さんの意見に賛成できないところがありました。十一月の上旬頃でしたでしょうか、谷口さんが家出をしてしまったことがあって、その時もどうしても田村さんの意見に納得ができませんでした。ですので、その時初めて、表立って反論したんです。田村さんは、私が普段から反抗的だというようなことをおっしゃっているようですが、今までこんなに面と向かって反論したことはありませんでした。私はその時初めて、反論しました。そうしたら……」

私はそこで、言葉を切った。そして深呼吸を一つしてから、次の言葉をつないだ。

「そうしたら、この手紙が、来たんです」

私は一言一言、噛みしめるようにゆっくりと言った。田辺さんと佐藤事務長は、身を乗り出して聞いていたが、そこまで聞くと、肩の力を抜いて椅子の背もたれに体を戻した。

「他に業務のことで、何か言いたいことはありますか？」

田辺さんが聞いた。

「田村さんは、私が何をしても、ほとんど認めてくださったことはありませんでした。前任の井上さんの時はこうだった、小石川さんはこうなのにと、いつも比べられていました。私は田村さんに嫌われていると思ってきました。それでもたいていのことは田村さんの言う通りにして、それで丸く収まるのなら良いと思ってきたんです。でも、患者さんの人生に関わることだけは、どうしても譲れないと思いました。田村さんは谷口さんのことを、私たちの支援がなければ生きていけない人だと、決めつけていました。ここを離れたら生きていけない人だと、おっしゃっていました。私にはそれが、どうしても納得できませんでした。田村さんの支援方針は、すべてその考えに基づいていました。谷口さんが自立する方向へと支援するのを、阻んでいるように思えました。田村さんはきっと、私が自分をすべて捨てて、田村さんにひざまずかない限り、満足してはくれないんです。田村さんが私に要求しているのは、そういうことだと感じました。でも、本当にそうなのですか？　ここは、この法人は、部下は自分の考えをすべて捨てて、上司の言いなりにならなければいけないのですか？　そうだとしたら、私はもうここではやっていけません」

するると佐藤事務長が、ぼそりと言った。

「いや、そんなことはないよ。あなたが田村さんにひざまずかなければならないなんて、そんなことは、ないよ……」

私の面談は三十分間で、その後に洋ちゃん、その後に田村さんと、それぞれ三十分ずつ時間を取っているようだった。洋ちゃんの面談のあと、私はこっそり洋ちゃんに様子を聞いてみた。

洋ちゃんは最初に手紙を見せられ、

「この筆跡に見覚えはありますか？」

と聞かれたそうだ。洋ちゃんが、

「あります」

と答えると、田辺さんと佐藤事務長は顔を見合わせて、頷き合ったという。その後、この手紙の内容について思い当たることがあるかどうか、日頃の業務で悩んでいることや感じていることがあるかどうかといったことを聞かれ、面談は終了したという。

この面談が今後、どういう意味を持つのか、私にはまだわからなかった。だいたい初めて手紙を見せられて、筆跡に見覚えがあると言ったところで、その証言が果たしてどれほどの信ぴょう性があるのか、本当のところかなり怪しいものだと思った。だが田辺さんが狙っていたのは、証言の確実性ではないのかもしれなかった。この手紙を不審に思う人物が何人もいる、そのことを確認したかっただけなのかもしれない。どちらにせよ、洋ちゃんがその筆跡を「見覚えがある」と証言してくれたことは、私にとっては力強い加勢であった。後はすべてを他人の手に委ねて、私はおとなしく待つしかなかった。

その後、田辺さんからも近藤さんからも、連絡はふっつりと途絶えた。なすべきことはすべてやったと思っても、結果がどう出るのかと思うと、気が気ではなかった。私の診療所での毎日が針のむしろであることにも、変わりはなかった。こうなると、一日も早く異動したかった。もう一日だってここに出勤して来たくない。

手紙の事件を、診療所の大半の職員が知っているようだった。そしてそのことについて、診療所の幹部職員が、私を擁護するようなことは一言も言ってはくれないことも、わかりきっていた。噂は「野原に対する苦情の手紙が来た」として、診療所職員の間に広まっているに違いなかった。それでなくても、谷口さんの家出事件など、私の印象を悪くするような出来事が相次いだ後だ。表向きはいつも通りに接してるように見えても、心の中では「この人がクライエントに対してひどいことをしたソーシャルワーカーなのか」と、好奇の目で見ているに違いない。私はそんな妄想にさいなまれ、診療所の誰と顔を合わせるのも苦痛になっていた。

そんな日々の最中、谷口さんは引っ越しを済ませ、新居での生活を始めていた。案の定、眠れないだの、隣の音が気になるだの、色々と訴えてはいたが、それも想定のうちでの引っ越しだ。こういった精神的な揺れを何度も何度も繰り返して、やっと一段上に上がれる。ここまでくれば、あとは何とかなるだろうと私は踏んでいた。不安だの辛いだのと言いながら、彼は上手に人の手を借りて生きていける。

そして神山さんは、1クール目の抗がん剤の治療を終え、一度は退院した。自宅での生活をヘルパー支援で支えようという相談もしたが、結局は奥さんとユキさんが、神山さんの家に通って世話をしてくれることになった。ユキさんもさすがにここまで弱ってしまった父親に、以前ほどの恐怖心は抱かなくなったようだ。だが神山さん自身が、具合の悪い身体で自宅で生活するのが心細かったのだろう。あっという間に音を上げ、二日後には病院に舞い戻った。私は数日に一回、訪問に出たついでに神山さんの病院に面会に行くようにしていたが、最近では一人で起き上がることも難しくなっていた。もう自宅に戻ることは難しいと思われた。

伊東さんの家は、経済的な事情がどうなったのか、あれ以来連絡がないので詳しいことはわからない。だが以前と変わらず往診には行っているのだから、あのマンションを追い出されずに済んでいることだけは確かだった。

防災マップは、社会福祉協議会との合同会議で多少の手直しを加え、最終的な形に仕上がってきていた。あとは「一食からでも配達してくれる店」として掲載した三店舗に目を通してもらい、これでＯＫとのゴーサインが出れば、完成である。

もう少しで今年一年も終わろうとしていた。色々なことが少しずつ、終わりに向けて静かに準備を進めているようだった。

＊＊＊

二〇二二年一月

仕事初めにあんなにきれいな富士山が見えたのは、やはり何か良いことの起こる兆しであったのかもしれない。年が明けて一週間、浮ついた正月気分が抜けて、普段通りの日常が回り始めた頃に、近藤さんから呼び出しがあった。本部ビルの社会福祉部長室で、私は近藤さんと向かい合ってソファに座っていた。

「野原さん、明けましておめでとうございます。連絡が遅くなって、本当にごめんなさい。今日は二つお話ししたいことがあって、本部まで出向いていただきました。年明けの慌ただしい時期に申し訳ないとは思ったんだけれど、診療所で話せることでもないし、ましてや電話で済ませられるようなことでもないから。今日はわざわざお越しいただいて、ありがとうございます」

　近藤さんがやけにかしこまって言うので、私はだんだんとドキドキしてきた。近藤さんは続けた。

「まず一つ目は、異動の件です。二月から、市から委託を受けている、地域包括支援センターで勤務していただきたいと思います。産休前に働いてもらっていたところ。少しの間だけれど、私も一緒に働いたことがあったわよね」

　近藤さんは懐かしそうに言った。

「あの頃から制度も大分変わったし、今は所長も職員も入れ替わっているから、あの頃とは勝手が違うかもしれないけれど、みんなチームワークよくやっているようだから、心配ないと思うの。野原さんが在宅介護支援センターで積んできた経験を生かして、新しい風を吹き込んでいただきたいと思っています。どうかしら。受けていただけるかしら」

　メンバーが入れ替わったとはいえ、以前にも働いていた、慣れた職場である。きっと心身ともに疲れ切っている私への配慮だろうと思った。

「ありがとうございます。願ってもいないお話です。あの……、お役にたてるかどうかわかりませんが、精一杯務めさせていただきたいと思います。ぜひよろしくお願いします」

私は深々と頭を下げた。安心したせいで気が抜けて、そのまま膝を抱え込んでじっとしていたい気分であったが、まだ話は終わっていない。私は上体を起こすと、ソファにきちんと座り直した。

「それともう一つ。田村さんのことね。彼女、あの手紙を、自分で書いたと認めました」

「え、本当ですか?」

私は目を丸くして近藤さんを見つめた。田村さんが書いたのだとわかっていたつもりでも、本人が白状したと知ると、素直な驚きがあった。

「どういう状況で、認められたんでしょうか……?」

私は身を乗り出して聞いた。教えてくれないかもしれないと思ったが、近藤さんはすんなり話してくれた。

「野原さんはあんなことをされた被害者だから、知る権利があるわね。昨年から何度か、田村さんとは面談の機会を設けてきたのだけれど、会うたびに主張が食い違うし、支離滅裂。手紙の件だけでなく、野原さんと鎌田君への指導方法が行きすぎているのではないかということも話し合ったの。けれど、納得できる答えは返ってこなかった。彼女自身が明確な根拠や一貫性を持っていないから、それは当然よね。それで、これではらちが明かないと思って、昨日、田辺さんと私と田村さんとで、話し合いの機会を持ったの。その場で……」

「はい……」

私は息を飲んで次の言葉を待った。

「あの手紙について、田村さんの筆跡と似ていると疑いを持っている人が、複数名います、と言ったの」

私は大きく息を吸い込み、目をつぶって、両手で頬を押さえた。

筆跡が似ていると疑っている人が、複数名いる……。

何という効果的な言い方だろう。誰も傷つけることなく、田村さんの言葉を引き出すことができる。私は胸がドキドキしてきた。

「それで……？」

「そうしたらね、田村さんが自分で言ったの。すみません、私がやりましたって」

この瞬間、今まで私の身に起こったことすべての答えが出た。やはりそうだったのか。あれは田村さんが書いた手紙だったのだ。私は頭が膝につくくらい深くお辞儀をして言った。

「ありがとうございます。ありがとうございます」

「どうして？　お礼を言ってもらうことじゃないでしょう？」

近藤さんは当然だというように言った。

「でもね、ここからが問題。田村さんは、こんなことをしてしまって、私はもう海乃辺診療所にはいられません、と言うの。ひとまず田村さんの処分が決まるまで、自宅待機ということにしたけれど、今後どうなるにしても、彼女の尻拭いは周りの人間がすることになるわけね」

何ということだ。自分はあれだけのことをしておいて、後始末もせずに逃げ出そうというのか。そんなことが許されるなんて、私は怒りで胸がむかむかしてきた。

田村さんの扱いについては、私にとって納得のいく結論ではなかったが、これ以上人事に口出しをする権利は私にはないと思った。当事者ということで、ここまで明かしてくれただけでも感謝しなければならない。そして何より、私はもうこれ以上、苦しむ必要はなくなったのだ。

私はもう一度深く頭を下げて、今まで抱えてきた思いを口にした。

「私、正直ダメかもしれないと思っていました。法人にとっては、私なんかよりも田村さんの方が大事なんじゃないか、私は切り捨てられるんじゃないかって。でも近藤さんは、私の話をきちんと聞いてくださいました。そして公正な態度で、対応してくださいました。本当に感謝しています。私を助けてくださって、守ってくださって、ありがとうございます」

「いいえ。むしろ謝らなくてはいけないと思っています。対応が遅くなって、本当にごめんなさいね」

そして近藤さんは、そのまま話し続けた。

「今後、野原さんも田村さんも異動になるから、しばらくはお互いに顔を合わせなくて済むとは思うけれど、田村さんはこの法人が命みたいなところがあるから、自分からは絶対に辞めるとは言わないと思うの。顧問弁護士に相談したところ、今回の件は解雇するほどの要件には当たらないと言われています。今の私たちにできるのは、ここまで。だから、野原さん。これ以上事を荒立てないとお約束してくださるのなら、今後田村さんには、野原さんに二度と近付かないように、野原さんの出席する会議や研修などには絶対に参加しないように、それを条件に、法人に残ってもらおうと思っています。野原さんが、裁判を起こすとか、そういった行動に移さず、このまま穏便に収めてくださるのなら、ね。それで、いかがかしら？」

静かに話す近藤さんの言葉を聞きながら、私はすべてを理解した。

これはこの法人だけの問題にはとどまらないのだ。田村さんを含め、当法人のすべての幹部は協民党に所属している。当法人の経営とソーシャルワークは、協民党の政治力に頼る部分が大きく、協民党の一員である田村さんを簡単に切り捨てることは、法人としてできようもないのだった。かといって、党に所属する者の不祥事など、絶対に公になってはならない。自分を見失い支離滅裂な今の田村さんと、党に所属しない一職員である私を天秤にかけ、法人はこのような結論に至ったのだろう。一歩間違えば、私の方が切り捨てられていたかもしれない。

味方かもしれないと思った近藤さんも、政治的な判断で動いただけだった。私は心に寒い風が吹き込むような思いがしたが、それでも結果として私が守られたことを、今は受け止めようと思った。どのような思惑があったにせよ、そのことによって私が救われたことは確かだ。私はそのことに対する感謝の意を示す意味で、もう一度深く、頭を下げた。


翌日は、ケアマネージャー事務所で朝のミーティングがある日だった。果たして田村さんは来るだろうか。来たとしたら、どんな顔をして会えば良いのだろう。そわそわしてミーティングの開始を待っていると、いつも通り始業時間を少し遅れて、田村さんが事務所に入ってきた。

「ごめん、ごめん、遅くなった。おはよう！」

遅れるのはいつものことなのに、今日はことさら明るく言い訳をしている。もともと老け顔だったが、今日はやけに老け込んで、数日で何歳も年をとったように見えた。田村さんはそのまま、いつものように世間話やら遅れた理由やらをべらべらとしゃべり続けていたが、皆はいつものように聞き流し、田村さんの話が一区切りついたところで、ミーティングが開始された。

その日は白熱した議論もなく、淡々と各自の報告だけで進んでいき、

「じゃあ、今日はこれでいいですかね」

と鹿島さんがミーティングを終了させようとしたその時、

「あーちょっと待って、みんな、今日は私から話があるの」

田村さんがそれを遮った。十中八九、手紙の件に関することだろうと、私は思った。しかし、何をどう伝えるつもりなのだろう。

「みんな、今日の私、なんか変でしょ？　いつもと違うでしょ？」

田村さんはまるで青春映画のような清々しい笑顔で言った。

「ええ、そうですね」

鹿島さんは当然気付いていたというような態度で応じている。私はその二人の様子に一瞬吹き出しそうになり、グッと笑いを噛み殺して下を向いた。これから何が起こるのだろうという好奇心と、すでに最大の危機は去ったという安堵感が、少しでも油断したら笑ってしまいそうな気の緩みを私に与えていた。しかしここで笑ってはいけない。私は神妙な表情を作り、小さな深呼吸を一つしてから顔を上げた。

田村さんは爽やかな表情で周囲を見渡して、続けた。

「実は皆さんにお伝えしなければならないことがあります。先日、野原さんに対する苦情の手紙が来たでしょう？　実はあれ、私が出しました。自作自演をしてしまいま

した」

……？

一同、ぽかーんとした顔をして田村さんを見つめた。お隣のヘルパー事務所の小峰さんと君塚さんまで、呆気にとられて微動だにせずこちらを見ている。

「野原さん、私がやったと気付いていたんでしょう？　今まであなたを責め続けて、ごめんなさい。でもこれだけはわかって欲しいの。私はあなたのためを思ってしたの。私はあなたに馬鹿にされていると思ったの。あなたの態度は、人を馬鹿にしていると思ったの。それに気付いて欲しくて。でも、あんなやり方をしたことは、本当に間違っていたと思います。ごめんなさい」

田村さんは深々と頭を下げた。私はどう理解して良いのかわからずに、ポカンと田村さんを見つめていた。洋ちゃんはずっと下を向いている。鹿島さんは目を丸くしたり眉をひそめたりしながら、私と田村さんをかわるがわる見比べている。

「野原さん、私はあなたに気付いて欲しかったの。でも今は、本当に悪かったと思っています。ごめんなさい。許してくれる？」

ほんの一瞬、事務所内に短い沈黙が流れた。私に何と言って欲しいのだろう。この沈黙を破るのには言葉が必要で、その言葉を発するのは、私でなくてはならなかった。何を言おう。何と言う……？

「あ……、はい」

私はやっとのことで、何の意味も持たない、うわべだけの返事をした。

「良かった。それを聞いて安心しました」

田村さんは恍惚とした表情でそう言った。どこまでが本気で、何の意味があるのか、私にはさっぱり理解できなかった。田村さんお得意のドラマチックなセリフ回しではあったが、それに何の意味があるというのだろう。最後の最後まで自分を正当化したかったのか、公衆の面前で謝ったという潔さを印象づけたかったのか、それとも部下の未熟さに苦悩した上司を演じたかったのか……。満足そうな表情を浮かべている田村さんに、私は怒りすら感じることができなかった。私に残っていた感情は、憐れみだった。この一幕は、ただただ滑稽でしかなかった。


ミーティングが終わり、田村さんが晴れやかな表情で事務所を出て行った後、鹿島さんがそっと私の袖口を引っ張った。

「ねぇ、ちょっといい？」

ヘルパー事務所と共同で使っている小さな休憩室が、事務所を出てすぐの通路の脇にある。鹿島さんは私をそこまで引っ張って行き、休憩室の中に入るとバタンとドアを閉め、おまけにガチャガチャと鍵までかけてしまった。

「え、ちょっと、ヘルパーさんが休憩に来たらどうするんですか？」

「いいのよ。大丈夫でしょう。ノックするとか騒ぐとか、するでしょう」

その休憩室は小さな和室になっている。靴を脱いで上がるとすぐ、板の間の台所があり、流しと一口コンロがついている。その奥が四畳半の畳敷きの部屋で、小さなテーブルと座布団が置かれ、ヘルパーがいつでも休憩できるようになっていた。鹿島さんは私の心配などお構いなしに、自分が先に靴を脱ぎ、私の腕を掴んだまま、ずんずんと奥の部屋まで進んで行った。私は鹿島さんに引っ張られる格好で、仕方なく慌てて靴を脱いで、一緒について行った。

「ねぇ野原さん、あなた、知っていたの？」

鹿島さんは神妙な顔で聞く。

「え？　何がですか？」

「だから、手紙のことよ。いつから田村さんが書いたって、知ってたの？」

「最初からです」

鹿島さんは大袈裟に天を仰ぐような格好をした。

「実はね、私も最初に田村さんから手紙の話を聞いた時、何か変な感じがしたのよ。はっきりと田村さんが書いたとは、わからなかったのよ？　でもね、何か引っかかるものがあったの。ほら私、占いするでしょう？　勘は悪い方じゃないから」

だったら最初からそう言ってくれれば良かったのに。私は心の中で思ったが、口には出さず、素直に頷いてみせた。

「それで野原さん、田村さんがやったってわかってて、今まで普通に接してきたの？そのことについて、一言も責めずに？」

「だってそんなことしたら、余計に大変なことになるじゃないですか。だからいつも通りに普通にしていただけです」

「だとしても、すごいよ、野原さん。あなたはやっぱりすごい人。私だったら、絶対に人前で罵倒すると思う。そこまでしないまでも、ネチネチ嫌味言うとか、陰で悪口言うとか、何かしちゃうと思う。黙ってなんていられないと思うよ。すごいよ。野原さんは私が思ってた以上に、何倍もすごい人だった」

でもあなたはこの前、私のことをものすごく批判したではないか。私は心の中でそう思ったが、体裁だけの言葉を口にした。

「全然、すごくないです」

するとと鹿島さんは、深く感銘を受けたように言った。

「そうなんだよね、野原さんはいつも。自分ができることは全部『すごくない』になっちゃう。防災マップのことも、他のことでも、他人から見たらすごいなって思うことでも、野原さんはさらりと『すごくない』って言っちゃう。だから田村さん、ああいう風になっちゃったのかな。でもね、最初は田村さん、本当に野原さんのことを気にかけて、心配していたと思うよ。よく野原さんの話をしていたもの」

「それって、私が田村さんのスイッチを入れちゃったってことですか？」

私は納得のいかない思いで口を挟んだ。

「そういうことになるかもしれないわね」

「じゃあ、私はどうすれば良かったんですか？　田村さんは、私が人を馬鹿にしているって言いました。でも私は田村さんのことを、最初は本当に尊敬していました。私が田村さんを馬鹿にしているように見えるのは、田村さんがそう思い込んでいるだけです。それなのに、田村さんの勝手な思い込みで、馬鹿にしているって決めつけられて、あんなことまでされたら、私はどうすればいいんですか？」

鹿島さんの言っていることも、田村さんと同じだと思った。私の存在自体が相手をそうさせると言っているのだ。だとしたら、私という存在を消し去るしかないではないか。

「あのね、こういうことだと思う。たとえば、超美人でスタイルが良くて、経済的にも恵まれている女優さんが、アフリカに行って飢えている子供たちを見て、涙を流して『大変ね』って言っても、あんまり説得力がないでしょう？　でも、ものすごく苦労している人が同じことを言ったら、何故か説得力があるでしょう？」

それは私が苦労していないってことを言いたいのか。鹿島さんは私の何を知っているというのだ。

「でもね、大丈夫。ほら私、結構色んなこと、見えちゃう方だから。野原さんはね、もう少しのところなの。今こうやって色んな経験をしているでしょう？　もう少ししたら、みんなが野原さんのところに集まってくる。ものすごく魅力的な人になってると思う。だから、もう少しだよ」

そんなに見えるのなら、田村さんが私にしようとしていたことも、教えてくれれば良かったのに。私は苦笑した。

この人は田村さんと似ている。自分がすべてを知っているかのように、自信に満ちて物事を語る。この人が語ると、何でもドラマチックに、現実よりも一層現実味を帯びて聞こえる。そのまやかしに気付いてしまった私は、もう彼女の言葉など信じてはいないのに、彼女はまだこうやって夢見心地に語っている。なんと「見えていない」人なのだろうか。

トントン、とドアをノックする音が聞こえた。

「鹿島さ〜ん、野原さ〜ん、そこにいる？」

小峰さんの声だった。

「あ、いけない。やっぱり来たか。早く開けなくちゃ」

鹿島さんは慌てて、カギを開けにドアへと向かった。

鹿島さんの占いなんて、そんなものか。だったら私の方がよっぽど見えていた。だって最初に手紙を見た時から、変だと思ったもの。私は鹿島さんの後ろ姿に向かって、聞こえないように呟いた。そんな程度しか見えないのなら、私には占いは必要ないや。

田村さんは次の日から、出勤して来なくなった。自分の担当しているケースも、自分の起こした事件のことも、放ったらかしにして逃げた。近くの精神科を受診し、診断書を書いてもらい、病休扱いにしてもらったという噂が流れていた。真偽のほどはわからないが、それを聞いた時には、さすがに怒りと嫌悪感で胸がむかむかした。

診療所の幹部会議には、本部から近藤さんが出席し、あの手紙は田村さんの自作自演だったということを説明してくれたそうだ。受け止めた側の心情や反応がどうであったのか、その場にいなかった私には知る由もないが、公の場で私の名誉が回復されたことに間違いはなかった。

そして佐藤事務長は私に、

「何の役にも立てなくて、申し訳ないことをしました」

とふにゃふにゃと情けない様子で謝ってくれた。私はクラゲのようなその態度が気に入らなかったが、面と向かって謝ってくれたので、許してあげようと思った。どうせ最初から大して当てにもしていなかったし、きちんと謝ってくれただけまだマシだ。

一番許せない反応を示したのが、鈴木看護師長だった。

ある日診療所の事務所で、私は鈴木看護師長に呼び止められた。

「野原さん、あのね。あのこと、ほら、手紙のことね」

「はい」

事務所には、鈴木師長と私しかいない。私はてっきり、疑ってごめんねとか、あなたの話をきちんと聞かなくてごめんなさい、とかいう言葉をかけてくれるものだと思った。だが返ってきたのは、そんな言葉とはかけ離れたものだった。

「あれ、びっくりしたわよ。だってまさかそんな、田村さんが書いたなんて、ねぇ、誰も思わないし」

「そうですね」

「でもね、田村さんのことを何だかんだと言って回るのは良くないわよ。それは、野原さんの価値を貶めることだから」

私は唖然とした。何を言っているのだろう、この人は。自分が私を冤罪で消し去ろうとしたことには露ほども触れず、さらに私を悪者に仕立てあげようというのか。私は腹の奥底から湧き上がってくる怒りを喉元に押しとどめ、最大級の皮肉を込めて言った。

「私はあることないことを言って回ってなんていません。信頼できる仲間には、事実をありのままに伝えているだけです。だって、おかしいじゃないですか。あの手紙が来た時は、事務長も看護師長も、診療所の職員にそのことをお話しになりましたよね？　それなのに、いざ真実がわかったとなると、それはひた隠しに隠すんですか？　それじゃあ、濡れ衣を着せられた私はどうなるんですか？　私は、あの手紙は患者さんが書いたものではなく、田村さんが書いたものだったと、信頼できる仲間に真実を伝えて、信頼を回復したいだけです。それはいけないことなんですか？」

言いふらされて困るのは、自分なのでしょう？　私の話を聞こうともせず、私を切り捨てようとした、そんな自分の行為を皆に知られたくないのでしょう？　私は鈴木師長の顔をじっと見つめた。

「いえ、別にそういうことではないんだけど……。でもこの件で、田村さんのこと嫌いになっちゃったのかなぁって、それが気になって」

なるほど、そういうことか。この人は、自分だけはどこまでも聖者でありたいのだ。いついかなる状況でも、自分だけは天使でいたいのだ。周りの人間がどれほど傷ついたとしても、自分さえ善人の顔をしていることができれば、それで良いのだ。私は皮肉を込めた微笑みを浮かべて言った。

「いいえ、嫌いになんかなりません。可哀そうな人だと思うだけです。こんなことをするなんて、なんて心の貧しい、憐れな人なんだろうって。ただそれだけです」

「そう。それなら良かった」

鈴木師長はいつものように優しく笑って、事務所から出て行った。

田村さんのことは、嫌いだとも、嫌いでないとも思わなかった。嫌いだと思うほどの執着もなかった。あの性質は生まれ持ったものなのか、病気なのだかわからなかったが、今はもうそんなことすらどうでも良かった。私はただ関わりを持ちたくないだけだ。あの人と同じ次元では生きたくない、ただそれだけだ。

だが鈴木看護師長は、田村さんよりも許せないと思った。あの人は天使の仮面をかぶった、ただの利己主義者だ。自分が一番かわいくて、自分を守るためなら他者を平気で犠牲にする。自分では一切手を汚さず、常に善人面でそれをやってのけるのだ。

私は田村さんのことは嫌いにはならなかった。でもあなたのことは大嫌いになった。田村さんのことは、許す気も、許さない気もない。でもあなたのことは、一生許さない。私は鈴木看護師長の後ろ姿を、思い切り睨み付けた。だが……。

気が済むまで呪ったら、あとはきれいさっぱり忘れようと思った。恨むことも執着の一種だ。あんな人をいつまでも恨み続けるなんて、それこそエネルギーの無駄使いだ。あなたも田村さんと同じ、嫌いになる価値すらない人間だ。私はあなたなんか、相手にしない。私はあなたのような人間には、絶対にならない。私はもう一度空を睨み、心に誓った。


私が異動することになったと伝えると、谷口さんは無感動に、

「あ、そうですか」

とだけ言った。

「次の人が決まるまで、しばらく診療所にソーシャルワーカーがいなくなるけど、何かあったら佐藤事務長に相談してください。お小遣いも、佐藤事務長に管理をお願いしてあります。次に来るソーシャルワーカーが決まったら、その方に谷口さんのこともちゃんと引き継いでおくので大丈夫です。後見人の話も、その方と一緒に進めていってくださいね」

「はい、わかりました」

彼の言葉はそれだけであった。ありがとうございましたとか、お元気でとか、気の利いた一言は一切なかった。本当に苦労のし甲斐のないクライエントだ。でも、私にはもうちゃんとわかっていた。彼の中に、私の存在は確かにある。たとえこの先だんだんと忘れてしまったとしても、私と一緒に経験してきたたくさんの事柄は、記憶の

奥底には眠っていて、きっと彼の生きる力の肥やしになってくれるだろう。だから、良いのだ。